U1005721

徐工职场打拼记

——一个印刷工科男的激荡人生

湘南徐工◎著

三辰影库音像出版社

责任编辑：朱　江

图书在版编目（ＣＩＰ）数据

徐工职场打拼记 ：一个印刷工科男的激荡人生 / 湘南徐工著. -- 北京 ：三辰影库电子音像出版社，2018.1
ISBN 978-7-83000-314-2

Ⅰ. ①徐… Ⅱ. ①湘… Ⅲ. ①长篇小说－中国－当代 Ⅳ. ① I247.5

中国版本图书馆 CIP 数据核字（2017）第 283922 号

书　　名	徐工职场打拼记：一个印刷工科男的激荡人生
作　　者	湘南徐工
出 版 人	王六一
出版发行	三辰影库音像出版社
社　　址	北京市朝阳区北苑路媒体村天畅园 4 号 1306 室
网　　址	http://www.sunchime.cn
印　　制	北京市玖仁伟业印刷有限公司
开　　本	880 毫米 ×1230 毫米　1/32
印　　张	7
字　　数	229 千字
版　　次	2018 年 2 月第 1 版
印　　次	2018 年 2 月第 1 次印刷
书　　号	ISBN 978-7-83000-314-2
定　　价	38.00 元

版权所有 翻版必究
凡购本社图书，如有缺页、倒页、脱页，由发行公司负责退换。

目录

contents

楔子

广东，一个鲜活的名词，但其成分更多的是，它是一个沧桑的字眼。

因为它毗邻香港和澳门的特殊地理位置，得益于一股和煦的春风，得益于党的优惠政策，这里便成了改革开放的桥头堡，一块领舞中国的实验田。

多少年过去了，昔日的蛮荒之地，今日竟成了一块炙手可热的淘金旺地，一块经济富庶的工业王国。

于是，有多少刚踏出校园的菁菁学子，有多少刚洗脚上岸的懵懂农民，还有多少刚转变身份的未知公民，从大江南北，从五湖四海，涌向了这块神奇的土地，演绎着无数出喜剧和闹剧，更多的还是上演着一出又一出的悲剧。

故事便从一个在20世纪90年代末毕业的学印刷技术专业的全日制大学生踏足广东这块土地的那一刻开始……

第一章　走出湖南

1999年8月15日对徐森而言，这是一个重要的日子，是一个富有划时代意义和里程碑的日子，因为在这一天，他将那所谓的铁饭碗彻底打碎了。地球人都知道，1949年10月1日是中国人民的解放日，而徐森却视这一天为自己的解放日，他似乎隐隐约约听到一股源自内心身处的声音："徐森从此站起来了。"

当徐森走出湖南万容包装有限公司那扇铁门的一刹那，身板立马就挺起来了。他昂起头颅，看着那晴空万里的天空，觉得今天的阳光格外明媚。他放下包袱，长吁了一口气，双手做了一个扩胸运动，感觉自己精神抖擞，分外精神。他觉得自己是一个囚犯，是一只小鸟，在这里被关了一个半月，白白浪费了他的一段美好时光，如今，他终于走出了这个监狱，逃脱了这个樊笼，他觉得他彻底自由了，他将开始一种全新的生活，可以摊开双手去迎接一个崭新的未来。

走在公司至郴州市北湖区石盖塘镇107国道的路上，徐森一路骂骂咧咧："他妈的，我一个堂堂的大学生，竟安排我去彩印车间做员工。明明知道我是一个手无缚鸡之力的书生，外加一副弱不禁风的身材，还要我每天将那几十斤重的PVC卷筒料搬来搬去，真他妈的瞎了眼。什么美其名曰大学生要去车间锻炼锻炼，什么所谓的要培养一种吃苦耐劳的精神，什么要和广大人民群众打成一片的狗屁道理，我看全是他妈的扯淡。我有文凭，我会五笔打字，我还会写文章，既然我有这么多优势，为什么不让我去办公室？我想，凭我的能力，就是当一个总经理助理也绰绰有余。我看我就是20世纪90年代末的包身工，以每个月300元的身价便被他们买了下来，做的是体力活，吃的是大锅饭，睡的是集体宿舍，真是斯文扫地。”

骂完这些，徐森觉得有点口渴，便从包里拿出一瓶纯净水，仰起脖子狠狠地灌了几口。喝完水后，无意中发现前面有一粒小石块，他便模仿马拉多纳的优美姿势将那粒小石块一脚踢开了，接着又将公司的人从上到下统统骂了一遍：“他妈的苟总，简直是一个黑心肠的包工头，竟将大学生当成民工来用；他妈的人事部黎经理，那个糟老头子，我看是一个刚从田里洗脚上岸的农民吧，难道不知道‘人尽其才，才尽其用’的道理吗？还有那个该死的李师傅，什么狗屁师傅，一个初中毕业生，年纪比我小，仗着他会操控一台破机器，在我面前总是摆出一副颐指气使、趾高气扬的嘴脸，有什么了不起，光会指手画脚，动动嘴巴，磨磨嘴皮子，芝麻大的事也叫我去干，难道你天生是大爷我是孙子不成？有本事我们来比比其他的，看谁说的 ABC 更纯正？看谁写的文章更富有文采？”

骂完这三个主要人物，徐森转过脸朝路边啐了一口浓痰，并跺了一下脚，胸中的这口怨气也算是发泄完了，便对自己歌功颂德起来：“我今天终于将这狗日的铁饭碗打破了，什么城市户口，什么人事档案，什么组织关系，我统统不要了，我不在乎。毛泽东搬走了帝国主义、封建主义和官僚资本主义这三座大山，今天我也搬走了三座大山，因此，我也是一个响当当的人物。我今天大义凛然地走出这道门，从此我就不再怕你们了，什么制度，什么束缚，什么桎梏，统统见鬼去吧。离开这里，我马上就要去广东了，那是我梦中的乐土，那是一个遍地铺满黄金的地方。”

辆写着“宜章—郴州”的客车在徐森的面前缓缓停下，他毫不迟疑便钻了进去。当客车启动的那一刻，徐森望着窗户外面那无限浩淼的仙岭水库，喃喃自语道：“永别了，这该死的万容！别了，石盖塘！”

这一天，徐森一辈子都记得。殊不知，他的年少轻狂，他的心高气傲，他的自以为是，他的不谙世事，这诸多的一切，虽然终结了一个短暂的噩梦，却又为他开启了一个无休无止的梦魇。

第二章　父严母慈

转了几趟车，徐森终于回到了那个生于斯长于斯的小山村。他迈进门槛的时候，父亲扛着一把锄头正准备下田劳动，见他回来，便问道："你今天不用上班？"

徐森轻飘飘地答道："不用，我辞职了。"

父亲声色俱厉地问："为什么辞职？"

徐森轻描淡写地说："工资低，工作累，那里不适合我，所以我就不干了。"

父亲暴跳如雷："你个死崽，咋这么不争气。哪有刚去就拿高工资的？做事怕难，难道在公司做事比老子犁田还难？你刚出社会，当然要从底层做起，再一步一步往上走，亏你读了这么多年书，难道这个道理也不懂？"

徐森反驳道："我当然懂，那要等到猴年马月？我是一个大学生，我可受不了。别人常说：'东西南北中，发财在广东'，我打算南下广东，那里更适合我。"

父亲气得脸色铁青，放下锄头，顺手抄起一根竹鞭，想来打徐森，被一个箭步从里屋跑出来的母亲拦住了。父亲挣扎了两下作罢，一边唉声叹息，一边骂道："这个不争气的败家子，好好的工作不珍惜，竟要外出打工，真是气死我了。"

父亲扛着锄头走了，留下惊魂未定的徐森和母亲。徐森看着母亲那张似嗔非嗔的脸，不知道该说些什么，面对这个目不识丁且辛苦了一辈子的农村妇女，他不知如何将自己所谓的那些大道理深入浅出地告诉面前这位慈爱的母亲。他默默地将行李搬进里屋，空气在那一刻似乎凝固了。

母亲虽然是个文盲，但徐森还是相当尊敬的，且不说她的十月怀胎和哺育之恩，连徐森这名字也是母亲给起的。徐森是在一个晨曦时分出生的，当时一缕阳光正透过那扇破窗户落在了母亲的床榻前，父亲看见了一轮不甚刺眼的红日，便顺口说：“我看这孩子就起名叫红光吧！”母亲当时便默认了。

七岁那年，徐森准备进学堂的时候，母亲带着一筒米和几个鸡蛋特意去找了邻村的一位算命先生。待母亲报了生辰八字后，那个瞎老头子左掐掐右算算，然后郑重其事地对母亲说：“你这孩子命里缺木，根据缺什么补什么的原则，我建议在他的名字里应该含有带‘木’字旁的字，比如说‘木’、‘林’和‘森’。”母亲喜欢单名，不仅好记，而且写名字时还可节约一点时间，便干脆将“徐红光”改成了“徐森”。于是，“徐森”这顶光辉灿烂的帽子便扣在了她那二儿子的头上。当然，不仅是徐森本人，就连他的兄弟姐妹的名字，母亲几乎都是用这种老套却不乏科学依据的方式将父亲的首次命名一律打入死牢。

长大后，徐森便知道了这名字的来龙去脉，对此，他哭笑不得。他怀疑当时家里是不是缺柴烧，如果是这样，何不叫“徐森森”，一共六个“木”，干脆将火烧得更旺些。有一天，徐森无意中翻看了一本算命先生的书，略微知道“金克木”和“木生火”这种五行相生相克的道理，便对金属和火有一种莫名的恐惧感。若是和金属打交道，生怕金属将自己割裂成两半，若是和火打交道，又生怕一把大火将自己焚烧成一堆灰烬，也许这才是徐森不愿意操控分切机执意要走出万容的真正原因吧。多年以后，徐森看过一部叫作《老柿子树》的电视连续剧，在那里他找到了母亲的影子，那个老娘竟将自己的四个儿子分别叫成“金德”、“木德”、“水德”和“火德”，就差“土德”了，这可真有意思。除此之外，最让徐森反感的是，母亲竟然听从了算命先生的建议，还帮他在村里找了一个老头子做干爹，说是这样做好养活。但徐森从未叫过他一声“干爹”，每每看见他那一副勾肩驼背、老态龙钟的样子，他就觉得恶心，总是在内心暗暗地骂道：“什么人不好找，偏要找这样一个上无片瓦下无块砖的人做我的干爹，真不知母亲是如何想的！”不过骂归骂，在母亲面前徐森还是很收敛的。

第三章　列车惊魂

过完 1999 年的教师节，徐森便雄心勃勃地轻装上阵了。他的下一站是深圳，这个改革开放的桥头堡，这个全中国最年轻且活力十足的城市，一直是他魂牵梦绕的地方。

徐森早早地来到了郴州火车站，当他排着队好不容易买到一张 K9059 次火车票时，他瞬时傻了眼，“天哪！不仅是站票，还要等到今晚 23 时 59 分火车才启动，这不是折我的寿吗？”

钱已给了，票也拿到了，现在离上火车还有十多个小时，如何打发这剩余的时间成了一件令徐森十分犯愁的事情。突然，他想到了一个好办法，那就是去泡录相厅，这不仅免去了住旅店的费用，还可以欣赏大片。

徐森买了两桶方便面和两瓶矿泉水便一头扎进了位于解放路上的一个录相厅。坐在长条凳上，他美美地想，现在中餐有了，晚餐也有了，只需两块钱，就可以在这里享受整天的视觉盛宴，真是物超所值啊！

放映的无非是一些香港产的警匪片、枪战片、鬼片和恐怖片，直看得徐森头晕脑胀，眼冒金星，分不清白天黑夜，也辨不明自己是在现实中还是在梦幻中，以至于到后来竟进入一种昏昏入睡的临界状态。到了晚上十一点钟的时候，老板突然兴致勃勃地说：“好了，请大家提起精神来，现在开始放三级片《蜜桃成熟时》。”这一下，徐森像吃了一颗太上老君所炼的仙丹一样立马便精神抖擞起来。

当看到李丽珍正一件一件地褪去身上的遮羞布，薄薄的外衫飘下来了，短裙滑落到了地板上，胸罩被解扣了，最后那条薄如蝉翼的丁字裤也正从臀部抖落下来。那曼妙的胴体，那雪白的肌肤，那火辣辣的身材，那颤动的山峰，那呈倒等腰三角形的一丛野草，一下子全部扑入徐森的眼帘，瞬间他便觉得热血沸腾，裆部那东西条件反射般立马翘了起来。

“不好，我得走了，我还要赶火车呢，这可是大事。”徐森突然意识到这件事情。

“他妈的，早不放，晚不放，偏偏选在这个时候放，真他妈的扫兴！”徐森几乎是一边骂一边跑。

终于上了火车，因为是站票，徐森便随便站在一个两节车厢相连的接轨处。他好一段时间都没回过神来，他在想象着李丽珍和那个男人接下来将如何鱼水之欢？如何水乳交融？他在咂摸着男女之间在交媾时是怎样一个味道？但他的想象力实在是太贫乏，他恨自己至今仍是一个处男，男女那点事情他实在没有丁点的切身体验，只是天马行空般地意淫罢了。

火车上的人可真多，不仅座位上坐满了人，连过道上也站满了人，若是从这头走到那头，非得费尽九牛二虎之力。徐森心里嘀咕道：“中国怎么有这么多的人？都是以前不搞计划生育惹的祸。这些人也是去深圳吗？他们也是去深圳找工作的吗？”

徐森看见别人见缝插针地找位置坐，或在地上铺一张报纸，或自带一个小马扎，或买一个塑料小矮凳，或干脆坐在自己的包裹上，甚至有的人竟然钻到别人的座位下面，真是匪夷所思，无所不用其极。漫漫长夜，难以打发，徐森也便坐在自己的包裹上，想好好地打个盹，可从外面所飘来的“轰隆轰隆”的声音以及从两节车厢交接处所传来的“哐啷哐啷”的噪声终究令他难以入眠，他不由得想起今天早晨自己走出家门时的一幕情景。

母亲慈祥地问：“徐森，你想好了，今天去深圳？”

徐森答道：“是呀！君子一言，驷马难追。男子汉大丈夫就应该出去闯荡闯荡。”

“我也不拦你，你有文化，相信你在外面吃得开。”

“那当然，我好歹也是一个大学生。”

“老人常说：‘在家千日好，出门时时难’，你在外面自己要小心啊！”

“妈妈，放心吧！我在长沙不是也待了几年吗？深圳算什么？人家长沙还是省会呢，难道深圳会比长沙大？”

“也是，儿子长大了总是要远离父母的。诺！这是五百块钱，是我背着你爸爸给你的私房钱，你要仔细藏好，不要被坏人偷了，外面坏人多。还有，这张纸条你收着，上面有你五婶的电话号码，她在广东打工也有几年了。‘在家靠父母，出门靠朋友’，在万不得已的时候可以找她帮忙。”

徐森接过那尚带有体温的五百块钱和那张纸条，一股暖流涌上心头，不知不觉眼睛便湿润了。他心想："母亲虽然不识字，但她通情达理也善解人意。我这次去深圳一定要闯出一番名堂来，否则真是无颜见江东父老啊！"

徐森藏好人民币，收好纸条，向母亲鞠了一躬，便大步流星地走出了这个小山村，一副"风萧萧兮易水寒，壮士一去兮不复返"的英雄气概。

徐森太困了，终究抵挡不住瞌睡虫的侵扰，时而将头靠在车厢上，时而耷拉着头，算是睡了一个囫囵觉。被吵醒的时候，天空已露出鱼肚白，别人正忙碌着收拾行李准备下车呢。

终于下火车了，徐森伸了一个懒腰，下意识地摸了一下自己的上衣口袋。"咦！火车票哪去了？我明明放在这里的。"徐森惊出一身冷汗，他将自己上衣的口袋和裤子的裤兜全都翻了个遍，还是没找到。徐森嘟哝着："莫非不小心掉了？不可能！我又没有弯腰，更没有做剧烈运动，火车票不可能掉。莫非被别人偷走了？有这种可能。对！一定是被别人偷走了，肯定是趁我睡觉的时候下的手，某些上车而又不买票的人就会做这种缺德事。哎！我怎么就这么倒霉！现在怎么办？只能见机行事，走一步看一步了，要么补票，要么想办法逃票。"

出站台的时候，徐森的眼睛睁得像灯笼一样，比猫头鹰在晚上的眼睛还要明亮，他在伺机寻找逃票的机会。机会终于来了，一个肥胖的女人肩挎一袋包裹正在接受验票员的检验，说时迟，那时快，徐森倚仗自己单薄瘦小的身躯便从那个女人的包裹下面钻了过去，并以博尔特一百米田径比赛的速度径直往前飞奔。庆幸的是，验票员顾不过来，也没有派警察来追，也许他们对这种现象见怪不怪，想必又是一个身无分文来深圳闯世界的流浪汉吧！我才懒得搭理这种人呢！

时隔多年以后，徐森一直骂自己是一个大笨蛋。为什么要选择坐这辆火车呢？它是从湖南省的怀化市开往深圳西站的，而且什么乱七八糟的鸟站都要临幸一下，从郴州上车，在白石渡、坪石、乐昌、韶关、马坝、英德、源潭、花都、广州、东莞和平湖都要停一下，最后才是深圳西站。我为什么不可以先坐火车至广州，再坐汽车来深圳呢？毕竟南下广州的车次很多。害得我白白在郴州等了一天。不过有得必有失，他却永远记住了《蜜桃成熟时》这部三级片和那个叫作李丽珍经常令他晚上做春梦导致遗精的女演员。

第四章 栖居罗湖

徐森一口气跑到一个叫作月亮湾大道的路口，感觉没什么大碍了，便停下来喘气。他仰起头看着天空，不由自主地喟叹道：“深圳的天空真蓝啊！深圳的天空真高啊！”

徐森这次来深圳是要投奔一个叫作易琼的同事，他们曾一同在湖南万容包装有限公司工作过一段时间，私人关系比较好。他毕业于株洲工学院，学的是计算机专业，毕业之后也进了万容，一年之后便辞职南下赴深圳淘金去了。徐森就是受他的影响，来广东的第一站便选择了深圳。

徐森拿出易琼之前寄给他的一封信，念道：“广东省深圳市罗湖区凤凰路 10 号凤山大厦东座。如今我来到了深圳，可这罗湖区在哪儿？凤凰路又在哪儿？”

徐森像一只无头苍蝇漫无目的地走着，突然置身于一个完全陌生的城市，他感觉自己像身处迷宫似的，分不清东西南北，也辨不明前后左右。他看不到公交站牌，不知在哪儿坐车？也不知坐几路车？在哪一站下？他没有易琼的电话号码，只有几个干巴巴的不会说话的文字，他陷入了一阵空前的迷茫。

“老乡，去哪里？我送你过去。”徐森回过神来，原来是一个的哥向他套近乎。

徐森虽对无事献殷勤的人有着戒备心理，但还是回答道：“去凤凰路。”

“哪个地方的凤凰路？是不是福永镇的那个？”

“难道凤凰路还有两个？我去罗湖区的那个。”

“哦！好的，没问题。”的哥也不管徐森同不同意，很热情地将他的行李搬上了的士的后备箱。

徐森有点诧然，忙问："有多远？需要多少钱？"

的哥笑道："不是很远，打表计费，不会多收你的，花不了多少钱。"

徐森见他一副憨厚的样子，又见他如此热情，便没再问。

的士一启动，徐森就看见计费器上显示着"12.50"这几个数字，着实把他吓了一跳，忙质疑道："还没走两步，就需十二块五角钱了？"

的哥笑笑："你是刚来深圳的吧？3公里以内是十二块五角钱，超过3公里按每公里两块六角钱收费，这可是政府规定的，我可没有乱来。诺！这是我的工作证，上面有编码，你若有意见可以去投拆。"

徐森心忖，按照正常逻辑，火车站一般都位于闹市区，想必也没多远，也就不再言语。因为徐森的孤陋寡闻，这一次他竟然失算了，其实深圳有两个火车站，深圳站才位于闹市区，而这个深圳西站竟位于南山区一个很偏远的小渔村。多年以后，当他得知东莞站竟位于东莞市的常平镇，与市中心相距十万八千里，这一下把他的传统逻辑全都颠覆了。看来事无定理，因此徐森一直认为，广东这鬼地方统统不按常理出牌，难怪有钱人多。

车快到世界之窗的时候，徐森看见计费器上显示着"27.50"这个数字，他有点坐不住了，他担心这数字会像一个患有高血压的老人的血压一样节节攀升，便问道："司机，到底还有多远？"

司机狡黠地说："不远，快了，快了。"

徐森听到这含糊其辞的回答，觉得的哥是在敷衍他，甚至是忽悠他，决定下车，不能再做这待宰的羔羊，便态度坚决地说："我不坐了，我要下车。"

的士戛然而止，就在徐森犹豫着下不下车的那一瞬间，计费器上的数字竟像火箭筒一样迅速飙升到"29.50"。

的士冒出一股浓浓的黑烟迅速开走了，徐森狠狠地骂道："这个司机真是一个小人，无事献殷勤，非奸即盗。"骂过之后，又感到一种莫名的悲凉，这怎么能怪的哥呢？要怪就怪自己囊中羞涩吧！

徐森厚着脸皮左问右问，得知要去凤凰路得先从这里坐巴士去深南东路，在一个叫作京鹏宾馆的地方下车。他径直走到世界之窗站台，左顾右盼终于上了一辆车。在京鹏宾馆下车后，又厚着脸皮问过往的行人，终于在附近找到了那个位于凤凰路上的凤山大厦。

因为易琼还没有下班，徐森只得百无聊赖地在附近转悠，他视自己为一台压路机，将附近的文锦中路、凤凰路和清平路都轧了一遍，也算是初来乍来到深圳做出一点应有的贡献。临近下午五点的时候，便踅回凤山大厦，守株待兔般静静地等待着易琼的出现。

易琼终于出来了，他对徐森的突然出现感到很惊讶："咦！你怎么这么快就来了，信上不是说你打算明年来深圳吗？"

徐森苦涩地答道："我改变主意了，那个鸟公司我受不了啦，所以来深圳投奔你。"

易琼似乎还想说什么，但又止住了。徐森猜想，你是不是想说："你太冲动了，你太天真了，也不和我商量一下，也不事先打个招呼。"

易琼请徐森吃晚饭的时候，两人边吃边聊。

易琼问："罗毅、王先金和温亮都还在吧？"

徐森答："都还在，目前只有我一个人离开了。"

"你看过《北京人在纽约》这部电视剧吗？"

"听说过，但没看过。"

"那你肯定听过'如果你爱他，就把他送到纽约去，因为那里是天堂。如果你恨他，就把他送到纽约去，因为那里是地狱'这句话吧？"

"当然听过，不至于危言耸听吧！"

"其实深圳也是一样，也可以说成'如果你爱他，就把他送到深圳去，因为那里是天堂。如果你恨他，就把他送到深圳去，因为那里是地狱'。"

"哦，是这样，有这么严重吗？"

"还有，人们常说'不到北京不知自己的官小，不到深圳不知自己的钱少'，你要做好思想准备哦！"

徐森不知易琼究竟想传达什么信息，不再说话。吃了几口饭，便向易琼问起一些感兴趣的问题："你现在工资多少？"

易琼停顿了一下，说道："你要记住，不要随便问别人的工资，这是别人的隐私。不过，我们之间是朋友，我可以告诉你。我现在是电脑工程师，试用期二千八百块，但不包吃住。"

徐森简直不敢相信自己的耳朵，差一点将饭从嘴里喷出来："我没有听错吧！你原来在郴州才四百，现在竟翻了八倍，是我的九倍呀！"

"不能这样比较，这里不包吃住，深圳开销大，租房和吃饭都是要花钱的。"

吃完饭后，易琼领着徐森左拐右拐，终于走进了黄贝岭村的一栋出租房。当易琼打开一个小房间的房门时，便对徐森说："你就睡在我的上铺吧！另外，这套房是我和另外两个人合租的，隔壁这间住的是一对夫妻，四川人，另外一间是一个男的，这客厅和卫生间都是公用的，所以你要注意点，不要乱蹿别人的房间，也不要和别人抢卫生间，要迁就他们。”

徐森知道“人在屋檐下，不得不低头”的道理，便应了一声，随口又问道：“他们都是做什么的？”

易琼有点不高兴了，说道：“看，你又来了。深圳是一个寂寞的城市，管好你自己就行了。他们具体做什么我也不是很清楚，我只知道那个四川男人是做会计的，工资比我还高，一个月四千块。”

徐森瞠目结舌，眼睛睁得似灯笼，嘴巴下意识地张开，完全可以塞入一个鸡蛋。

躺在硬邦邦的铁架床上，徐森虽然不太理解易琼所说的“深圳是一个寂寞的城市”那句话，但却明白“各人自扫门前雪，莫管他人瓦上霜”这句话和深圳肯定有着千丝万缕的联系。

徐森也许是太疲惫了，也许是对未来有着无限的憧憬，这一晚他睡得很香，还做了一个黄粱美梦，他梦见他第二天就找到工作了，是一个坐办公室的白领，月薪三千块。

第五章 败走深圳

第二天，徐森拿着一张易琼送给他的旧地图，按图索骥找到了位于宝安北路的深圳市人才大市场。他仔细研究了一下地图，按地图比例估算了一下实际距离，充分发挥自己身居长沙几年的想象力，觉得那儿离黄贝岭并不远，为了节约钱，他便一路摸索着走了过来。

徐森花了五块钱买了一张门票，便兴冲冲地直奔五楼。人才市场很大，找工作的人也很多，他像一条泥鳅一样穿梭在人群中，左冲右突，直挤得眼冒金星。他几乎走遍了整个人才市场，也没发现几家印刷公司在招人。突然，他发现了一家印刷公司，眼睛一亮，便挤了上去。

应聘的人可真多，严严实实将摊位包抄住了。好不容易轮到徐森了，他将之前在学校做好的一份美轮美奂的简历虔诚地用双手奉上。

一个戴着眼镜的中年妇女问道："你应聘什么？"

徐森看了看挂在墙壁上的广告喷绘，发现有很多岗位，他也不知道他究竟能胜任哪个岗位，便说了一个他自认为很低的岗位："我应聘跟单员。"

"不好意思，我们只要女的。"中年妇女看也没看便将简历退给了徐森。

徐森接过简历气愤地说："为什么只要女的？这不是搞性别歧视吗？"

中年妇女说："这是公司规定，我也没办法。"

徐森犹如当头泼了一瓢冷水，心都凉透了，只好悻悻地走开。

当徐森路过一个偏僻的角落时，发现有另外一家印刷公司也在招人，他相中了印刷工程师这个职位，忘却了刚才的不愉快，重新抖擞精神挤上去应聘。

"您好！我应聘印刷工程师，我是学印刷专业的。"徐森底气十足地说。

对于徐森递上来的简历，负责招聘的中年男子瞟都不瞟，便问道："你说说什么是印刷五要素？”

“这个我知道，原稿，承印物，油墨，印刷设备，还有——”徐森停顿下来，想了一下，接着又说道：“还有印版。”

中年男子接着又问：“套印不准一般有哪几方面的原因？”

徐森抓耳挠腮，不知如何回答，露出一副窘态。

中年男子说：“不好意思，你不适合。”

徐森接过简历，不无沮丧地走出了深圳市人才大市场。他下楼时，无意中听到一个男子在破口大骂：“他妈的，凭什么不要河南人，究竟河南人得罪了谁？等老子有出息了，你就是用八抬大轿来请我，我还不乐意呢！”

徐森不明就里，便迎上去问道：“为什么不要河南人？”

那个人愤愤地说：“说什么河南人在工厂拉帮结派，诚信度不高，道德败坏，不好管理。”

“哦！真是‘欲加之罪，何患无辞’啊！”徐森不无同情地附和着，他想起那句应验在自己身上的话“我们只要女的”，觉得自己和他如出一辙，有点同病相怜的意味，心里嗫嚅着：“哎！‘同是天涯沦落人，相逢何必曾相识’，出门在外，大家都不容易，只不过我遭遇性别歧视，而他遭遇籍贯歧视罢了。”

当徐森经过罗湖区人才市场的时候，他已经提不起兴趣了。他想，大型的人才市场都没有机会，何况这小型的人才市场。无意中，他又看见了伯乐职业介绍所，便进去瞅了瞅，主要是招聘一些普工和技工，而且收费不菲，看来也不适合自己，也便作罢。

在接下来的日子里，徐森每天准时来到深圳市人才大市场报道，但他仍四处碰壁。理由千奇百怪，有“我们不要应届毕业生”的，有“你没有开过印刷机”的，有“你没有相关工作经验”的，有“你的身高不够”的，更多的还是留下一句“你先回去等通知吧”而不了了之。在屡屡受挫的同时，徐森的实战经验也在不断地提高，他将之前那足足有十张纸华丽花哨的简历完全摒弃了，渐渐地瘦身成三张纸、两张纸、一张纸，最后为了节约复印费，干脆随便找张空白纸手写。他还学会了在简历上灌水和夸大其辞，他不仅写上了自己所工作过的万容公司和曾经实习过的湖南九芝堂股份有限公司所属的一个小印刷厂，甚至还杜撰了湖南新华印刷一厂和三厂，说自己在读大学期间的暑假曾在那儿实习过。说到实习，徐森忍不住“扑哧”笑出声来，他想起在实习期间上夜班的时候，他和其中一个同学竟偷偷地翻过工厂的围墙跑回学校的宿舍睡大觉。他恨自己当时长了一个猪脑壳，在实习期间一副吊儿郎当的样子，以至于现在像个白痴一样，对印刷厂的事情一窍不通。他恨自己不学无术，白白混了一张文凭，浪费几载韶华虚度光阴。尽管徐森使出了浑身解数，但毕竟黔驴技穷，虽侥幸过得了人事部这道门槛，却终究过不了所录用部门那一关。

在闲暇的时候，徐森仍视自己为一台压路机，继续发扬轧马路的精神，以打发这百无聊赖的时光。他将附近的荔枝公园、圆岭新村和八封岭都严严实实轧了一遍，又将深南东路这条深圳市最繁华的主干道扫了一遍。没事的时候，他偶尔也跑到红荔路上的深圳图书馆看报纸，或是跑到深圳书城看免费的书籍，却从不购买。在这段日子里，徐森别的进步倒没有，却对人才大市场附近的道路和快餐店了然于胸。

有一天，徐森特意跑到蛇口去看海，这是他第一次看大海。不管怎么说，既然来到了深圳，虽然找不到工作，但也要先了却这桩心愿再说。当他看到浩瀚的大海和对面的香港元朗时，他感到太壮观了。同时，一股莫名的悲凉又涌上心头，他突然想起周恩来的一句诗“面壁十年图破壁，难酬蹈海亦英雄”，他真想一头扎下去，让这渺小的身躯融入这波涛汹涌的大海。回程时，当巴士经过蛇口某个工业区的时候，徐森看到了那句谓之“蛇口精神”的标语“时间就是金钱，效率就是生命”，他喃喃道：“蛇口，蛇口，是为蛇之口，如今我主动送货上门，你为啥不把我吞噬了呢？”当巴士经过深南东路和红岭中路交叉处的时候，徐森看见了那幅关于邓小平的巨大画像，他真想说：“邓爷爷啊邓爷爷，你的大笔一挥，恣意畅快，但你可知道，在深圳这块弹丸之地却上演了多少出几家欢喜几家愁的故事啊？我真想回到过去的大锅饭时代，有饭吃就行，何苦来遭这份罪？”

按照易琼的建议，徐森决定去关外找工作。深圳关内有罗湖区、福田区、盐田区和南山区，而关外有宝安区和龙岗区，关内和关外实行的是两种截然不同的制度，从关外进入关内需要查验边防证。

一天，徐森去宝安区的兴达人才市场找工作。出来后，步行至南头检查站，突然发现自己忘带边防证了。这下可把他急坏了，回去时又没边防证，打道回府回郴州重新办一个边防证也不是办法，不知如何是好。他如同一个热锅上的蚂蚁，在原地踟蹰不前。

“老乡，你是不是想过关？”一个男人找徐森搭讪。

徐森审视了一下，觉得他也没什么恶意，便答：“是的。”

“我可以帮你过关。”

“要钱吗？多少钱？”

“不多，五十块。”

“五十块？这么贵！办个证才十块。”

“我不是帮你办证，我是带你走小路，我对这一带很熟。”

“哦，能不能少一点，我是来找工作的，没几个钱。”

“四十块。”

“二十块。”

“三十块，不能再少了。”那个男人斩钉截铁地说。

徐森犹豫了一下，咬一咬牙终于答应了。他于是跟着那个男人左拐右拐，翻过围墙，跨过沟渠，再爬过一座小山坡，总算是进入关内了。

自此，徐森视边防证为一块宝，时时刻刻将它揣在身上。之后，他去了龙华镇的三和人才市场，平安通过了梅林关。因为面试的原因，他又先后通过了同乐关、沙湾关和布吉关。徐森每次顺利通过关卡的时候，总要在心底骂一句：“他妈的，深圳关内就像一只老虎，这里摸不得，那里碰不得。同是中国人，有必要这样壁垒森严吗？”

半个月过去了，徐森的工作仍像那天上的月亮可望而不可即，而他口袋里的钞票只剩下一张老人头了。他忧心如焚，既不愿意像之前所看到的流浪汉一样睡大街卧桥底拾破烂，又羞于启齿向易琼借钱。一则麻烦易琼实在太多，二则易琼近来已很少和他说话了，他隐隐嗅到了这背后所潜藏的人情危机，鉴于这种窘迫的形势，他决定前往中山市投奔五婶。

中秋节那一天，易琼送给徐森一个大大的双蛋黄美琪月饼，那是公司派发的。这是徐森平生所吃过的一块最高档的月饼，在这个远离故土的城市，他感到了一丝浓浓的暖意。

翌日，徐森在罗湖汽车站登上了一辆开往中山的大巴。

车子启动了，徐森望着窗外无限繁华的胜景，心里感慨道：“别了，深圳！别了，这座移民城市，这个年轻的城市，同时也带给我无限感伤的城市。”

第六章　做了男人

大巴在东莞市虎门镇停了下来，司机说需要连船带人一起轮渡，大家可以出来放放风。为此，徐森又一次领略了大海的雄姿。他站在甲板上，迎着徐徐的海风，不由得想起了南宋的民族英雄文天祥和他的那首诗《过零丁洋》：“辛苦遭逢起一经，干戈寥落四周星。山河破碎风飘絮，身世浮沉雨打萍。惶恐滩头说惶恐，零丁洋里叹零丁。人生自古谁无死，留取丹心照汗青。”他感到一阵迷茫，是啊，人生自古谁无死，他真想纵身一跳，从此与鱼虾为伴算了。

大巴驶入中山辖区的时候，徐森透过窗外，看见的尽是一片香蕉林、池塘和湖泊，偶尔也能看见一些稀稀落落尽是杉树皮置顶的小木屋。他觉得有点诧异，他惊讶于中山市和深圳市的区别竟如此之大？他怀疑自己是不是来到了海南岛抑或梦想中的西双版纳？

从中山市的富华车站出来，徐森在一个士多店立马拨了一串数字，那是五婶的传呼机号码。母亲虽然没有出过远门，但她这种有备无患的做法是完全正确的，这令此时的徐森感动万分，真应验了那句老话：儿行千里母担忧。

过了几分钟，电话机响了，徐森拿起话筒便说：“五婶，我是徐森，我现在富华车站。你在哪里？”

“没听清楚，你是哪个？”徐森一听甚感诧异，是一个男人的声音，他怀疑自己是不是拨错号码了，便拿出纸条又看了一次，没错啊，接着镇定地说：“我是徐森，是季翠花的侄儿。”

“哦！我是你五婶的朋友。这样好不好？你在车站门口等我，不要乱走，我去接你。”

陌生男人既如此说，徐森虽将信将疑，也只好将死马当成活马医。

半个小时之后，一个中年男人凑上来问道："你是不是徐森？"

徐森打量着这个中等身材的陌生男人，狐疑地说："是啊！你是？"

"哦！我是季翠花的朋友。她现在有事，要我来接你，跟我走吧！"他淡淡地说。

在一个陌生的城市尾随一个陌生的男人，这对徐森来说还是头一遭。不过，他也没得选择，只能走一步看一步了。

徐森跟着他上了一辆绿色的小巴，然后在一个叫作港口镇的地方下了车。径直走进一条小巷，再拐进另一条小巷，中年男子在一个出租房面前停下来，并"咚咚咚"地敲门。

徐森第一次见到五婶的时候，想不到竟是这样一个尴尬的场面。五婶穿着一袭白色的睡袍，左手拿着一个镜子，右手拿着一个梳子正在梳头，似乎刚刚醒来。她的头发很长，一直垂到肩膀上，她显然没戴胸罩，徐森透过薄衫看见了那两个硕大的有点下垂的乳房，还有那两个凸起来且黑得发紫的乳头以及那条窄小的粉红色内裤。徐森心头一热，不知如何是好。想多看一眼吧，毕竟她是自己的亲戚，这不太好。不看吧，又控制不住自己的好奇心和一种源于内心的原始欲望。

五婶似乎很镇定，她终于发话了："你这死鬼，敲门也不说一下，我还以为是回头客呢。"

中年男子辩解道："这怎么能怪我呢？都快十二点了，谁知道你还在睡觉。明明知道我去接人，也不早点起来。"

"好了，好了，你们俩先出去一下，我要换衣服。"五婶的怒气明显降了下来。

当徐森第二次迈入这间单人房的时候，对于刚才的一幕五婶竟没有一丝的窘态。她笑着问道："你怎么知道我的传呼机号码？"

"是妈妈告诉我的。"

"哦，你来中山干吗？"

"找工作。"

五婶的脸庞闪过一丝不愉快的表情，但马上又恢复了平静，接着说道："想不到徐森这么快就大学毕业了。既然来了，就暂时住我这儿吧！谁叫我和你妈妈玩得好呢！谁叫你是我的侄儿呢！"说完这些，又补充说："哦，忘了向你介绍了，他是我工厂的一位同事，四川人，我俩玩得来，你就叫他李叔叔吧！"五婶停顿了一下，又对四川男人说："听见了没有，帮我的侄儿介绍一份工作，千要不要敷衍我，否则别怪我对你不客气。好了，你出去忙你的吧，这段时间过来之前先给我打电话。”

四川男人“嗯”了一声便出去了，屋里便留下徐森和五婶两个人。其实，徐森对五婶一点也不熟，在他读书的时候，五婶便一个人南下广东了，只有每年春节徐森在给五叔家拜年的时候，他才会见上一面并礼节性地叫一声“五婶”。

吃完五婶亲手做的简易午饭，五婶便对徐森说：“我要出去搓麻将了，你就待在我这儿。诺！这是房间钥匙，没什么事不要随便出去。这几天你就睡在我这儿，我嘛，睡到朋友那里去。若是我不在，你就去外面吃快餐。工作的事情，先不要急，我会催那个李叔叔帮你留意的，你看这样好不好？”

徐森苦涩地说：“好，那就麻烦五婶了。”

“说什么客套话，你好好休息吧！”五婶边走边说。

五婶走后，徐森躺在那张宽大的散发着浓浓女人气息的床上，却怎么也睡不着，便起来在屋内踱步。他看见立式衣柜里挂着许多撩拨人的胸罩和内裤，便好奇地将一个红色的胸罩掐了一下，感觉软绵绵的。这是他第一次抚摸女人的胸罩，哦！原来女人的这个东西是这样的，里面填充着海绵。他发现墙角的一个垃圾篓里有一个白色的类似于气球的塑料套，里面还有一滩乳白色的液体，散发着淡淡的腥味，他发现床头柜上有一盏粉红色的节能灯。徐森重新躺在床上，他脑袋里有着太多的疑问。他不明白五婶和那个李叔叔究竟是什么关系？他进五婶的门为什么毫不避嫌？他为什么要听五婶的话？他们之间是不是有着不可告人的秘密？五婶说的回头客是什么意思？她不是说李叔叔是工厂的一位同事吗，那她为什么不去上班？上午在家睡懒觉，下午又去搓麻将呢？另外，那个塑料套是什么？里面的液体又是什么？房间里明明有荧光灯，为什么还要那盏节能灯？它为什么偏是粉红色的？对于这诸多的问号，徐森不敢问五婶，也不好意思问，毕竟在长辈和晚辈之间有着不可逾越的鸿沟，有些事情是不便启齿的。

徐森的想象力实在是太丰富了，他还想到了《红楼梦》。他觉得自己就是贾宝玉，五婶就是秦可卿，如今他就睡在秦可卿的闺房里，而秦可卿屋内的所有陈设正给他一种潜在的性启蒙，让他逐渐摆脱混沌，知晓男女之事，为将来的初试云雨做好铺垫。

徐森想得头有点疼，终沉沉睡去，一觉醒来，已是日落黄昏时分。他便锁好房门，打算出去走一走。这是一条狭长的足有一百多米的小巷，在这里，他看到了一道特别的风景。他发现，在这条巷子里，三三两两地站着一些中年妇女，间或一些年轻的女人。她们的打扮比较妖艳，浓妆艳抹，穿着紧身的比较性感的低胸连衣裙，纷纷露出诱人的乳沟，甚至有些女人大胆到连胸罩都不穿，能看见那稍微有点下垂的乳房的轮廓以及由乳头所衬托出来的两点。她们要么懒洋洋地靠在墙壁上，要么坐在一张凳子上，翘着一个二郎腿，透过那短短的裙子，能依稀看见下面的内裤。她们的姿态各异，有的漫不经心地嗑着瓜子，有的正在涂脂抹粉，有的东张西望，有的聚在一起聊天。若是有男人从这条小巷经过，她们会噘起嘴巴吹着欢快的口哨，以此吸引男人的注意力，或是很热情地走上前去，主动找男人搭讪。一番窃窃私语之后，他看见有的男人跟着那女人进了一间出租房，有的男人则自行走开了。徐森不明白她们一个个站在巷子里要干什么，更不明白一男一女去出租房将要干什么。他心想，她们也许是在纳凉，至于找女人说话的那个男人应该是她的老公或朋友吧。

在接下来的两三天里，徐森除了吃饭就是睡觉，实在无聊，就出去逛街。他不是不想找工作，是没钱找工作，也不知如何找工作。五婶偶尔也会回来一下，做一顿便饭给他吃，说一些无关痛痒的话，有时也会留一些零花钱，然后又走了。徐森觉得五婶很神秘，他不知道五婶晚上睡哪儿？白天在干什么？难道一天都在搓麻将？还有那个李叔叔近来也未曾露面，他是谁？他是干什么的？徐森在附近逛街的时候，希望能意外地捕获到五婶的身影，但却从未如愿。

有一天傍晚，徐森仍出去逛街。当他走过另外一条小巷的时候，一个估计四十岁左右的妇女低声地问道："靓仔，玩不玩？"

徐森狐疑地问："玩什么？"

她一脸惊讶地说："说那么明白干吗！当然是做那事！"

徐森猜出了八九分，却没有把握，便打破砂锅问到底："做那事是什么事？"

"就是做爱呀！"

徐森将她仔细地打量了一下，发现她风韵犹存，还有点姿色，似乎有点动心，便问："多少钱？"

"不多，二十块"

徐森停顿了一下，接着又问："在哪里做？安不安全？"

"就在我的家里，你放心，绝对安全。"

徐森犹豫了很久，还是不敢进去，也不顾她的拉扯，径直往前走。

走在路上，他的内心进行着激烈的思想斗争。他想了很多很多，他想到自己在读高中时曾暗恋过一个女孩，最终却连手也没摸过。他想到自己在读大学时曾陪着一个同班的女孩在学校的运动场上散步，那是一个漆黑的夜晚，女孩向他倾诉了许多，动情时分还掉了眼泪，自己竟如同绅士般拿起一片纸巾替她拭去眼角的泪水。他恨自己为什么不给她一个拥抱，再伸出自己的咸猪手顺便摸一下她那两座坚挺的山峰。如果得逞的话，再去学校外面开个房来一个颠龙倒凤也未尝不可。哎！真是事后诸葛亮，全是马后炮，怪就怪自己有色心没色胆，一副假正经、假清高、假绅士的模样。

徐森思来想去，终于狠狠地撂下一句话："豁出去了，今天无论如何也要尝试一下。"

徐森从原路踅回来，那个妇女看见徐森又返回来了，脸上自是堆着笑容，她当然明白接下来要做什么，便主动打开了身后的房门。

将门反锁之后，她一下子便脱去了裤子和内裤，穿着上衣径直坐在床沿上。徐森见状，猴急般也脱去了自己的裤子和内裤，露出一个硬邦邦的东西贴在肚皮上。

待徐森爬上床去，她便从枕头下面拿出一包东西，小心地撕开，将一个圆口的塑料套戴在他下面那个东西上。她从上往下一拨弄，那个塑料套便紧紧地裹住了他那个东西。

徐森问："这是什么？"

"避孕套啊！"

"戴它干吗？"

"防止怀孕啊！"

徐森略一思索，认真地说："我可是处男哦，是不是不要钱啊？"

"你是处男，谁信？我还是处女呢！"

她躺下来，然后催促道："快点干活啊！"

徐森趴在她的两条大腿间，在他停顿的刹那间，她竟伸出一只手很熟练地将他那个东西塞入她那宽松的洞穴中。

徐森撩开她的胸罩，一边用双手揉捏着那两只硕大的乳房，一边前后抽动，只动了两下，他就感到一股滚烫的熔浆刹时喷了出来，下面已然疲软了。

回来的路上，他似乎意犹未尽，口里喃喃道："太快了！太快了！好像猪八戒吃人参果，啥滋味都没有。"然后又无可奈何地叹道："哎！真是悲哀啊！想不到，我这宝贵的处男之身竟献给了一个阿姨级的老女人。"

第七章　逃离港口

有了这次初试云雨的特殊经历，徐森如醍醐灌顶般一下子便开了窍，他已然揭开了歌德巴赫猜想的谜底，他似乎明白了五婶的一切，明白了那个李叔叔的身份，明白了五婶那个出租房的暧昧陈设，明白了回头客的真正意思，明白了垃圾篓内那个装有乳白色液体的塑料套背后的故事，也明白了那盏粉红色的节能灯其背后的寓意，但是，这些都只是他个人的设想，没有亲眼目睹，他想还是不闻不问的好。

一天早上，七点钟左右，徐森刚刚洗漱完毕，五婶就跑进来兴冲冲地说："徐森，你李叔叔帮你找到工作了。你赶快收拾一下，跟他去工厂报到上班，他在外面等你。"

徐森一听，当然很高兴，他抿了抿嘴，想问去什么工厂？那个工厂在哪儿？是做什么的？自己做什么？工资多少？但他还是没问，他怕扫了五婶的兴致。他不愿再麻烦五婶，他不愿过这种无所事事的日子，他不愿再住在风情街里，住在这充满诱惑也不知是不是红灯区的鬼地方，他不愿让自己下面的那个东西无数次雄赳赳地勃起，然后又莫名地疲软下去，他不愿在睡梦中老是幽媾，他更不愿用手套弄自己下面的那个东西，以打飞机的方式聊以自慰。既如此想，徐森便说："好啊！谢谢五婶！"

从出租房出来，想不到李叔叔竟开了一辆摩托车过来。徐森跨上摩托车，李叔叔油门一踩，离合器一旋，伴着一阵"呜呜呜"的声音便风驰电掣般地飙走了。

摩托车在一个叫作宏时电子厂的大门前停下，李叔叔拿过徐森的身份证便去办手续，利用这段空隙，徐森打量了一下四周，发现这里只有一个工厂，工厂的四周都是香蕉林，充满着浓浓的田园气息，只不过在工厂的前面横亘着一条马路。虽然之前从未来过这儿，但他根据坐摩托车的时间和周边的招牌，他判断这里仍属于港口镇。

“好了，你可以进去上班了，现在还不到八点，赶快跟着那个负责招工的小姐进去吧！我要走了。”李叔叔打断了徐森的遐思。

“那谢谢你了！”徐森说，对“李叔叔”这三个字，他叫不出口。

徐森跟在那个人事小姐的后面，一边走一边想：“这是什么工作？怎么这么容易找？连文凭都不用看，我那大学岂不是白读了？哎！管它呢，有一份工作就好。”

“我来介绍一下，这是你部门新来的员工，我现在交给你了。”人事小姐对一个身形剽悍的男人说。

那个男人将徐森上下打量了一番，见他戴着一副眼镜且身材瘦小，脸上现出了一丝不愉快的神色，却什么也没说。

人事小姐走后，那个男人领着徐森来到一个仓库，对他说：“你就在这里上班，暂时负责搬运东西。”然后又对着旁边的一个小伙子说：“这个人就交给你了，你和他一起去车间干活吧！”

徐森终于明白自己是做什么的啦，原来是一个搬运工，也可算是杂工。他觉得很委屈，也有点愤懑，他觉得五婶和李叔叔都在敷衍他，竟帮他找了这样一个工作。但他又骂不起来，毕竟五婶是自己的亲戚，也是自己的恩人，再说，凭她个人的能力也只能找这样的工作，我有什么理由指责她呢？哎！现在是连回家的路费都没有，进也不是，退也不是，先将就着干吧！

这是一个生产电子表和石英表的工厂，一个偌大的车间共有三拉（工厂术语，拉相当于团队），在拼凑起来的工作台两侧竟黑压压地坐满了一排排戴着工作帽的女工，她们正忙碌地工作着。徐森没有心情欣赏这些靓丽的青春少女，也没有时间找她们搭讪。他的工作很简单，也很枯燥，他需要不断地穿梭在一拉、二拉和三拉之间，将她们装有手表粘有封箱胶纸已经打好包的纸箱搬上叉车，待码到一定高度后，再拖着叉车借助电梯将这些成品运到一楼的仓库。

整整一个白天，徐森就像一只忙碌的蜜蜂，又像一个上足发条的钟表，奔波在四楼的包装车间和一楼的仓库之间。搬货、码货、拖叉车、坐电梯和卸货就是他一天的全部，重复，再重复，往返，再往返。时钟“嘀嗒嘀嗒”一秒一秒地过去，终于熬到了下午五点半，他本以为可以下班了，谁知这时却发生了一件让他意想不到也让他次日改变初衷的事情。

“今天要赶货，你吃完晚饭后马上过来上班，今晚通宵，上到明天早上八点。”仓库主管不容置辩地说。

徐森怀疑自己是不是听错了，便问：“为什么要今晚通宵？晚上不睡觉怎么行，我又不是机器。”

“不是说了吗，今天要赶货，仓库缺人手，就这样。”仓库主管抛完这句话便匆匆地走了。

徐森无可奈何，咬一咬牙，还是决定干，毕竟军令如山啊！吃完晚饭，徐森又继续干活，不过，他发现自己的搭档没有来，仓库里只有他一个人在上夜班。

“妈的，尽欺负老实人，尽踩踏新来的。”徐森跺了跺脚。

这个漫长的夜晚，徐森不知道是怎么过来的。他不害怕搬货、码货和卸货，他害怕的是那种在工作中沉闷和死寂的感觉，没有人搭理他，他也不知和谁说话。他感觉自己像一个机器人似的，在四楼和一楼之间疲于奔命。到了后半夜的时候，他经不住瞌睡虫的侵扰，几次想找个偏僻角落睡大觉，但他害怕四楼那三个拉长破口大骂：“四眼，还不快点搬货，纸箱多得都快把过道堵塞了，我们怎么干活呀！”徐森这样想，不得不发扬共产党连续作战的优良传统，继续干活。若实在困了，便跑到卫生间用冷水洗把脸漱下口，多少提点神。到了晨曦时分，徐森已毫无睡意，包装车间的工作进度慢慢地降下来，他一边悠悠地拖着叉车，一边琢磨着自己的去留问题。

八点钟一到，徐森终于可以下班了。在交接班的时候，仓库主管对他说：“你今晚六点钟继续上夜班。”徐森懒得搭理他，一个人径直走了，因为在他的心里已经酝酿了一个大胆的念头，他决定自离。

在回五婶出租房的路上，他骂了一路：“他妈的，什么鸟工厂，竟让我通宵达旦地干了二十四个小时，老子他妈的不干了，你能奈我何？老子就是活活饿死，就是沿街乞讨也不打这份鸟工。”

徐森“咚咚咚”敲响了五婶的房门，等了好一阵，门才被打开。他惊讶地发现，李叔叔也在里面。他看见，五婶坐在床上梳头，毛毯尚未折叠，床上一片凌乱，他又瞥了一眼墙角的垃圾篓，看见了两三个内有乳白色液体的避孕套，而此时的李叔叔正一脸窘态地朝他傻笑，空气在这一刻似乎凝固了，谁也没有说话。

五婶示意李叔叔离开之后，终于说话了：“你怎么回来了？”

“我回来拿点东西。”

五婶一本正经地说：“你如今也是大人了，现在你也看到了，有些事情我有必要和你说清楚。其实，我和你五叔之间没什么感情，在家时就经常吵架，所以我就来广东了。我打算和她他婚，然后再嫁给你李叔叔。你也知道，一个女人在外面活着不容易，没有一个男人的照顾还是不大好。”

五婶既如此说，她都搬出“和五叔离婚”的幌子了，徐森还能说什么？况且，这也不是他一个小屁孩所能干涉的事情。他便绕开这个话题，一本正经地说道：“我不打算在那儿干了。”

“为什么？”

“做搬运工太累，我干了一天一夜，到现在还没合眼。”

“再试着干几天嘛，在外面打工都是这样的。”

“不了，我已经决定了，今天下午就走。”

“好吧！我也没什么说的。”

徐森在五婶那儿睡了一个上午，吃完中饭，向五婶“借”了一百块钱，便乘车逃离了港口镇。

若干年之后，果不其然，五婶便和五叔离婚了，将一个儿子和一个女儿都留给了五叔，但她并没有嫁给那个四川男人，而是改嫁到湖南省耒阳市的某个农村。其实，徐森当时就知道，五婶是只鸡，是一个性工作者，而李叔叔要么是她的姘头，要么是她的嫖客。他同情五婶的遭遇，他理解五婶的处境，他明白社会的残酷，他也明白生存的现实，只是在面对面相处的时候，谁也不愿意捅破这层窗户纸。

第八章　迷失广州

徐森从港口逃离后，因为接近年关，他想，现在找工作不是时候，况且身上也没钱了，唯一的退路便是回家，于是便转道广州坐火车回了郴州。

2000 年的春节对徐森来说，绝对是他平生最难熬的一个春节。终于等到正月初八了，他厚着脸皮找父亲拿了五百块钱，在父亲的一声叹息中再一次离开了家乡。

郴州火车站像开了闸的水库似的，人山人海，人头攒动，武警遍布，戒备森严，根本就买不到火车票，也毫无机会钻进站台。打道回府不是办法，唯一的出路便是前进，前进，再前进。在无计可施的情况下，徐森咬一咬牙，毅然决然地买了一张昂贵的汽车票。

坐在前往广州的汽车上，徐森想了许多。他想到了年迈的父母，如今还要下地劳动，本指望自己大学毕业后能减轻他们的负担，如今仍不断向家里拿钱。他想起了父亲前几年所说的一句话，等你大学毕业了，我就把那头老猪婆卖了。现在看来，是不能卖了，还得指望它生一批小猪崽。他想起了母亲之前所说的一句话，等你大学毕业了，讨了老婆生了孩子，我就去城市里帮你带孩子。想到这些，他的心都碎了，他不知道何时才能自立？他不知道何时才能娶老婆乃至生孩子？他觉得这一切离自己都很遥远，简直是海市蜃楼，虚无缥缈，好比梦境中的乌托邦，是难以企及的。为此，他狠狠地骂自己：“我真是枉为人子啊！”更令他痛心的是，买这张汽车票竟花了他一百六十块大洋，而火车票只需二十七块，几乎是它的七倍。本来我就穷得要命，如今要多花一百三十三块，这岂不是雪上加霜？

抵达广州后，徐森便径直投奔了谢海。谢海是徐森的高中同学，这几年他们之间一直有书信往来。在读高中的时候，谢海是一个狂热的政治分子，也是学校里的学生会主席，毕业之后，因没考上大学，在理想破灭之后，一气之下便南下广东。徐森就是受他的影响，阅读过希特勒的个人传记《我的奋斗》，也曾一度将拿破仑当成自己的精神偶像。今年春节，徐森和谢海在家乡见过一面，他们聊了很久，临别的时候，谢海留下一句话，说他正月初六就会回广州，还说徐森如果来广州的话可以找他，并留下了一个详细的地址。

谢海对徐森的到来当然很欢迎，也很热情，毕竟他们曾经是兄弟。当晚，谢海便请徐森去员村新街的一个小饭店撮了一顿，这令徐森十分感动。

一切安顿好之后，徐森又投入了战备状态，他几乎每天都坐车去位于天河路的南方人才市场报到。与它一路之隔的广州购书中心也有一个叫作韦博的人才市场，徐森偶尔会去看一下，但一看到那二十块收费不菲的门票，他又望而却步了。他当然知道，这个人才市场比南方人才市场上档次，招聘的都是一些中高端人才，但南方人才市场却有一条惠民措施，它规定具有大专文凭以上的求职者可以免去十块钱的门票。因此，每当徐森拿着那个红本本大摇大摆地走进去时，他都觉得无比自豪。

徐森每次沮丧地从南方人才市场出来时，都要绕过它的后面去天河村吃快餐。这一带分布着不少的职业介绍所，如同商铺一样占满了整条街道。它们的广告铺天盖地，上面密密麻麻填满了各种各样的职位及相关需求。徐森留意到，这些岗位需求不仅简单而且门槛低，只要你交了钱，哪怕是一个乳臭未干的愣头青应聘总经理，他也会拍着胸脯信誓旦旦地说："没问题，只要你自认为能胜任，我包你明天上班。"这不是他娘的放狗屁吗？总经理算什么？我自认为我能胜任国家主席，是不是明天就可以去中南海上班啊？

徐森不是刚孵出来的菜鸟，他知道那些都是骗人的，无非是让你交点钱，然后去一个皮包公司上班，上一天班后，便以一个莫须有的罪名把你解雇了。不过，那些工作人员的热情劲可真是没得说，嘴巴像抹了蜜一样，什么老乡啊，什么朋友啊，什么兄弟啊，叫得可带劲。有时还会拉住你，说道："朋友，进来喝杯水嘛！我知道你从家乡来到广州也不容易，先谈谈你的要求，我这里正招聘许多职位，我会根据你的实际情况推荐一个合适的职位，绝对令你满意，不成功不收费。"说得徐森暖烘烘的，差一点中了他的糖衣炮弹。徐森一直不明白，这些非法的职业介绍所为什么能够在南方人才市场的后面冠冕堂皇地存在而且还大张旗鼓地从事自己的勾当，莫非他们有后台？还是有别的隐情。他觉得这真是一个黑色幽默，就好比一个妓女站在公安局的门口公然卖淫一样，真是滑天下之大稽。不过，虽然这些职介所门可罗雀，但还是会有一些求职者会掉入他们设计好的陷阱，最终成为他们的猎物。

一天中午，徐森依然毫无收获，正准备撤出南方人才市场的时候，忽然听到一个由大喇叭所传来的声音：“请大家不要急着走，等下会有一场免费的关于求职的战略战术培训，由资深职业经理人唐先生主讲。”徐森一听，顿时来了兴趣，便留了下来。

听课的人很多，里三层外三层，像铁桶一样将唐先生围了一个水泄不通。西装革履的唐先生清了清嗓音，便抑扬顿挫地讲开了，声音洪亮，铿锵有力。

他首先简单地介绍了一下自己，接着说道：“既然大家选择来广州，那就请相信自己，这里一定有你的立足之地。广州是一个极其开放的大城市，也是一个包容性很强的国际化大都市，它的商业、金融和工业都很发达，就业机会也相当多，只要你正确地认识自己并合理地推销自己，就一定能找到一份属于自己的工作。你们一定要明白，工作不是父母、亲戚和朋友介绍来的，更不是从天上无缘无故掉下来的，而是你自己找来的。或许他们根本就不知道你的内心需要，追求速度，碍于情面，甚至只是敷衍，随随便便帮你找一份工作，请问这是你想要的工作吗？你好意思拒绝吗？”

徐森想起五婶帮他介绍的那份工作，觉得唐先生说得很在理，便继续听下去。唐先生喝了一口水，接着说道：“俗话说：‘心态决定状态，细节决定成败’，所以我们在找工作时要从个人简历、个人着装、行为礼仪、谈吐语气、回答技巧、职业定位、行业背景和期望待遇这八个方面着手，你们要将找工作看成打仗一样，在战略战术上重视它，在内心里藐视它。”

徐森不由赞道：“说得太好了！”接下来，唐先生便针对那八个方面分别说了一大堆的注意事项，最后这样结尾：“当然我只是起一个抛砖引玉的作用，具体的操作还要结合个人的实际情况，如果你们能将这八个方面融会贯通的话，我相信用不了多久，你们一定能找到一份满意的工作。我今天就说到这儿，谢谢大家！”

唐先生刚说完，下面便响起了一阵雷鸣般的掌声。徐森也受益匪浅，他感觉有一种神秘的力量打通了他的七窍六孔，贯通了他的整个经脉，他甚至对自己信心十足，对未来充满了无限的渴望。但在接下来的日子里，因为他死守一个专业对口的原则，因为在南方人才市场现场招聘的印刷企业寥寥可数，因为他贫瘠的印刷理论和专业技术，因为他几近为零的实际工作经验，他依然像一个幽灵一样在广州游荡着。

一天，徐森从南方人才市场面前经过的时候，他发现了一则广告，说是在广州市黄埔区有一个专门针对求职者的公寓，十块钱一晚，有快餐供应，有公用电话，而且还有专车接送，早上送到南方人才市场，下午送回宿舍。徐森有点动心了，因为他有了之前的经验，知道麻烦别人若是时间长了，对方可能会翻脸的。再者，他也不愿和同学谢海同挤那张窄窄的铁架床，那样睡起来双方都不舒服。既如此想，徐森当天便搬到黄埔区的那栋公寓去了。

说是公寓，其实就是一栋废弃的房子。在二楼的每个房间里都摆了六张双层结构的铁架床，这样一个房间可以住上十二个人。也就是说，当月亮落下去的时候，光一个房间而言，一百二十块钱就这样不费吹灰之力落入了老板的口袋，这可真是暴利啊！不过，正如周瑜打黄盖，一个愿打，一个愿挨，再者，在其他方面，的确如广告所说，老板做得丝毫不差，所以这种互惠互利的双赢经营模式很受求职者的欢迎。

约莫住了一周，一位来自四川的室友对徐森说："在杨箕村也有一个求职公寓，和这里一样，也是十块钱一晚，有快餐供应，也有公用电话，更重要的是，它离南方人才市场近，步行只需十分钟。"徐森一听，又有点动心了，他想，这里有车接送又怎么样，不仅浪费我的时间，而且周边也冷清清的，就是一个农村嘛，不好玩。于是，这天晚上他又挪窝了。

杨箕村位于中山一路，不远处就是中山一立交桥，这可能是广州市层叠数最多的立交桥，一共六层，因为中山一路、黄埔大道西、东风东路和广州大道中全都在这里汇合，故场面相当壮观。徐森坐车来到杨箕村后，没走几步便看见了它的广告。正如那个四川室友说的，这里和黄埔区的求职公寓一样，只是房间更大一些，床位更多一些，住的人也更多一些。反正徐森不在乎，他就喜欢这种热闹的感觉。他甚至牵强附会地想起了一个从电视上看到的歪道理，杀一个人是死，杀十个人也是死，既然这样，不如赶尽杀绝。这里离南方人才市场很近，而且周边也很热闹。于是，徐森每次去南方人才市场报到的时候，总是悠悠地走着。闲暇时，他要么在周边漫无目的地扫大街，要么和一群来自天南海北的室友胡吹乱侃，他发现他渐渐地喜欢上了这儿。

在长期的求职过程中，徐森的求职技巧没什么长进，但对于省钱攻略却自成一家。他会跑到麦当劳、肯德基、天河城广场或广州购书中心享受五星级且免费提供纸巾的卫生间。若实在急不可耐，只好屈尊跑到附近的学校或医院的厕所就地解决。他会跑到广州购书中心阅读免费的书籍，他会跑到天河城广场享受无偿的空调服务，他会跑到银行里喝免费的饮用水，他会跑到住宅小区的休闲廊里捡别人弃下的《广州日报》或《羊城晚报》，然后搜寻里面的求职信息。他将天河村和杨箕村这两个城中村附近一带的快餐店和桂林米粉店排查得一清二楚，他根据自己的口味和钞票将自己每天的食谱安排得妥妥帖帖。

徐森的钱袋终于空空如也，当他发射完身上的最后一颗子弹，便大义凛然地离开了杨箕村。他还是决定投奔谢海，都已经山穷水尽了，什么面子，什么尊严，什么寄人篱下，什么看人脸色，全是他妈的扯蛋，他要住在谢海那里，赶他他也不走了，他要找谢海借钱，继续踏上这条找工作的不归路。

走在前往员村的黄埔大道上，徐森忍不住仰天长啸：“上帝啊！你就可怜可怜我吧！我已经无路可走了。广州啊！我已经迷失了自己，你给我一个容身之处好不好？”

第九章　东莞窘事

“回来了！”谢海笑眯眯地对徐森说，他似乎料定徐森一定会回来找他的。

“没办法，找不到工作，只好回来麻烦你了。”徐森惭愧地说。

“没关系啦，我不帮你谁帮你。广州是一个残酷的城市，我当年找工作也找了很久，最后还是通过老乡介绍才进现在这个公司的，一直干到现在我都不敢跳槽，你要做好心理准备哦！”谢海停顿了一下，接着又说：“你知不知道东莞是世界的制造中心，那里工厂多，想必也有很多印刷厂。我听说东莞也有两个很大的人才市场，一个叫智通，一个叫基业，你不妨去那儿找找。你可以早上赶过去，下午再回来，仍住我这儿，怎么样？”

“好啊！我还真不知道，我明天就过去。”徐森说，他迟疑了一下，接着又低声说道：“我想向你借点钱，等以后有钱了再还你。”

谢海爽快地说：“没问题，我现在还没发工资，先给你一百块吧，不够时再说。”

第二天，徐森起了一个大早，从程介新村出发，穿过科韵路，来到中山大道西等车。

不一会儿，一辆写着“广州火车站——东莞”的小巴士在徐森的面前缓缓停下。

徐森问：“多少钱？开往东莞哪里？”

一个长头发的青年男子用粤语说：“洒焖该（十块钱），到东莞总站。”话一说完，也不管徐森同不同意，生拉硬拽硬是将徐森推上了车。

徐森觉得这个卖票的真是热情过头了，但既然上来了，只好作罢。道路并没有堵塞，但车开得很慢，走走停停，停停走走，看见人就减速，然后问人家去哪儿。若是行人向他招手，青年男子更是急不可耐，一个箭步冲下去，也不回答别人的提问，在一阵推搡中不管三七二十一先把人带上车来再说。

车到黄埔的时候，青年男子用不太标准的普通语说："下车，全部下车，去坐另外一辆车，我们要掉头了。"

有人说："什么？还没到东莞呢？你不是说开到东莞总站吗？"

"少废话，不下就坐回广州去。"青年男子恶狠狠地说。

"要不要买票？"

"不用。"

既然这样，大家便不得不换乘另外一辆小客车。哪知道，这辆小客车一路上也是走走停停，停停走走，慢得要死，车到增城市新塘镇的时候，那卖票的说话了："终点站到了，请全部下车！我的车只开到这儿。"

有人开始骂开了："怎么搞的，又换车？还要不要买票？"

卖票的狡黠地说："不用买票，你们先下去吧，我们的车等下就到了。"

当最后一个乘客的双足刚落地，那辆小客车便飞也似地开走了，屁股后头冒出一股浓浓的黑烟。这时，大家终于明白这就是人们常说的野鸡车，短短的一段路大家像猪崽一样竟被卖了两次，耽误时间不说，还浪费钱财。徐森第一次摊上这样的事情，也只能自认倒霉，不得不再花五块钱从新塘镇坐车前往东莞。

车到东莞新兴车站的时候，已经是十点钟了。他跺了跺脚，心里骂道："妈的，早上六点钟起床，竟花了四个小时赶到东莞。"

徐森步行至智通人才市场，不巧的是，今天是星期二，没有现场招聘。徐森只好在外面了解了一下智通的基本情况，知道它每逢星期三、星期六和星期日才有现场招聘，平时只有职业推荐，但那需要交费，他信不过。然后，他又去位于八达路上的基业人才市场踩了一下点，最后悻悻地返回广州。

有了这一次乘坐野鸡车的经历，徐森去东莞便改变了路线。他先是从员村四横路口花两块钱乘坐巴士至黄埔区的港前路，再步行至黄埔东路花三块钱乘坐巴士至新塘镇，再在太阳城附近花五块钱乘坐巴士至东莞，这样虽然麻烦一些，但总开销是一样的，不仅节约时间，还不会挨宰。

在智通人才市场的前面有一个LED电子显示屏，它会将今日所招聘企业的公司名称、招聘职位和展位号从头至尾滚动一遍。徐森每次去智通找工作的时候，都拿出一支笔和一个记录本，双眼紧紧地盯住LED，当看到有关印刷厂的招聘信息时，便将招聘职位和展位号快速地记下来，然后花十块钱买一张门票径直去三楼找工作。

果不其然，东莞是一个世界性的制造工厂，来智通招聘的公司几乎都是制造型企业，也夹杂着几家印刷厂。限于徐森的自身实力和诸多因素，他还是找不到一个愿意录用他的东家。

徐森就这样不辞辛劳地奔波于广州和东莞之间，而这样做仅仅是为了换取一片薄薄的面包。他甚至卑贱地想，只要谁愿意录用我，给我一口饭吃，给我一张床睡觉，我不拿工资都行，但天下哪有这样的工作，这分明就是包身工嘛！

找工作是一件枯燥的也令身心备受煎熬的苦差事，但徐森也找到了他自己的一点乐趣。在谢海的集体宿舍里还住着另外一个人，他叫吴良，和谢海是同一个村的，也是我的正宗老乡。当时，吴良有一个收音机，他很喜欢收听一个叫作《零点1加1》的节目。晚上睡觉之前，他准时调好频道，零点一过，便传来了振奋人心的声音，那是一个阴柔的女人和一个阳刚的男人相互对话的声音。

“大家好，现在是北京时间零点整，欢迎大家收听我们的节目《零点1加1》。我是主持人阿雪。”女主持人停顿了一下，接着说道：“今天我们很荣幸地请到了广济医院著名的性学专家李刚教授，请让他来回答大家的提问，欢迎拨打我们的热线电话020-81234567。”

“大家好，我是李刚。”男主持人打了一个招呼。

接下来，便是互动节目，一个个电话陆续打进来，李刚教授不厌其烦地一一解惑释疑。话题无非是从初恋谈到热恋，从热恋谈到结婚，从结婚谈到离婚，从婚外情谈到性变态，从二奶谈到二爷，从红杏出墙谈到嫖娼狎妓，从男人的睾丸说到女人的子宫，重点还是说男女之间床上那点破事。无线电波里在互动，住在同一间宿舍的三个人也在互动，因为都是男人，大家畅所欲言，将之前一些谈恋爱的憾事，与某某女人一场风花雪月的艳事，在大街上对某个女人意淫的趣事全都搬了出来，只差说出自己那段关于嫖娼不甚光彩的事情。大家说得唾沫横飞，兴致盎然，最后在女主持人的一声“好了，今天的节目就到这里，明天这个时候再见”的结束语中意犹未尽地睡觉。

一天晚上，谢海对徐森说：“今天晚上我和你去隔壁那个房间打地铺，吴良要带一个女老乡过来睡觉。”

徐森惊讶地说：“他在追那个女孩？”

“是啊，追了有一段时间了。”

大概凌晨一点钟，只听见“嘭”的一声，把大家都吵醒了，这个巨大的声音显然是从吴良那个房间里传来的。这时，谢海哈哈大笑：“搞定了，吴良终于搞定了，肯定是做那事将床板都弄塌了。”话音刚落，大家哄堂大笑。

第二天，谢海问吴良：“老实交代，昨晚是不是得手了？”

吴良淡淡地说：“是啊！这有什么大惊小怪的。”

徐森看见那个女老乡一副羞涩和难为情的样子，他就知道俩人昨晚肯定进行了一场山崩地裂的战斗。

为了打发坐车的无聊时光，徐森花十块钱从地摊上买了一个小型收音机，闲暇时，便戴上耳机，调好频道，收听那些叽哩呱啦不知所云的粤语节目，开始时云里雾里，久而久之，加上有谢海的指点迷津，他也基本能听懂一些基本的粤语了，甚至还能蹩脚地说上几句。想不到，这个不足为外人道的三脚猫功夫，多年以后，为他应聘某家港资企业发挥了意想不到的作用。

古人常说：“明枪易躲，暗箭难防。”缺少社会经验的徐森终于在东莞遭遇了他南下广东的第一次诈骗。

一天上午，徐森像往常一样毫无战果地从智通人才市场出来，他想去附近的文化广场逛一逛。走在半道上，一个衣着邋遢的中年男人神秘地对他说：“老乡，请留步。我给你看样东西好不好？”

“什么东西？”徐森一脸不解地问。

中年男人一边拉着徐森的手一边说：“这里说不方便，去那棵树下说。”

两人来到树下，中年男子哆哆嗦嗦从裤兜里拿出一个叠好的手帕，他解开手帕，原来是一个金色的小小的长方体。

徐森用手掂量了一下，约莫十克重，再仔细端详了一下，发现它沾有一些泥土，另外在它的背面还有一串文字，他只认得“乾隆”两个字，其他的文字也不知是什么体，说甲骨文也好，说篆书也好，反正他不认识。这时，中年男子说话了：“这是乾隆时期的黄金，是我家祖传的宝贝，它原来一直埋在地底下，最近才挖出来，所以上面才有一些泥土。我是刚从工地里出来，没领到工资，也借不到钱。因为家里有点急事，必须回家一趟，在没有办法的情况下，所以想将这块金砖卖了，我也不卖太高的价钱，只卖两百块钱，够我回家就行。”

中年男子说得有板有眼，既态度诚恳又符合实情，徐森都被他感动了。

徐森想："这么好的事情让我摊上，我真是捡了一个大便宜，赚大发了。这块金砖市场价值少说也值几千块钱吧，如今我只需掏两百块钱就能搞定。虽然我现在没钱，不管怎么说，先买了再说，毕竟这种事情可遇而不可求。"

坐在回广州的车上，徐森再次掂量了那块金砖。他越想越不对劲，他调动之前所学的化学知识，铜（Cu）的化学元素周期表是 29，而金（Au）的化学元素周期表是 79，按道理这块金砖要更沉一些。另外，天上哪有掉馅饼的事情，哪有白白让我捡一个大便宜的道理。它真是乾隆时期的金砖？那可是古董，价值连城哦！按道理，它应该躺在银行里，怎会流落到一个建筑民工的手上呢？莫非这是一块铜？上面的字是雕刻上去的？莫非这是一场天大的阴谋？

徐森不敢再想了，他也不敢继续往下想了，他知道自己受骗了，他除了懊恼就是骂这个社会世风日下，骂现在的人们道德败坏。他也不敢告诉谢海，他认栽，就当花钱买了一个天大的教训，这真是哑巴吃黄连，有苦说不出啊！

多年以后，徐森看了一部《不要和陌生人说话》的电视连续剧，颇有感触。也正因为有了这次前车之鉴，徐森再也不投机取巧，也不贪小便宜。他不赌博，他不抽奖，他不买地下六合彩，甚至他从不购买由政府发行具有公益性质的福利彩票。

第十章　绝处逢生

时间一天天过去，但工作依然没有着落，长期奔波于广州和东莞之间，身心疲惫不说，既浪费时间又消耗金钱，徐森觉得总不是办法，既然决定去东莞找工作，还不如住在东莞。于是，他想到了他的大学同学彭建，决定前往东莞投奔他。但遗憾的是，他不知道彭建现在在东莞哪儿，便向另外一个同学打听，终于得知他的联系地址，于是动身前往东莞，终于在附城区立新管理区的一个小公司找到了彭建。

彭建和徐森渊源深厚，有一段不同寻常的关系。俩人原是初中同学，高中时同级不同班，考大学时又被同一所大学的同一个专业所录取，于是又阴差阳错地做了三年同学。更有趣的是，他们被分配到同一间宿舍，都睡在上铺，而且还是邻居。对此，徐森颇有怨言，因为彭建很高，有一米八几，在睡觉时，他的长脚总是抵着徐森的头部，一副臭气熏天的样子。徐森若是调过头来嘛，这边又是另外一个人的臭脚。不过，“入鲍鱼之肆，久而不闻其臭”，时间长了，在无可奈何中徐森的嗅觉便渐渐失灵了。

鉴于这种六年同窗和正宗老乡的关系，彭建对徐森当然很好。他既不请示老板也不征求同事的意见，便将徐森径直带进了他的集体宿舍，安排徐森睡在他的上铺，只是叮嘱徐森注意一点，不要随便打扰别人免得讨人嫌。这样，徐森便在东莞安顿下来了。

某个星期六下午，徐森异常地兴奋，因为他拿到了一张复试通知单，这可是他来广东之后的第一张复试单，你说他怎能不欢欣雀跃呢？他将这个消息告诉了彭建，于是，彭建问他：“你应聘什么？什么公司？”

“IPQC，虎门彩色印刷有限公司。”

“是不是后天下午去面试？”

“你怎么知道？”

“我今天上午也去了智通，因为我也应聘了这个公司的 IPQC。”

“我怎么没看见你？你想跳槽？”

“我去得比较晚。这个公司小有名气，比这里大，待遇又好，我早就想离开这儿了。”

“那我们岂不成了竞争对手？”

“又不是招一个 IPQC，大家都有机会。不管自己是否有实力，你都要去试一下，不去尝试哪来的成功。”

“说得也是。”徐森附和道，他不太明白 IPQC 的相关知识，便问道：“IPQC 是什么？是做什么的？”

彭建回答：“IPQC 就是英文 in-process quality control 的缩写，翻译成中文就是制程检验，它是在产品的制造过程中按照相关标准对产品质量进行监督和把关，简单地说，就是检验半成品的质量。”

“哦，还有这么多学问”，徐森应了一声，他心里想，看来我只是一个陪衬，很可能没戏。

星期天的下午，徐森看见集体宿舍里有一辆自行车，便问彭建：“这辆自行车是谁的？”

“是同事的，你想干吗？”

“我明天想借它去虎门面试。”

“你开什么玩笑，虎门很远哦！要是没有车费钱的话，我可以借给你。”

“不是这个意思，一来我想省点车费钱，二来也想锻炼身体，反正天的工作就是应付面试。”

“好吧！既然你都决定了，我就帮你借吧！”

第二天是星期一，徐森早早起来，吃了两个豆沙包便骑着那辆破自行车出发了。因为他不知道虎门具体在哪个方位？到底有多远？为了保险起见，他只能早早地上路，宜早不宜迟。对于面试这头等大事，他耽误不得，只能自己等人家，不能让人家等你。

徐森虽然不知道怎么走，但他依稀知道虎门的大致方位，他还有自己独创的一套方法，那就是跟着巴士走，巴士就好像导游，沿着它的路线前进肯定错不了。

他骑过莞长路、旗峰路和八达路，终于驶上了莞太大道。虎门的海拔明显低于东莞城区，故前往虎门的莞太大道几乎一路都在下坡，徐森感觉很是舒爽。到了厚街镇的时候，面对公路两旁鳞次栉比的建筑，他怀疑自己是不是来到了人间天堂，这里怎会如此繁华？怎会有如此多的星级酒店？他觉得有点口渴，便花一块钱买了一瓶矿泉水，一边喝水，一边欣赏胜景，同时也借这个机会歇息一下。

到了虎门路口，他不知该乘哪一辆巴士，便厚着脸皮向行人打听虎门寨的具体方位。笨人自有笨人的办法，就这样紧赶慢赶，徐森终于找到了位于虎门寨工业区太宝路上的虎彩公司，这时恰好下午一点钟，离面试时间还有一个小时。徐森将自行车放在一个旮旯里，上好锁，进了一家小餐馆，匆匆吃了一份快餐，便静静地等待着那个神圣时刻的来临。

徐森跟着人事小姐走进了这家对他来说相当气派的公司，他的心情激动万分又惴惴不安。他是多想拥有一份工作！他是多想在这儿上班啊！

徐森在会议室等了一会儿，一位戴着眼镜的中年男子拿着一张纸走进来，然后对他说：“你能告诉我这张纸的纹路吗？”

“什么纹路？”徐森丈二和尚摸不着头脑。

中年男子发话了：“连最基本的纹路都不知道，还应聘什么 IPQC？就是纸张纤维的方向。你请回吧！”

徐森本还想说点什么，但他心里发怵，他虽然知道纸张纤维这个概念，但由于缺乏实战经验，他还真不知如何分辨纸张的纹路，也便默默地离开了，于是一场极其短暂的面试就这样结束了。

在回程的路上，也许是一路爬坡，也许是心情沮丧，徐森感觉自己好像在进行一场二万五千里的长征，路是那么的遥远，希望是那么的渺茫。到了虎门镇的白沙村，他忍不住买了一瓶矿泉水。到了厚街镇的桥头村，他又忍不住买了一瓶矿泉水。他实在是太渴了，为了活命，哪怕是一掷千金，哪怕是倾其所有，他也要这样干，让他娘的节约滚蛋去吧！

更糟糕的是，到厚街镇寮厦村的时候，徐森突然踩不动了，原来是自行车的链条断了。他鼓捣了一阵，还是搞不好，便不得不推着自行车往前走。这时，夜幕已经降临，正是华灯初上时分，他希望能找到一家修理自行车的店铺，但“屋漏偏逢连夜雨，船迟又遇打头风”，走了好长一段路都没发现这种店铺的影子。本想借助自行车省点车费，如今它倒成了他的累赘，扔又扔不得，毕竟是人家的，不扔嘛，推着一辆自行车在黑夜中摸索着前进，累得慌。

徐森咬紧牙关，借助路旁微弱的灯光，发扬一不怕苦二不怕死的革命精神终于将那辆破自行车推了回去。

回到宿舍的时候，已是凌晨零点时分了。彭建早已回来，看见徐森，劈头盖脸就问："你干什么去了？怎么这么晚才回来？你又没有传呼机，我找不到你，你知不知道我有多担心？要是你有个三长两短的话，我如何向你父母交代。"

徐森有气无力地说："自行车的链条在半路上断了，我是走回来的。"

"哦！是这样，还没吃饭吧？走，带你吃晚饭去。"彭建关心地说。

吃饭时，彭建对徐森说："找工作不要急，慢慢来。你可以应聘一些层次比较低的职位，比如说储备干部之类的。"很显然，彭建已然知道徐森今天的面试失败了。

然后，彭建又说："你知不知道，前不久我们的大学同学肖伟也来东莞找工作，因为普通话说得不够标准，和别人沟通有点问题，一直找不到工作，现在回老家去了，临走时因为没有回家的路费，我便给了他两百块钱。"

徐森听了百感交集，他心想，自己不至于也像肖伟一样打道回府吧？要是这样的话，还不如客死他乡算了。

徐森突然想起一件事，便问彭建："你今天面试怎么样？公司录用你了吗？"

彭建自信地说："还在等通知，应该没问题。"

苦难在延续，日子还得继续。一天，彭建兴奋地对徐森说："那家公司来电话了，要我下周一去上班。这里我已经辞职了，明天就办手续。另外，还有一条好消息，我在辞职时，特意向老板引荐了你，将你的工作能力夸大了一些，也算是顶替我的职位，去公司做跟单员，我只能帮你到这里，你要好好珍惜哦！"

这一番话不啻于平地一声惊雷，将徐森从地狱一下子蹦到了天堂。他实在是太开心了，看来，关键时刻还是老同学帮忙啊！他紧紧地握住彭建的手，因语噎竟说不出话来。

第十一章　天塌地陷

徐森终于在东莞市永利诚彩印有限公司上班了，尽管这家公司小之又小，区区几十个人，但徐森非常满足。于他而言，他的要求很简单，只要包吃包住，也就是有饭吃有床睡就行，其他的并不重要。为此，在他工作好长一段时间后，他都不知道自己一个月的工资是多少。之前的徐森可谓雄心壮志豪情万丈，如今经过一段时间的折腾，他已经完全丧失了斗志和锐气，如同动物一样，他也许成了全世界那个最容易得到满足的人，什么理想啊，什么宏图啊，什么淘金啊，让它们统统都见鬼去吧！

徐森的具体职务是跟单员，可他感觉自己就是一个跑腿的，说成总经理助理也好，说成主管助理也好，说成版房师傅的助理也好，说成杂工也好，他感觉自己有三头六臂，可以胜任诸多工作。

老板一般很少露面，整天开着一辆丰田皇冠在外面跑，他的主要精力是拓展市场，发展业务，也许此时的他正陪着客户吃饭喝酒，或是在宾馆里和某个漂亮小姐正卖力地干活。老板在外面接到准订单后，便会打电话过来叫李阳报价，他既负责报价，也负责生产。一个小小的公司没有设经理一职，李阳是唯一的主管，相当于公司的二把手。李阳似乎对新来的徐森并不感冒，态度也不够热情。在向徐森交代工作时，李阳最后总会抛下冷冰冰的一句话“马上去办！”。李阳在报价的时候，徐森有时会不自觉地问：“这个价格是怎么算出来的？能不能教教我？”李阳生气地说：“报价的事不用你操心，你只管跑腿就行了。”趁着李阳不在办公室的时候，徐森会偷偷地将放在他桌面上的纸片拿过来看，只见上面密密麻麻地写满了一些数据和工艺术语，徐森琢磨来琢磨去，也终究理解不了个中的玄机。徐森一直想不明白，自己哪儿得罪李阳了？自己对李阳总是一副毕恭毕敬笑脸相迎的姿态，恨不得用自己的热脸贴他的冷屁股。徐森猜想是不是作为河南人的李阳讨厌湖南人，还是作为初中生的李阳本能地排斥大学生，怕徐森学到手之后抢了他的饭碗，或是怕徐森在老板面前争宠，从而降低他在老板心目中的分量。猜想归猜想，徐森虽做了各种努力，但仍无力改善和李阳的关系，也只好做个双面人，表面上一副温顺的样子，背地里将他骂得狗血淋头。

公司主要做电子产品的包装盒和吊牌，其规模相当小，只有两台印刷机，一台罗兰单色机，一台罗兰双色机。包装盒一般都是正常四色印刷，所以印制一个包装盒要搞两轮，第一轮依次印黄色和黑色，第二轮依次印品红色和青色。我靠！真他妈的费时费力还费电。至于其他设备，虽有切纸机、压光机、过油机、裱坑机、模切机和打包机，但全都只有一台，而且裱坑机还是手工的，半自动化程度都谈不上。当然，还有做传统 PS 版的版房和做啤板的模房。“麻雀虽小，五脏俱全”，公司的机器设备虽然简陋和单薄，但作为一个以包装装潢为主打业务的小型企业，还是算不错的啦。在东莞这个以制造业为主的城市，像这种“三来一补”和单打独斗的企业多如牛毛，我做不了的可以发给别人做，我做得了的可以揽别人的活，各有各的优势和不足，故外发加工是一件再平常不过的事情。

没事的时候，徐森就在各个车间转悠。好比刘姥姥进大观园一样，他对每种机器都很好奇，认真地看它们是如何工作的，工序之间是如何衔接的，这道工序的上一工序是什么？下一工序又是什么？一般会出现哪些质量问题？工人们又是如何处理的？他很珍惜这个机会，脑袋似乎也开了窍，渐渐地悟出了一些门道，也明白了平版胶印是怎么一回事。有一次，徐森无意中听到一个印刷机长说他这个月的工资将近六千，他目瞪口呆了好一阵子，他觉得这真是不可思议，这些初中文化甚至小学文化的技工的工资咋会那么高？他觉得这个大学真是白读了，这真应验了那句话“造原子弹的不如卖茶叶蛋的”。他一度想过做工人，但人贵有自知之明，他知道自己对金属很反感对机械设备也不感兴趣，不如认了这条穷命吧！

徐森最喜欢跑的地方还是版房，因为那里有一个对他相当友好的拼版师傅和一个年轻的少女。拼版师傅姓何，四十岁左右，湖南邵阳人，曾经在湖南新华印刷二厂做过手工拼版的工作。也许是老乡的缘故，也许是彼此投缘，何师傅对徐森总是一副和蔼可亲的样子，对徐森的提问总是尽可能给予圆满的解答，俨然将徐森当成了他的一个徒弟，或许视徐森为他的干儿子也说不定。因为这层缘故，徐森将更多的时间泡在版房，渐渐地了解了许多手工拼版的知识，大大地开阔了自己的眼界。他知道了拼版、出血位、药膜面、牙口、版尾、针位、晒版、晒双镜、搭版、曝光、冲版和显影是怎么一回事，他也认识了菲林、片基、白电油、红撕纸、万能格和3M胶纸这些拼版用的必备品，他似乎对手工拼版如数家珍，只是不会实际操作罢了。有一次，徐森竟然打探何师傅的隐私，问他一个月多少工资。何师傅不假思索便说三千块，直让徐森羡慕不已。

何师傅对徐森是真心的好，不仅局限于工作，生活上也是如此。因何师傅有老婆，所以他没有住在公司的集体宿舍里，而是在外面租了房。有一次，徐森应何师傅的邀请去他的出租房喝酒，一瓶白酒下去，两人都醉了，为此，徐森竟在他家住了一个晚上。虽然是打地铺，仅仅一张席子，没有枕头，没有被子，就这样和衣而睡，也让徐森在异乡感到一种特别的温暖。那个少女是何师傅的侄女，还算漂亮，高中毕业之后便跟着她叔叔出来打工了，主要负责冲版、显影和修版工作。徐森每次去版房的时候，总要不失时机地找她搭讪，但她似乎很害羞，不愿多说话，总是默默地做事。对此，徐森也没有办法，就当来版房欣赏一道别样的风景，感受一下女人的气息吧！有时，徐森也会对她产生某种邪念，想泡她，想勾搭她，甚至想和她上床，但这只不过是一个闪念罢了。他是有自知之明的，一来她是何师傅的侄女，二来自己一事无成，现在还是一个十足的穷光蛋，哪有资格谈情说爱。

一天，彭建竟然将电话打到办公室来了。他劈头盖脸就骂："徐森，你知不知道你的父母正满世界地找你。你来广东这么久了，难道就没给家里写过一封信或是打一个电话？你知不知道你爸爸竟然跑到我家去打探你的消息？"

徐森突然意识到事态的严重性，惭愧地说："我是没脸写信，也没钱打电话啊！麻烦你转告你爸爸，再要你爸爸转告我爸爸，说我在这里很好。"徐森接完这个电话，心里很是沉重。他知道这是母亲的意思，肯定是母亲见儿子几个月杳无音讯，便缠着父亲去打探儿子的消息。若是再没有消息，说不定会在电视台或报纸上刊登寻人启事，他又想起了"儿行千里母担忧"那句话，眼眶不知不觉便湿润了。

徐森对这里人生地不熟，身上又没多少钱，下班之后，没有地方可去，无聊得很。开始时，便买报纸看，什么《深圳特区报》，什么《南方周末》，都是他最喜欢看的报纸。直至后来，他便和一个年轻人交上了朋友，生活才平添了一丝趣味。这个年轻人来自贵州省，叫敖及伟，听他说，他的家乡至今仍未通电通路，贫穷得很。他在公司是做杂工的，别看他年纪轻轻，出来闯荡江湖也有好几个年头了，肚子里装着许多轶闻趣事。开始时，徐森是压根儿瞧不起他的，觉得他既没学历又是一个做杂工的，而且还比自己年轻，但后来在现实的潜移默化中转变了自己的观念。你敬我一尺，我敬你一丈，人都是这样，自从徐森和敖及伟交上朋友后，一有空闲，两人便聚在一起侃大山，说他的家乡贵州，说他在上一个公司殴打他的主管，说他泡打工妹，说他嫖娼，甚至说他肏霸王鸡。想不到敖及伟的故事竟那么多，虽然他的表述有辱斯文颇不文雅，虽然两人除了轧马路之外没有任何物质享受，不管怎样，这给徐森的精神生活带来了不可估量的乐趣。

一天，会计对徐森说："你被公司解雇了。诺！这是你一个半月的工资，一共 750 块钱，你数一数。"徐森有点蒙了，他颤巍巍地接过那笔钱，想问点什么，终没有说出来。他将办公室扫视了一遍，既没有看见老板也没有看见李阳，便沮丧地离开了。

徐森走到一楼的时候，似乎有人通知了保安。这时，保安走过来严肃地说："你马上回宿舍收拾行李，然后迅速离开公司，今天必须离开，一刻也不能多待。另外，你的行李我要检查。"

"妈的，真是狗眼看人低，人走茶凉哪！你就不能多说一个'请'字吗？"徐森心里这么想，但嘴里没有说出来。

徐森提着行李走出公司的大门，感觉天要塌了，地要陷了，感觉太阳是黑的，天空是黑的，一切都是黑的。想不到自己一个月的工资才五百块钱，想不到自己干了不到两个月就被炒鱿鱼了。

"不行，我不能这样，我必须要坚强，我要做出样子来，让那个狗日的李阳瞧瞧，我徐森也不是吃素的。"徐森这样想，心情似乎舒畅了许多，便大步流星地朝前走去。

第十二章　孤魂野鬼

来到东莞市汽车总站，徐森本打算前往广州投奔谢海的，但心生一闪念，觉得这样回去没面子，反正现在身上有两个鸟钱，不如在东莞找间廉价的旅店住下来，继续找工作。

也许道理都是相通的，不限城市，不限地域，只要有人才市场的地方就有十元旅店。徐森在智通人才市场的附近很快就找到了一家十元旅店。

在徐森的印象中，他始终觉得东莞的治安要比广州差，因为在这里打工的人文化素质较为低下，情况也更为复杂。本着“不要和陌生人说话”和“防人之心不可无”的双重原则，徐森几乎不和任何人说话。上厕所时、洗澡时，他都将钱和文凭这两件重要的东西随身携带，睡觉时，也将它们压在自己的枕头底下，生怕它们突然就不翼而飞了。对于这种廉价的旅店，一个房间往往住几个人，甚至十几个人，大家都来自五湖四海，谁也不认识谁，丑恶和道德都没有写在谁的脸上，人心隔肚皮，还是谨慎一点的好。

白天，徐森在智通或基业找工作，无聊的时候，便去文化广场看别人跳舞，或一个人逛大街。到了晚上，便去地摊上买一本盗版书，躺在床上漫不经心地翻阅，直至困了才沉沉睡去。

一天，徐森去塘厦镇面试。回来时，他决定顺道去樟木头镇拜访郭岳。他听彭建说过，说郭岳在东莞隽思印刷有限公司做估价员，那是一个很大的集团公司。他知道自己今天的面试没戏，所以想去找一下这位大学同学，看能否介绍自己进这家公司。

找到郭岳后，徐森说明来意，郭岳无奈地说：“不好意思，写字楼现在好像不要人。再说，我也刚进来没多久，不够三个月，还没过试用期，我没有那个面子引荐你。”

“什么是写字楼？”徐森不解地问。

“这个你都不知道？就是我们说的办公室啊！”郭岳一脸诧异地回答。

“既然写字楼不要人，那车间总要人吧？”徐森继续问。

“都是招一些技工和普工之类的，你能行吗？”郭岳质疑地回答。

徐森便不再说什么。

两人一起吃过晚饭后，徐森本打算回去的，后听说郭岳嫌公司的集体宿舍太吵，竟和别人在外面合租了房子。为了节约十块钱，徐森决定今晚住在他这里。

大概零点的时候，两人正在睡觉，突然听到一阵“砰砰砰”极其剧烈的敲门声，将酣睡中的两人都吵醒了。徐森正想爬起来去开门，郭岳一把拉住了他，并低声细语地说：“不要去开，也不要出声，那是查暂住证的。他们再敲一下，觉得里面没人自然会走的。”

“哦！原来是这样。妈的，我们睡在中国的土地上，还让我们不得安宁，这是谁他娘制定的鬼制度！”徐森心里想，心却提到嗓子眼上。他想起了彭建之前所说的一句话：“小心不要被治安员抓走哦！轻则罚款，重则送到位于樟木头镇的收容遣送站关起来，做几天苦力再遣回原籍。”想不到今天竟让徐森撞上了，他不由屏息起来。在那一刻，他不再呼吸，他的心脏也似乎停止了跳动。

自此以后，徐森对治安员总是敬而远之，远远地看见他们，便想方设法避开他们的视野，尽量少和他们发生正面冲突。徐森有时天真地想，我戴着一副眼镜，样子看上去文质彬彬，不用说是一个高素质的读书人，他们应该不会找这种人的茬吧？但谁又能保证个个治安员看你会顺眼呢？多一事不如少一事，惹不起难道我还躲不起？还是小心为妙的好。直到2003年广州孙志刚事件的发生，广东的收容遣送制度终于寿终正寝，徐森走在大街上时才找到了一种昂首阔步挺直腰杆做人的感觉。

为了一个工作机会，徐森竟舍近求远跑到深圳市宝安区面试。在听了无数次“回去等通知吧”之类的话后，徐森知道今天的面试又没戏，面对越来越薄的钞票，他决定从这里乘车直接回广州，他要投奔谢海。

为了节约点钱，徐森上了一辆写着“深圳南头——广州火车站”的大巴，票价相当廉价，全程25元。车一直沿着107国道走，开得相当的慢，走走停停，停停走走。为了兜揽生意，赚取最大的利润，在人多密集的地方总要停上十来分钟，尤其是开到松岗桥底的时候，竟然兜兜转转逗留了半个小时，气得车上的人直骂娘。驶出深圳地界，开进东莞市的长安镇，依然如此。驶出东莞地界，开进增城市的新塘镇依然如此。等车开到广州市天河区的时候，早已日落西山了，他奶奶的，足足坐了十个小时。

下车后，徐森提起行李，无意中发现袋子被划开了一道长长的口子，里面的东西似乎被人动过。不过还好，里面没什么值钱的东西。这次虽然没破财，但却给徐森的心灵留下了一道不可修复的阴影。徐森努力回忆车上所发生的一幕，但他实在想不起来是谁做的？是在什么时候、什么地段做的？但他估计可能是车行驶在虎门至厚街那一段路时发生的，因为那时的他经不住颠簸和疲乏打了一个盹。

来到广州，虽有了落脚之处，可工作还得继续找。有一天，徐森正在天河北路驻足观看通体金灿灿的市长大厦和直耸云霄的中信广场时，一个西装革履戴着眼镜的男子找他搭讪："年轻人，是不是在找工作？"

"是啊！"徐森懒洋洋地回答。

"去我们友邦公司做保险如何？"

一听说做保险，徐森倒吸了一口凉气，他虽然不懂保险，但他听谢海提及过，说做保险是一项前期投入非常大的工作。于是，他便回答："我现在穷得连饭都吃不上，还谈什么做保险，除非你保我的险，包吃包住。"

男子觉得游说徐森没戏，便采取了一种放长线钓大鱼的做法，接着说道："这样吧，我有一个客户，他有一个工厂，那儿正缺人手。你拿着我的名片去找那个老板，他一定会接收你的。"

徐森拿着那张名片，第二天果真跑到天河区的五山路找到了那家公司。这个拥有广州正鑫化工厂的老板可能是碍于那个男子的情面竟然接收了徐森，安排他去仓库做管理员。徐森在这里无所事事地待了一天，觉得这不是自己想要的工作，于是趁着天黑时分便悄悄地溜掉了，唯一的收获便是骗了老板两顿免费的饭菜。

在广州找了一段时间，徐森觉得来南方人才市场招聘的企业寥寥可数，机会甚少，还是决定去东莞找工作。他不明白，广州那么大，印刷企业也不比东莞少，为什么就没有几家来人才市场招聘呢？它们是不是采取了另外一种招聘方式，比如内部介绍或是直接去学校里招聘。不管怎样，鉴于目前的形势，在东莞找工作机会将更多些，把握也大些。于是，囊中羞涩的徐森厚着脸皮向谢海借了五百块钱，又像从前一样，继续奔波在广州和东莞之间。晚上睡在谢海处，白天则去东莞找工作。

一个星期六的上午，徐森在智通人才市场看见一家印刷公司在招聘跟单员，他觉得胜算较大，便凑上去应聘。

“您好！我应聘跟单员。”徐森自信地说，同时将简历递了过去。

一位戴着眼镜的中年男子将徐森的简历从头至尾浏览了一遍，便问道：“你是学印刷专业的？”

“是啊！”徐森回答完，又从包里主动拿出红本本，并将它交给中年男子。

中年男子仔细地看了看，继续问道：“你做过跟单员吗？做了多久？”

徐森有点发虚，他明知自己只做了一个半月的跟单员，但在简历上却不能这样写，面试时也不能这样说，否则别人是不会给机会的，所以他将做跟单员的经历多写了几个月。于此，徐森镇定地说：“做过啊，做了八个月。”

中年男子又问：“你为什么跳槽？你能说说跟单员是做什么的吗？”

徐森想了一下，便说道：“我原来那个公司太小了，我想进大一点的公司学习更多的东西。所谓跟单员，简单地说就是跟踪订单的进度，随时了解客户订单的进展情况。拿彩盒来说，从稿件、出菲林、拼版、晒版、切纸、印刷、过油、磨光、裱坑、啤切至粘盒，到最后的包装出货，都要进行全程跟踪。”

中年男子对徐森的回答很满意，便说道：“不错，公司正需要像你这种学印刷专业的科班生，你后天过来上班吧！”

徐森有点惊讶，小心地问：“不用复试了？”

中年男子说：“不用了，我作为人事部经理，有权录用你。再说，你这个岗位很普通。”

徐森巴不得不用复试，他知道自己有几斤几两，人事部这道关卡一般都好过，因为他们几乎不懂印刷，只要信口开河胡诌一些高深莫测让他们听不懂的专业术语，他们就会觉得你有料，主要是用人部门那一关难过，那些主管或经理老是问一些比较深入的问题，这时，只有半桶水的徐森往往是哑口无言，在以往的面试中，徐森就经常栽在这一关。

一个阳光灿烂的星期一，徐森快乐地走进了虎门镇大宁管理区大板地工业区，走进了东莞光明柯式印刷厂有限公司。起初，徐森对这个公司的名称一直理解不透，柯式是什么意思？直到多年以后，他才明白，平版胶印的英语单词一般写成“offset”，而“柯式”的粤语发音正好和“offset”谐音，所以香港人就将“平版胶印”音译为“柯式”。

这是一家港资企业，它比永利诚公司大多了。刚来的前三天，徐森无所事事，整天就在各个车间晃悠。他算是又一次长了见识，看到了许多之前从未见过的设备和工序，他第一次看见了状似庞然大物的卷筒纸，也第一次看见了手挽袋的制造流程。

到了第四天，客户服务部主管杨小姐要求徐森开具一份生产工程单。天哪！徐森哪会开啊，他绞尽脑汁抓耳挠腮浪费了大量的无碳复写纸也没开出一份令杨小姐满意的生产工程单。他听见杨小姐临走时说了一句话“哎！招这样的人进来，哪有时间培养啊！”徐森听了，心里一直忐忑不安，心想，滥竽充数的我怕是待不长久了。徐森不是没想过找别人帮忙，可同事都知道徐森是一个学印刷专业的科班生，而且还是一个熟手，若是腆着老脸去问别人，这不是用手打自己的脸吗？

次日下午，徐森接到了人事部的电话通知，要他去人事部办手续。不幸的事情终于发生了，徐森冥冥之中早有所料，他被解雇了。

徐森拿着那烫手的五百块钱，他觉得很值，也心存感激。他想，自己在这里混了五天，什么事情也没做，竟然还赚了五百块钱，这是一件多好的事情啊！

徐森在107国道上最后看了一眼虎门镇大宁村的雕塑，便毅然上了一辆开往东莞市内的巴士。其实，他是很喜欢大宁这个地方的，他喜欢在大宁广场上散步，他喜欢在遛冰场里尽情地游玩，他喜欢在录相厅里观看那些暧昧的三级片。他甚至天真地想，如果公司不炒他的话，他会在这里好好干的，他要在这里娶妻生子，在这里成家立业，他要干到天荒地老，他要干到海枯石烂。

徐森还算幸运，很快又在智通人才市场找到了一个储备干部的工作。于是，他去了企石镇铁炉坑振华工业区，他成了东莞协合纸品厂的一名员工。

也许2000年是徐森的本命龙年，所以在这一年里，总是诸事不顺，命运多舛。三天后，徐森莫名其妙地被炒了。当他拿着45块钱工资在保安的监视下走出工厂的时候，他简直想杀人。他不明白自己为什么被炒？也不明白自己犯了什么错误？这三天不是自己想无所事事，而是没人吩咐我、监督我。他看不惯台干（台湾籍职员）一副趾高气扬盛气凌人的样子，都是一个祖宗，中华台北人凭啥瞧不起大陆人？他不习惯每天早上还要急匆匆地爬起来，然后跑到操场上做体操。台资企业凭什么要这样干？为什么要实行军事化管理？其他的外资企业为什么不这样干？就你搞特殊。徐森也许是气愤不过，竟咬牙切齿地发誓：“我宁愿饿死，我宁愿抛尸荒野，今后也绝不进台企打工。”

走在企石镇的大街上，徐森觉得自己就像一个孤魂野鬼，又像一枚浮萍，也像一片秋叶，一个人茕茕孑立，形影相吊，没有根基，没有希望，也没有未来。他不由仰天长啸：“广东啊！哪里才有我容身的地方？”

第十三章　黯然销魂

徐森在企石镇被扫地出门后直接去了广州，当然还是投奔谢海。在这种情况下，他不得不投奔谢海，他俨然将谢海当成了自己的兄长，当成他的收容所，视为他的避风港，乃至他的小额信贷银行。

为了赢得更多的私人空间和绝对隐私，这时的谢海已独自租了房，还在老地方，位于原来那栋楼的一楼，这是个一室一厅一厨一卫的空间布局，面积比较大，价格低廉，很划算。其实，徐森知道谢海租房的深层用意，他是想泡美眉。不过这样也好，徐森的活动空间更大了，还拥有独立的钥匙。白天他外出找工作，晚上则和谢海同挤一张床。

一天，徐森在智通人才市场看到一则别具一格的招聘广告，这让他眼前一亮。上面写道：

凡是去我公司复试的人员，不管是否录用，一律报销来回车费，并免费提供中餐。他再仔细看了一下，这家公司叫作月亮贺卡（番禺）有限公司，而且上面列有他自认为能胜任的职位，那就是印刷部QC。他想，天下还有这么好的公司，这不是相当于送求职者去公司参观学习吗？这么好的机会，我一定要试一下。

不用说，人事部这一道门槛形同虚设。那个年轻的人事小姐看见徐森的红本本上写着“印刷技术”四个字，眼睛当时就发亮，再得知徐森是来应聘印刷部QC的，她认为这绝对是专业对口，这样的人才简直是可遇不可求，一句话也不说，当即“刷刷刷”填写了一张复试单，并将它交给徐森。徐森心安理得地接过来，反正去公司复试可以报销车费，他才不关心公司到底有多远、复试是否能通过。

徐森按图索骥找到了这家公司，才发现这家公司真他妈的遥远，竟位于广州市番禺区钟村镇的石壁村。这是一个鸟不拉屎的地方，在钟村镇的石壁路口下车，还要花上五块钱搭乘摩托车才能抵达。很显然，这个偏僻的石壁村仍未通巴士，进进出出都是靠摩托车或私家车，若是步行进去，相信这年头，没有一个人乐意这样做。

公司的前面是一片广袤的田地，后面则是一座树木葳蕤的小山。公司原来在这个颇显荒芜且人烟稀少的地方，难怪人家不愿意来？难怪公司要出台一套惠及求职者的措施。尽管这样，徐森并不介意，他似乎喜欢上了这儿，他忽然找到了一种“采菊东篱下，悠然见南山”的田园诗意，他似乎看见了陶渊明正在向他招手，他才不在乎什么喧嚣和繁华，还是秉承那个朴素的道理，有饭吃，有床睡，生存才是大道理。

在复试的时候，徐森所担心的一幕幸亏没有发生。他最怕主考官拿着一张印件问他：“你能说出这个印件的质量问题吗？”所幸的是，这个主考官好像很懒，只是问徐森印刷车间一般会出现哪些质量问题。这个难不倒徐森，他凭着那一个半月所学来的三脚猫功夫，信口开河一顿胡诌，甚至将纸张的白度、透明度、光泽度乃至车间的温度和湿度都扯了进去。不用说，徐森轻而易举便谋得了这个职位。除此之外，他还有另外的收获，不仅在公司吃了一顿免费的午饭，还凭复试单从人事部那里领到了八十块钱。

公司所报销的这八十块钱是针对在东莞居住的求职者的，但徐森却是例外，他是住在广州的。被公司录用后，徐森直接回广州去找谢海。一路上，他心里美滋滋的，自己不仅找到了一份工作，还从所报销的车费中赚了笔。他细细地算了一下，返回东莞大概需要四十元，而回广州谢海处大概需要十元。嗬！至少净赚三十元，这真是太值了。他不由得想起“赔了夫人又折兵”这个故事，他想，我就是现代版的诸葛亮，而公司就是现代版的周瑜，只不过，一个胸无点墨，一个财大气粗罢了。

徐森一见到谢海，便兴冲冲地说：“我找到工作了，后天去报到。”

“是吗？恭喜你！走，吃饭去。”谢海说。

吃完晚饭，谢海神秘地问徐森：“你现在是不是处男？有没有碰过女人？”

徐森本欲说实话，将自己在中山告别处男的事和盘托出，但思量了一下，觉得面子上挂不住，那毕竟是一个阿姨级的半老徐娘，便撒谎说：“女人倒是碰过，但一直没开处。”

“好说，好说。今晚我请你去找小妹，让兄弟开开斋，算是我对你找到工作的庆贺。”

“这不太好吧！安全吗？需要多少钱？”

“放心吧，这有什么大不了的。我来广州也有几年了，绝对安全。钱的事你不要管，今晚我请客。”谢海拍着胸脯说。

十点钟过后，谢海和徐森便结伴外出踩点，寻找猎物。进了三四家发廊，终于在员村四横路的一个小发廊找到了口味和价格都合适的猎物。

谢海一进去，眼睛直发光，开口就说：“老板娘，我们要按摩。”

老板娘说：“有啊！一个钟四十块钱。”

“不是这个，我要一晚上的按摩，就是包夜打炮。”谢海毫不遮掩地说。

“当然有啊！一个晚上三百块。”老板娘说。

“我们两个人，给你五百块，干不干？”

老板娘犹豫了一下，便说道：“好吧！”

谢海转过身对徐森说：“兄弟，不要不好意思。挑小妹吧！”

徐森挑了一个披着长发胸脯坚挺模样还算俊俏的小妹，随后跟着她进了二楼的一个房间。谢海则挑了一个年龄偏大模样不甚俊俏但其胸却是巨无霸的女人，他们进了一楼的房间。徐森不明白谢海为什么要挑这样的女人，但“萝卜白菜，各有所爱”，只要他自己喜欢就行，能够给他带来感官刺激就行。他不由得想起曹孟德这个乱世枭雄，他就有一个淫人妻的癖好，偏好中年妇女，少妇次之。至于那些毫无性经验和性技巧且羞羞答答的少女，想必他是不正眼多瞧一下的。

一进房间，这位自称来自四川的小妹很快就脱光了衣服，霎时，一尊美丽的人体雕塑就完美地呈现在徐森的面前。她一头垂及肩膀的长发，高挑的身材，白皙的肌肤。徐森对这些不感兴趣，重点还是欣赏她的三点。那两个坚挺的珠穆朗玛峰，那两个紫色的玛瑙，那一圈渐渐散开的粉红色乳晕，还有那一丛茂盛的卷曲的野草，令徐森的呼吸变得不大顺畅，血脉贲张，他隐隐感觉到自己的鼻血都快要喷出来了。

徐森三下五除二便脱光了身上所有的衣服，正当他准备挺枪直捣玉穴的时候，小妹开口说：“靓仔，你要不要戴帽子？”

“什么帽子？”

“就是避孕套啊？戴不戴随你。不过，我还是建议你戴。”

徐森心想，她是一个妓女，为了安全起见，犹豫了一下便说：“哦！那还是戴吧！”

徐森太不争气了，他似乎天生就不擅长打持久战，对于这个简单的活塞运动他只来了五个回合，在一阵眩晕中，他的上亿个子子孙孙便一起冲出了体内，又在高温下化为一滩乳白色且腥味十足的液体。

徐森侧躺在床上，一只手拨弄着她的头发，一只手揉捏着她那两颗粉里带紫的玛瑙，开始和她打情骂俏起来。

“你长得好漂亮哦！为什么出来做这个？”

“赚钱呗！其他的我做不来，反正做这个也没什么损失。”

“当然没损失啦！男人给你性高潮和一种过电的感觉，身体累不说，还要倒贴钱。做女人真好，只要看得开，靠父母给的这一亩三分地也能赚大钱，我下辈子也要做女人。”

“别这么说，我们吃的是青春饭，既不安全也不长久，有什么好？”

“你嫁人了吗？”

“没有，你是不是想娶我？其实，也不用娶我，包我也行。”

徐森心想，自己现在穷得叮当响，不用说包，娶老婆的事都还远在天边呢，他知道这都是一些逢场作戏的话，仍嬉皮笑脸地说：“好啊！等我将那个大客户搞定了再说。”徐森停顿了一下，便转移话题：“你对我真好，还暗示我可以不戴帽子，你怎么这么有把握，难道你不怕性病？”

“我仔细看过你的龟头，红润且光滑，就知道你没病啦！”

“哦！你好厉害呀！你见过那么多男的，觉得我这个东西大不大？”

“根据你的身高，按照比例，我觉得偏大。”她似乎很会说话，一副讨好的腔调。

“那长不长？”

“长。”

“硬不硬？”

“当然硬啦！这还用说吗？若不硬你能进得去？”

徐森明知她是在恭维自己，但依然很开心。他不明白天下的男人在潜意识里为什么都希望自己的宝贝又大又长又硬呢？连自己也不例外。他有点困了，便侧着身子，左手架在她的两座山峰上，用手掌罩住其中一座山的山巅。他们就这样一丝不挂赤身裸体地缠在一起，俨然一对夫妻。

第一次和女人睡觉，徐森很是兴奋，到了半夜自然醒来，邪念稍一闪过，下面随即一柱擎天。徐森摇了摇她，催她起来。她极不情愿地说：“你要干吗？还让不让人睡觉？”

“当然是做那事啦！”徐森知道谢海花了钱，他得珍惜男人那命根每次重振雄风的机会。

“知道了，你自己爬上来放进去吧！”她闭着眼睛说。

徐森二话不说，便给宝贝戴上帽子，爬上去呼哧呼哧做了一个大概五分钟的俯卧撑。

早晨时分，她正欲起身时，徐森见下面又变成了一根金箍棒，便一把拉住她。

她愤愤地说：“你要干吗！还要做？你到底累不累啊？一晚上尽折腾人，摸了我一晚上不说，还要做几次，我告诉你，这可是最后一次。我们的职业道德是，若是包夜的话，一晚上不得超过三次。”

徐森理直气壮地说：“不是还没超过三次吗？”话一说完，便将她摁倒在床上，随即擒起金箍棒直捣东海龙宫，将东海之水搅得一片浑浊，为此，她的脸上似乎也泛起了一阵涟漪。这一次，徐森竟忘了戴帽子，而她也没有推却，感觉真是爽极了。

从发廊出来后，谢海狡黠地问：“昨晚爽不爽？做了几次？”

“当然爽啦，做了三次。”徐森难为情地回答。

“嗬！看不出哦！瘦归瘦，精骨肉，还蛮厉害的。”谢海说。

徐森不知道谢海是在赞扬自己还是在讽刺自己，他本想反过来问谢海的一些情况，但一琢磨，总觉得兄弟之间谈女人有点低俗和变味，便保持沉默，不再说话。

“记住！这件事就算过去了，从今往后对谁都不要说，要把它烂在肚子里，知道吗？”谢海提醒道。

“知道了。”徐森回应了一声。说完，两人迎着一轮红日朝着谢海的出租房走去。

第十四章　命运多舛

徐森豪情满怀地走进了这家富有田园风情且诗情画意的公司，他似乎对孟郊的“春风得意马蹄疾，一日看尽长安花”这句诗有了更深层次的理解。他想起了前天晚上的一夜销魂，又想到今天终于上班了，从而有饭吃、有床睡。他想，幸福莫过如此。他猜想，这个公司的老板可能是个诗人，要不怎会将公司取名为月亮呢？这是一个多么富有诗意且令人浮想联翩的字眼啊！他还想，即使老板不是一个诗人，那至少也是嫦娥姐姐的崇拜者吧，既然我今生不能娶你为妻，那我就将我的公司取名为月亮，睹物思人，由此及彼，在梦里我也要与你幽媾，聊解相思之苦。

这是一个两三千人的大型工厂，这是徐森始料不及的。他在同事兼师傅骆传波的带领下几乎花了一周的时间才熟悉公司的基本情况和基本设备。他在印刷部看到了十几台印刷机，个个都是庞然大物，而且还是进口的，有日本的秋山、小森和三菱，有德国的曼罗兰、高宝和海德堡。他在啤机部看见了几十台啤机，个个都是大度（889×1194毫米的纸张称为大度）对开式。他在烫金部看见了几十台烫金机，有手动的，有半自动的，有全自动的，有平压平型的，有圆压平型的，还有圆压圆型的，可说是集烫金机之大成。他还在后工序车间看见了许多闻之未闻见所未见的印后设备，这无疑令徐森大大地开阔了眼界，增长了见识。徐森不由想起了永利诚那个小公司，再对比一下现在这个大公司。他觉得一个是土财主，一个是商业大亨，一个是地下，一个是天上。再想到自己，原来是小家碧玉，现在摇身一变成了大家闺秀，真是水涨船高啊！

一周后，徐森投入了工作，他负责印刷部一半印刷机的质量检验。这是徐森第一次正儿八经地做印刷QC，他丝毫不敢马虎和大意。他知道，理论归理论，实践归实践，这是两码子事。说白了，理论像只纸老虎，那是凭之纸上谈兵卖弄玄虚标榜学识的工具，而实践才是提高生产力和创造利润的利器。为此，徐森几近卑躬屈膝地向同事讨教，战战兢兢地校对原稿，小心翼翼地从印刷机台上抽样，仔仔细细地检验印张，认真琢磨半穿刀、全穿刀和线刀这些涉及模切的专业术语的个中奥妙。当然，徐森最乐意做的事情还是欣赏那一张张精美的贺卡。这是一个专业制造贺卡的公司，不过，上面的文字尽是英文，产品全部销往国外。每当徐森拿着那些单张卡、双折卡、三折卡、立体卡或电子音乐卡的时候，他总是用手轻轻抚摸着那些精美的烫金文字和惟妙惟肖的凹凸立体效果，他总是默念着上面的英文，仿佛在欣赏一件艺术品。

徐森有一块心病，他对那件事一直搁不下，这件事不能说也不能写，只能天知地知自知。他那天尽情销魂了一个晚上，在做第三次活塞运动的时候，为了图一时之快，他竟忘了戴帽子。虽然小妹对自己的宝贝很放心，但反过来一想，她那个隐藏的小穴有没有问题呢？他可没有拨开那丛野草驻足观赏，也没有掰开大小花瓣细细端详，更没有将鼻子凑上去嗅其幽香。为此，徐森像吃了一只苍蝇，又像喉咙里卡着一根鱼刺，心里头总不大舒服。他总担心万一那个小妹有性病怎么办？自己会不会染上梅毒、淋病或尖锐湿疣什么的？若真是这样，那就惨了，这可是一件很不光彩的事情啊！空闲的时候，他便躲进厕所，褪去裤子和内裤，用手剥离那层皮囊，看看有没有异样？有没有发生病变？有时没有把握，便找来一张印有三点式的美女图片，借助丰富的想象力，天马行空般地意淫一番，什么外国的麦当娜和玛丽莲梦露，什么中国香港的叶子楣和邱淑珍，无不进入他的世界，须臾下面便渐渐膨胀起来，这时，他再仔细端详那颗高昂的头颅，觉得它依然红润光滑。一周过去了，他发现自己的宝贝还是蛮可爱的，健康又年轻，活力十足。谢天谢地，心里的这块石头总算落地了，这个难以启齿的心病也便消除了。

公司大了，人员多了，如果厨房的配套措施跟不上的话，作为徐森这样的基层员工，吃饭就是一个老大难的问题。下班时间一到，员工们总是一窝蜂地往外冲，然后排队打卡，排队打饭，排队装汤，排队盛菜，似乎做什么事情都要排队，都要讲究一个先来后到的顺序。其场面蔚为壮观，像一股开了闸的洪水，更像逃脱网兜的一群鲫鱼，个个争先恐后，谁也不让谁。徐森似乎患了吃饭恐惧症，他讨厌排队，像一条龙一样望不到尽头。他害怕轮到自己的时候，没饭又没菜。他害怕装汤的时候，那个巨大的铁桶里没有任何东西，几近成了清汤寡水，甚至可以看见自己的倒影。因此，他宁愿直落（工厂术语，就是连班，中间没有休息），这样一来，既不用排队打卡，也不用排队就餐，因为有人会将饭菜送过来，更重要的是，还有加班费。

一天上午，品质主任喻月新将徐森叫到办公室，开口便质问："徐森，你是怎么校对原稿的？你知不知道贺曼（美国公司Hallmark的音译）公司那个订单的文字出了问题，造成这次印刷出来的贺卡全部报废，这批产品封面上的英文与原稿完全不符，将英文单词"greeting"印成了"great"，意思天壤之别，真是乱弹琴！现在公司不得不重出菲林，重做PS版，原来的菲林和PS版全部报废，这是多大的损失，你知不知道？还有，贺曼公司已通过法律程序正式向月亮公司提出100万美金的索赔，说是我们耽误了他们的铺货，需要月亮公司赔偿他们巨大的经济损失，你这个穷小子赔得起吗？"

徐森低着头怯怯地说："那天晚上任务繁重，对稿的工作量太大，我没有看出来。不过，我事后拿着印张找你签样确认，我记得你也认真地看了一遍，而且你也在那印张上签了名哦！"

喻月新暴跳如雷地说："你还在狡辩，我是主任，你是QC，具体工作当然是由你来做，怎么扯到我身上来了，你犯的错误关我什么事？来之前，我早就和香港经理沟通好了，说你的工作能力不够，做事吊儿郎当，工作马虎了事，不胜任本职工作，试用期不合格，我宣布你已经被公司辞退了，你现在可以去人事部办理离职手续啦。"

徐森如五雷轰顶，感觉眼前一片黑暗，他想说点什么，但什么也说不出来。他觉得自己就是一头替罪羊，是一头待宰的羔羊，是一块砧板上的肉，但是，人微言轻，胳膊拗不过大腿，毕竟人为刀俎，我为鱼肉。是的，不可否认，他承认他有错，付出的代价就是被公司解雇，但品质主任也有错啊，他付出的代价又是什么呢？也许什么都没有，凭什么要让他一个人全部承担呢？这个黑锅就得让他一个人来背呢？

徐森很快就领到了那笔用血汗换来的微薄的工资，仅仅五百块钱。公司若是解雇人的时候，给员工办手续的效率特高效，好像恨不得你立刻人间蒸发，巴不得你在公司马上消失。徐森提着行李，在保安的监视下默默地走出了公司的大门。他很懊恼，为什么一个月不到自己又失业了？他很遗憾，在这里工作一个月，连那个想象中的诗人老板都没见过，自己的身份实在是太卑微了，工资不高，人微言轻，就像一个蝼蚁，谁都可以踩死它。不过，他想起了一句话“树挪死，人挪活”，也罢，反正工资也不高，走就走吧，没什么大不了的。

有时，人生就像演戏，人的经历也富有戏剧性。四年以后，徐森又阴差阳错地混进了月亮公司，并跻身管理层，以一个主任的身份与他所谓的诗人老板有了更多的亲密接触。同时，他也明白一个道理，上级的错误是千万不能当面说的，在公众场合一定要给上级留足面子，将功劳让给上级，将错误归咎自己，只要和上级关系融洽，适当地拍拍马屁，说些奉承话，他会尽量为你开脱罪责的。

第十五章　峰回路转

从位于世外桃源的月亮公司出来后，徐森又重新返回了现代大都市，回到了他的临时客栈谢海处。当他看到车水马龙和鳞次栉比的那一幕繁华场景时，他感觉像是做了一个梦，游离在梦幻和现实之间，神思恍惚了好一阵子，想不到自己今天上午还在田园里挥汗如雨，下午便站在一座座高楼大厦之下，将瘦小的自己衬托得更加渺小，但尽管这样，自己仍需像一只蚂蚁一样游走在这高楼大厦之间，只为能啃到一丁点可怜的面包屑。

一天，徐森从广州购书中心出来，一个西装革履的男人找他搭讪道：“您好！我是秦康人寿的，耽误您两分钟好吗？”

徐森见他戴着一副金边眼镜，看起来一副文质彬彬的样子，徐森素来对这类人心存好感，也没什么戒备心理，也许是因为自己也戴着一副眼镜，也许是因为自己也属于文质彬彬那类人，也许是惺惺相惜，虽则自己对保险有点抵触心理，但还是友好地说：“好吧！反正我现在也没事，有的是时间。”

他趁机继续说道：“你也许不知道，保险属于金融行业，它将是21世纪最为走俏的行业。它不仅工作时间灵活，而且收入丰厚，实行上不封顶的原则，只要你肯努力，成为百万富翁乃至千万富翁并不是什么神话。这样吧！我说得还不够专业，我现在给你一张门票，今天上午十点钟我公司有一场免费的培训，将由专业的培训师为你们讲课，你可前去旁听一下，感受一下氛围，到时再做决定好不好？”

徐森接过他的门票，外带一张名片，见名片上印着“营销主任”的字样，心想这个人可真勤奋，都做到营销主任了，还满大街地寻找潜在客户，就冲他这份热情，再加上自己现在确实无地方可去，不如去听听这免费的课程，也算开开眼界，顺便了解一些有关保险的基础知识。

当徐森走进位于体育西路高盛大厦20楼的秦康人寿保险公司时，他受到了一种前所未有的礼遇，几乎可以说是受宠若惊。公司所有的人无不对他抱以灿烂的微笑，那种“欢迎！欢迎！热烈欢迎”的声音不绝于耳，仿佛在迎接一个外宾使节似的。他想到自己之前在找工作时所遭遇的一张张冷若冰霜的面孔、所坐的冷板凳以及所吃的闭门羹，不由得深深地感慨道：“保险公司的企业文化就是好啊！”

一个戴着眼镜的中年男子清了清嗓子，开始了他的开场白：“大家好！我是秦康人寿的培训师，欢迎大家来听我的课。我知道，大家从五湖四海来到广州，从大江南北聚在一起，这就是缘分哪，这真是一种难得的缘分哪！在这里，我提议，让我们一起鼓掌，以热烈的掌声欢迎那些新学员以及那些对保险抱有浓厚兴趣的准学员好不好？欢迎他们加入我们的团队！”

“啪——啪——啪——”，一阵热烈的掌声在这间不大的培训室里经久不息地响彻着。徐森一边附和着拍手掌，一边想，这位培训师的讲话可真煽情，我只是出于无聊才来这儿消遣的，竟然将我说成是“对保险抱有浓厚兴趣的准学员”，我哪有什么浓厚兴趣？又何谈什么准学员？

掌声消停后，中年男子并没有高谈阔论去介绍那些保险的专业知识，而是避开保险说起了金钱，这根最牵动人心弦的命脉。他振振有词地说道：“大家可能对保险有一种误解，但究其实，干保险是最钱途无量的。”

接下来，培训师先计算了一个人一辈子能赚多少钱，然后试着问大家：“想不想在几年时间内赚到别人需花一辈子才能赚到的钱啊？”

“当然想啊！只是没那本事。”台下有人大声答道。

培训师接着说道：“是的，‘君子爱财，取之有道’，金钱不是什么可恨的铜臭之物，只要是自己赚来的，它就是可爱的。我不妨举个例子，在我公司某营业部的200人里，有多少人月收入过万，有多少人过2万，多少人过5万，最高的个人竟达一个月12万佣金，这样的人真是不胜枚举啊！大而言之，全国范围内的保险高手，月收入30万至50万的大有人在，最高的个人一个月佣金高达135万。这些月收入30万的，起点和你们是否一样？我可以明确地告诉你们，他们和你们其实是一样的，其中有一个，3年前和我一起在这个教室里接受培训，他没有背景，完全靠自己的努力。其实，保险这个行业是很有规律的，只要你按照规律走，成功率几乎是100%。此外，什么华人首富李嘉诚啊，什么世界股神巴菲特啊，他们都盛赞保险，群众也纷纷表示保险是一个好行当，这可是说出了广大人民群众的心声啊，所以，在这里我可以肯定地告诉大家，保险绝对是21世纪最有前景的朝阳行业。”

培训师这一番蛊惑人心且极富有煽动性的讲话把徐森的心完全搅乱了，就在刹那间，他的激情，他的斗志，他的锐气，似乎一下子全部重新启动，恍如一个朝气蓬勃热血沸腾的年轻小伙子，他真想加入这个团队，火速上前线冲锋陷阵，在一个月内赚取他的30万，在一年内攫取他的360万，可是当他打听到，在这里做保险既不提供住宿也不提供伙食，而且没有丁点底薪，完全靠业绩拿提成，他再摸摸自己干瘪的口袋，想想贫乏的人脉，在残酷的现实面前，他不得不低下了高贵的头颅，让理智回归现实，毕竟生存才是第一要义，活着才是大道理，于是他不顾接待自己的那个营销主任的盛情挽留，毅然决然地离开了秦康人寿保险公司。

徐森在秦康人寿被洗脑后，花了好长一段时间才将自己拉回到现实中来，一方面他无端羡慕有钱人的富足生活，一方面也在悲悯自己的卑贱生活，尽管这样，在为跻身于有钱人行列的这种阿Q思想的支配下，他找工作的劲头似乎更足了些。

徐森很快就在南方人才市场谋到了一份工作，他应聘广州江南包装制品厂的印刷QC一职，他甚至没有去工厂所在地一个叫作广州市海珠区仑头村的地方复试便当场拍板敲定了。

徐森在这里只干了一天，他就完全失望透顶了。这是一家做纸箱的小型工厂，工资低不说，住宿条件差，伙食也差，更重要的是，全车间只有一台曼罗兰大水牛四色印刷机，后工序也只是一些零星的简易设备，根本没有什么东西可学。基于这种情况，徐森决定骑驴找马，一边敷衍现在的工作，一边私下里找工作。

机会终于来了，一个星期六的上午，徐森在南方人才市场看见一家印刷公司在招聘储备干部，他仔细一看，这家公司叫作顺德万昌印刷包装有限公司，它远在顺德市乐从镇的平步村，可徐森顾不了那么多，他想男人应该四海为家，只要有好的机会，哪怕是去非洲他也愿意。

初试实在是太简单了，将个人简历一亮，红本本一露，回答几个无关痛痒的问题，徐森便轻而易举地赢得了复试机会。复试那一天，徐森找了一个莫须有的理由请了一天假，便跑到顺德面试去了。

复试的时候，徐森坐在会议室里，发现对面坐着一个戴着深度眼镜身材高挑的青年男子，经过简短的交流，得知他也是来应聘储备干部的，而且还是印刷科班生。徐森不知道这家公司要招聘几个储备干部，如今一个强大的竞争对手就坐在自己的对面，究其谁将问鼎中原亦未可知，想到这里，徐森的心里直发怵。

想不到复试竟如此顺利，这也许得益于徐森在谈话时那适宜的谦虚谨慎和恰到好处的夸夸其谈，也许是公司对这个岗位的要求比较低，徐森竟被录用了。他真是太兴奋了，他似乎尝到了跳槽的甜头，只需轻轻一跳，便完全改变了自己的命运，从小公司迈进了大公司，从一个小小的印刷QC一跃成为储备干部，那可是为进入公司管理层而储备的人才啊，更重要的是，从月薪五百元飙升至一千五百元，而且还包吃包住，整整翻了三番哪，这是一件多么美好的事情啊！

徐森在S325省道上等车的时候，碰到了他的竞争对手，便友好地问：“你怎么样？”

“我被录用了，过两天来上班。你呢？”

“我也是，想不到公司竟要两个储备干部，真是太好了，那我们以后就是同事了。”

“那是，希望我们还是很好的朋友。哦！我要上车了，到时候见。”

徐森送走竞争对手后，随后也钻进了一辆开往广州市芳村区窖口客运站的巴士。

常言道：不打不相识。徐森可能永远也料不到，这个曾为自己竞争对手的青年男子后来居然成为自己的死党，并同台演出了多出风花雪月的荒唐故事。

第十六章 寂寞春节

徐森在广州江南包装制品厂以自动离职的方式便去了顺德，他没有拿到一分钱，因为他所待的时间太短了，而公司规定上班时间不足半个月是没有工资的，但他不在乎，至少在这里解决了他的吃饭和睡觉问题，而现在他有了一个更好的去处，乃至一个更光明的未来。

徐森一辈子都记得，2000 年 12 月 18 日这一天，是他去顺德万昌印刷包装有限公司正式报到上班的日子。他坐在前往顺德的车上美美地想，12 月是今年的最后一个月，也就是说今年的霉运行将结束，而“18”寓意“要发”，是不是意味着我将在新的公司有所发达呢？

新的生活全面铺开了，徐森被分到后工序的招纸车间做储备干部，因为竞争和工作的双重关系，他也便知道那位竞争对手叫杜丁，四川人，毕业于上海新闻出版高等专科学校，学的是印刷设备专业，被分配到印刷车间做储备干部。

这是一家专业制造啤酒商标的中型民营企业，即专门生产啤酒瓶身上的颈标、身标、背标以及瓶颈上的铝箔封套，它的客户遍布九州华夏，北到黑龙江省的哈尔滨啤酒，南到广东省珠海市的麒麟啤酒，东到山东省的泰山啤酒，西到西藏自治区的拉萨啤酒，都是它的客户。徐森似乎对这里的一切都很满意，工作环境好，自己所在的车间尽是清一色的年轻女孩，舒心又养眼。食堂的伙食也不错，每餐都吃得饱饱的。公司的考勤制度也很先进，人事部给每位员工发了一张电子感应 IC 卡，上下班时，只需佩戴着 IC 卡潇洒地走过考勤机，在一米之内似乎就可以感应到，只需听到一声清脆的“嘀嘀”声，你就可高枕无忧了，而不像用纸牌打卡那般麻烦，在插满密密麻麻的卡架上找到属于自己的卡牌，然后还得插入打卡机再拔出来。更令徐森耳目一新的是，这种 IC 卡还具备一种电子钱包的功能，它与顺德市农村信用合作社合作，可以在指定的商店进行消费，这样一来，只需事先在电子钱包里存点钱，徐森就可以拿着它去公司里的小卖部随时购买东西了。不过，天下没有十全十美的事情，对某一点徐森还是很不满意的，那就是住宿条件。限于厂房规模，公司竟然租用了平步小学的旧学校作为员工的集体宿舍，在一间偌大的教室里摆了几十张双层结构的铁架床，密密地挨在一起，可以同时睡上好几十个人，男员工住在一楼的教室，女员工住在二楼的教室，只有那些主管级以上的员工或许可以拥有一间小小的单人房。由此，徐森想起了他的高中生活，两个班的所有男生全都挤在一个集体宿舍里，没有隐私也没有自由，某个人大声说句话，全寝室的人都听得见，某个人放个屁，整个宿舍都散发着一股淡淡的臭味。想不到时隔多年以后，已是上班族的徐森还得重温旧日生活。不过，徐森并不想吹毛求疵，他觉得宿舍就像旅店，床只是一张铺位，是一个纯粹用来睡觉的地方，眼睛一闭一睁，一个晚上就过去了。再者，听公司领导说，公司正在乐从镇的细海工业区建造新厂房，只要假以时日，一切都会改观的。

徐森进入公司的第一个月，上级并没有安排具体的工作，只是要他待在招纸车间熟悉情况。为此，徐森讨了一个清闲，他没有专用的办公桌，更没有电脑，只得每天在车间里转悠，和那些女工们聊天吹牛，也顺便帮她们打打杂做做下手什么的。这些女工大多是本地人，会说一口流利的粤语，但普通话却说得很蹩脚。幸亏徐森基本上能听懂粤语，现在机会来了，不如取长补短，于是，徐森为了迎合她们，反过来说一口蹩脚的粤语，常常因词不达意或发音不准而使她们笑得前仰后合。徐森最喜欢找一个叫作何淑萍的漂亮女孩聊天，感觉和她待在一起，时间过得飞快。不久之后，招纸车间副主任何金娣，这是一个四十多岁的本地女人，估计没什么文化，她曾委婉地警告过徐森，大意是不要认为自己是个大学生就觉得了不起，我们本地的女孩子是不会考虑外地人的。她的话带有明显的籍贯歧视，言外之意就是说，要徐森不要打本地人的主意，你还不够资格。尽管这样，徐森在愤懑之余也无可奈何，毕竟她是自己的上级，况且自己也确实一无所有。除此之外，可能何金娣私下里还和何淑萍说了些什么，自此，何淑萍再也不搭理徐森了，徐森受了刺激，就再也不找本地女孩聊天了。

随着时间的推移，徐森和杜丁渐渐熟络起来。想不到杜丁喜欢抽烟，他的右手的食指被烟熏得黄黄的，可见他的烟龄不算短，可以这样说，他是一个老烟鬼。公司在一楼设有一个吸烟室，受杜丁的影响，徐森也渐渐地学会了抽烟，在车间里觉得烦闷的时候，便跑到印刷车间找杜丁，再一起去吸烟室抽烟。限于财力，杜丁喜欢抽四块钱一包的椰树牌香烟，还有一种南洋产的红双喜牌香烟，也是四块钱一包，徐森倒无所谓，他不会品烟，抽什么都行，他要的就是一种吞云吐雾烟雾缭绕的感觉，借以打发这百无聊赖的时光。两人一边“吧嗒吧嗒”地吞云吐雾，一边漫不经心地聊天。

徐森问：“你今天做些什么？”

杜丁回答：“除了打杂还能做什么，没事帮别人擦洗 PS 版呗。你呢？”

“我还能做什么，在车间晃悠，找女工聊天呗！”

“好羡慕你哦！上班时间还可以和靓女聊天。我就惨了，印刷车间全是清一色的男人，干的全是脏活和累活。”

“印刷车间可是龙头啊！我想和你对调，领导也未必同意啊！”

“别说废话了，我们待的时间有点长，赶快回车间吧！”

两人掐灭烟头，顺手往烟灰缸里一扔，便扬长而去，杜丁径直走向一楼的印刷车间，徐森则要爬上二楼的招纸车间。

一个月之后，已是腊月二十几了，在上班的最后一天，徐森协助主任和副主任，带领全体女工将招纸车间来了一个大扫除；将半成品和成品整理好，将地面打扫干净，将机器设备罩上帆布之后，车间主任陈刚便郑重地宣布：“好了，大家都辛苦了，现在可以放假了。要回家的赶快回家，不回家的可以住在厂里。另外，珠江啤酒厂是我们的客户，鉴于我们目前良好的合作关系，作为回馈，它送了一批啤酒给我们。我这里有啤酒票，一人一张，每人凭票可以领到一箱啤酒，我等会儿发下去，大家可以凭票去仓库领取。”

徐森也想回家过春节，但他不能回，不是领导有任务安排，而是口袋里没几个钱，他是上个月 18 号上的班，这个月才发了几百块钱，这点钱根本就经不起折腾。他看到别人提着大包小包一个个地走了，心里觉得非常落寞，想不到 2001 年的春节就要独自在一个人生地不熟的他乡度过了。后来，他听说杜丁也不回去过春节，因为有了依靠，心才有所宽慰。

第二天晚上，公司请所有的住厂员工去一家饭店吃团圆饭，算是公司的一种福利，也算是对外来员工的精神慰劳。这天晚上吃的全是粤菜，粤菜讲究口味清淡，也讲究鲜嫩滑，虽然菜式丰富，花样众多，但还是不合徐森的胃口。徐森是湖南人，湖南人在餐桌上讲究的是酸辣咸。不过，徐森还是很开心，他感受到一股浓浓的暖意和公司的一种人文关怀。他品尝了不少的粤菜，也喝了不少的酒，并不失时机地频频向陈刚主任敬酒，说一些“多谢主任栽培”和“承蒙领导关怀”之类酸溜溜十分肉麻的套话，似乎有一种讨好主任的意味。吃完饭后，公司又举办了年终抽奖活动，徐森本对博弈之类的活动不感兴趣，就当是看热闹，而上帝似乎也并不眷顾他，活动结束后，他连末等奖的尾巴都没抓住。

2001 年 1 月 23 日是除夕，这天晚上，因为周边的商店和餐厅都停止营业了，徐森和杜丁没地方可去，便聚在一起喝酒。两人分别搬出公司所发的一箱啤酒，那是 330 毫升装的珠江纯生易拉罐式啤酒，一箱一共 12 罐。徐森坐床头，杜丁坐床尾，凑着一堆当天下午费了九牛二虎之力好不容易买来的花生米和牛肉干，开始对饮起来。两人边喝酒边说一些不着调的话。

杜丁有点醉意地说：“徐森，我跟你说，我读大学的时候谈过一个女朋友。有一天晚上，我拖着她去开房。当我将自己脱得一丝不挂正准备深入的时候，她用双手蒙住眼睛简直吓呆了，她花容失色地对我说，‘想不到你的那个东西那么长、那么大，我好怕，你不要碰我，我怕痛。’”

徐森紧追着问：“那后来呢？你插进去了没有？”

杜丁狡黠地说：“接下来的事情就不说了，反正毕业的时候分手了。”

徐森不甘心地问：“你的身高差不多有一米八吧？下面那东西当然长啦！有没有五寸长？”

杜丁呷了一口酒答道：“挺起来时应该有吧？”

……

徐森醉醺醺地说：“杜丁，我跟你说，只要你在印刷车间好好干，你迟早会取代车间主任李广辉的位置的。”

杜丁眯缝着眼睛说：“不一定，将来的事情谁知道呢！照你这么说，你也迟早会取代你老大陈刚的位置！”

“有那可能，谁叫我们都是储备干部呢？”

……

两箱啤酒一共 24 罐很快便被两人喝干了，花生米吃光了，牛肉干也嚼完了，两人踉踉跄跄回到自己的床位倒头便睡。除夕夜，两人就这样借助酒精的麻醉像死猪一样地睡过去，没有亲人，也没有电视，有的只是免费的啤酒，外加孤独和寂寞，却将浓浓的思乡情绪严严实实地裹住了。

正月初一至正月初七，徐森和杜丁就像两只被母亲丢弃在荒原上的小兔子一样，两人四处艰难地找食吃。因为公司食堂关门，周边的餐厅和商店也关了门，两人不得不跑到乐从镇上的商店去买一大堆的方便面和零食吃，实在受不了啦，便厚着脸皮跑到已结婚的同事家里蹭饭吃。这几天对徐森来说实在是太难熬了，因为口袋里没几个钱，不敢去外面潇洒，也不敢出远门，每天除了吃饭就是躺在床上睡大觉，偶尔两个同病相怜境遇相似的人结伴去外面逛街，聊以消磨这漫长的白天和无尽的黑夜。

正月初八终于姗姗来到，公司开工了，一切又恢复了昔日的秩序。徐森当然很开心，不仅仅是因为可以去公司的食堂吃饭了，他还领到了公司所派发的一百块钱红包。

对徐森而言，2001年的这个春节，这个漫长的春节，这个寂寞的春节，这个无比难熬的春节，在正月初八这一天终于将它打发走了。

第十七章　钦差大臣

新的一年，新的计划。常言道：养兵千日，用兵一时。2001年的春节一过完，徐森和杜丁这两个储备干部便被赋予了一个神圣的使命。

一天，生产部经理周永新将徐森和杜丁叫来，郑重其事地对他们说：“你们也知道，车间的物品摆乱有点乱，为此，公司计划导入5S管理制度，打算先在你们两人所在的印刷车间和招纸车间试点，待积累一定的操作经验后，然后再去新工厂试行。我知道，你们现在也不懂如何操作5S管理制度，但不要怕，公司已与顺德海达企业管理顾问有限公司合作，明天他们就会派人过来对你们两人进行专门的培训，并协助你们在车间内推行5S管理制度。你们两个作为印刷专业的科班生，相信学得快，掌握得也快，不会让我失望吧？”

杜丁信誓旦旦地说：“请周经理放心，我这一个月闲得慌，正愁没事干，我一定会将印刷车间规划好的。”

徐森拍着胸脯说：“周经理，我们都是你亲自录取的，放心吧，不会给你丢脸的。”

第二天，海达公司果真派了两个人过来，一个三十多岁，戴着一副眼镜，脸上有个黑色的痦子，痦子上长着一撮毛，他自称陈经理。另外一个二十岁出头，没戴眼镜，看起来斯斯文文，想必是刚刚大学毕业，进入海达公司没多久，估计是陈经理的助理，帮他做一些打杂和跑腿的事情。

陈经理自我介绍了一番，然后便滔滔不绝地说开了：“在当今的制造企业中，随着企业的发展和壮大，问题便不断地涌现出来。比如说，半成品和成品随便摆乱，混淆不清，甚至占据了消防通道，这给工厂的安全带来了极大的隐患。比如说，在办公室里，文件堆得乱七八糟，当需要寻找一份合同的时候，费了半天的工夫才找到。比如说，下班后，不关灯，不关电脑，不关复印机等办公设备，这都是一种浪费电的行为，是在消耗公司的有限资源。其他的例子我就不多说了，而5S这种先进的管理制度正是在这种前提下应运而生。那么，什么是5S呢？5S管理制度源于日本，其实是5个日本词汇的首字母的缩写，因为都是以字母“S”开头，便概括成5S，翻译成中文便是整理、整顿、清扫、清洁和素养。接下来，我将对这五方面逐一进行阐述……”

陈经理一边说一边拿着一支大头笔在白板上写写画画，他嘴上唾沫横飞，手下虎虎生风。徐森看见这一幕，对他的口才和丰富的专业知识佩服得五体投地。

关于5S管理制度的培训维持了一周，培训一结束，徐森和杜丁两人就依葫芦画瓢忙碌着在车间里导入5S管理制度。在领导的大力支持下，借助油漆、毛刷、透明胶纸和卷尺，忙着在车间里画线，有红色的，那是警戒区，属于消防通道，有黄色的，那是半成品区或成品区，有白色的，那是人行通道。

前期工作做完后，徐森便提着周经理赐予他的尚方宝剑，开始行使公司赋予他的监督及处罚的权力，俨然一个钦差大臣。每天上班后，徐森的工作便是在车间里巡视，看看半成品和成品的摆放有没有混乱？看看工作台面是否凌乱不堪？看看办公桌上的文件是否堆得乱七八糟？看看责任区域有没有搞卫生？看下班时不关水和电的那个人是谁？

徐森总是本着“事不过三”的工作原则，第一次只是对当事人轻描淡写地说一说，希望有则改之，无则加勉。第二次给予当事人口头警告，若还有第三次，则铁面无私地开具一个书面文件，并对当事人给予一定的经济处罚。不过，由于徐森实行了一种刚柔并济的措施，故从头至尾他都没有处罚过一个人，这也许归结于招纸车间尽是女工的缘故吧！

不过，徐森在推行5S管理制度的过程中遭遇了一个颇为尴尬的问题。因为公司没有给招纸车间配备专门的清洁工，而徐森又奉行一种将变革进行到底的精神，做事极为认真，连女厕所也不放过，尽管他是一个未婚男子。有一次，他去巡视女厕所的时候，发现垃圾篓里竟有一大堆的卫生巾，张张舒展开来，渗着殷殷血迹，散发着一股浓浓的怪味，看起来实在恶心，令人反胃。他当然知道那是女人们来月经时所用的东西，对于这个问题，他不知如何启齿，也不知找谁的麻烦，最后，他想到了副主任何金娣，便委婉地对她说：“麻烦你去女厕所看一下，看看那垃圾篓里的垃圾是不是该扔掉了？”何金娣从女厕所回来之后显然心领神会，当即便指定一个女工去倒垃圾。

自此以后，徐森每次走进女厕所的时候，他似乎总感觉到背后有几十双眼睛在盯着他，她们或许在骂他是一个精神病，或许在议论他有窥阴癖，是一个变态狂。晚上睡觉的时候，徐森有时会做一个怪诞的噩梦。他梦见招纸车间那些女工的屁股都是红色的，伴着一股鲜血直往地上滴，像下雨一样，然后一张张卫生巾像一枚枚伸展开的红叶纷纷向自己飘来，很快便将自己覆盖了。徐森被噩梦惊醒后，便一直琢磨着一个一劳永逸的办法。他想，招纸车间一共有 61 个女人，副主任何金娣已过更年期，早已闭经，也就是说，每月按时来例假的实际上只有 60 个女人。如今正是生产旺季，主任陈刚将这 60 个分成两班，正好白班 30 个，晚班 30 个。按照一个女人每月平均七天例假来计算，在招纸车间每天平均有 14 个女人同时来大姨妈，这将产生至少 14 片血迹斑斑的卫生巾，这可不是一个小数目啊！为此，徐森制定了一个措施，他将车间的 60 个女人排了一个值班表，规定一个月的每一天都由谁来负责女厕所的清洁工作。实行白班一个、晚班一个，在交接班时，由后者监督前者的工作，若前者工作不到位，后者可向徐森汇报，再由徐森出面对前者进行相应的经济处罚。该措施经颁布实施，徐森便再也不必往女厕所跑了，那种荒诞不经的噩梦自便消除，他和卫生巾之间的战役从此告一段落。

三个月后，公司在乐从镇细海工业区的新厂房已完全建好，在搬进机器设备之前，领导决定先对所有的车间按照 5S 管理制度的原则进行统一规划和布局。于是，徐森和杜丁两人再一次英雄有用武之地，即刻奔赴新厂，又重复着之前的工作。不过，稍有不同的是，新厂的面积更大些，所有车间全都集中在一楼，从而要求更高些，牵涉的工作人员也更多些，连主任陈刚都降尊纡贵，经常协同徐森作战，一起趴在冰凉的水泥地板上刷油漆。

第十八章　风情佛山

花开两朵，各表一枝。人在一天当中会做两件事情，一件在太阳的眼皮底下做，这种事情一般都是冠冕堂皇的，这指的是工作上的事情；一件在月亮的眼皮底下做，这种事情有可能是阴暗的，这指的是工作之外的事情。发生在太阳之下的事情固然有趣，但发生在月亮之下的事情更为有趣。

也许系于同出一辙的人生境遇，随着时间的递进，徐森和杜丁两人从开始时的竞争对手慢慢地成了挚友，最后竟升华为一对臭味相投的死党，在这个风情无限的佛山联袂演绎了多出荒唐透顶的丑事。

一天，徐森和杜丁两人在公司吃完晚饭，相约外出散步。两人一边抽烟一边抱怨这储备干部怎么还不扶正。不知不觉，两人来到乐从镇中心的一个小公园，这里绿草茵茵，树木蓊郁，有假山，有假桥，旁边还有一条还算清澈的沟渠。这个小公园地处闹市之中，风景还算不错，不失为一块难得的休闲场所。

两人各坐在一个用水泥做的假树桩上，一边吞云吐雾一边闲聊。这时，一个三十多岁的中年妇女走过来轻声地问："靓仔，玩不玩？"

两人都不是菜鸟，当然心领神会，还是杜丁先说话："怎么玩？多少钱？"

"在这里玩也行，去我的出租房玩也行，很便宜的，一人二十块。"

杜丁追着问："你还是没有告诉我们怎么玩啊？"

"在这里玩只能摸，去我出租房玩可以做那事。"

杜丁试探着问徐森："我觉得去她的出租房玩不太安全，我们就在这里玩好不好？两个人玩她一个，反正现在天黑了，公园里又没人。"

徐森扶了扶眼镜的边框，然后说道："两个人玩一个还是不大好吧，不如各玩各的。”

杜丁说：“我们什么关系，这样玩才刺激嘛！”

徐森终于松了口，低低地说：“好吧。”

杜丁便对她说：“我们两个人就在这里玩你一个，干不干？”

她有点惊讶地说：“这怎么行？两个人一起上怎么玩啊？这样好不好？我去叫一个姐妹过来。”

杜丁不耐烦地说：“你不要管我们怎么玩，反正会给你双份钱，这是多好的事情，你不愿意就算了。”

她犹豫了一阵，终于开口说道：“好吧！你们可不要乱来，动作不要太粗暴哦！”

中年妇女走到一座假山的后面，找了一个十分隐蔽且绿草较为茂盛的地方，径直躺下来，便对两人说道：“好了，开始吧！”

徐森和杜丁分工合作，上下其手。徐森喜欢爬山和欣赏山峰，便负责上面。杜丁喜欢深入洞穴，便负责下面。徐森解开她上衣的扣子，将胸罩撩开，便用两只手拼命地揉搓和抓捏，时不时将那两颗红枣掐一下。杜丁则解开她的牛仔裤，撩开她的内裤，拨开那一丛黑色的野草，径直用手指在下面鼓捣着。过了几分钟，她便陷入了一种不知是快活还是痛苦的亢奋状态，眼睛紧闭着，嘴巴一张一翕，一边喘着粗气，一边发出低低的呻吟声，似乎很享受这个过程。

当徐森和杜丁两人兴致正高的时候，她强行阻挠了两人的行为，先将徐森的手推开，随后将杜丁的手拨开，随即站了起来，整理好衣服之后，便愤愤地说：“好了，就这样吧，快点给钱。你们看起来戴着一副眼镜，斯斯文文的，想不到竟这么野蛮，上面的使劲抓，恨不得将我的乳房抓烂，下面的拼命插，恨不得将一个拳头都放进去。”

走在回公司的路上，徐森问杜丁：“你真的将整个拳头都放进去了？”

“当然没有啦，开始时只是插一个手指头，后来插两个手指头，再后来插三个手指头，当插到第四个手指头的时候，她就不干了。”杜丁懊恼地说，然后嬉皮笑脸地问徐森：“你摸得舒服吧？”

“乳房下垂而且松软，不够坚挺，也就那样。”徐森淡淡地说。

杜丁将手搭在徐森的肩膀上，淡淡地说：“可以啦，该满足了，四十块钱还能干什么？”

“惭愧啊，我们真是人渣，是社会的败类，就好比人家说的，白天是教授，晚上是禽兽。”徐森自嘲地说，然后两人在夜幕的笼罩下径直往公司的方向走去。

一个星期天的下午，徐森和杜丁结伴去佛山市内的季华公园游玩。季华公园很大，有山有水有湖，风景虽然不无秀美，但游人似乎并不多。

当两人坐在一处山丘上聊天的时候，两个二十来岁的少女走过来找他们搭讪："靓仔，要不要打波？很便宜的，十块钱。"

徐森首先问道："打波是什么？"

一个女孩答道："就是我一边帮你打飞机，你一边摸我的波波啊！"

徐森自便明白打飞机是什么意思，这是男人自慰或是女人帮男人自慰时的一个俚语。他听了这番话，不由得叹为观止，想不到在佛山竟还有这样的服务，当时便动了心，决定尝试一下，便继续问道："去哪里玩？"

那个女孩用右手指了指前面不远处的一丛树林，答道："诺，看见没有，那儿有个小树林，很安全，一般人是看不见的，即使是偶然撞见了，人家也会见怪不怪，还当是一对恋人呢！"

徐森朝前方瞟了一眼，发现果真有一个小树林，高的是棕榈树，矮的是散尾葵，有点密不透风，人藏匿在其间，从外面显然是看不见的，相当隐蔽。

徐森对杜丁试探性地问："要不要去爽一把？"

杜丁爽快地说："好啊！我正愁下面的能量无处释放呢！"

两人说完，徐森便尾随一个短头发的女人进了右边的小树林，杜丁则尾随一个长头发的女人进了左边的小树林。

女人背靠在笔挺的棕榈树上，右手随即拉开了徐森裤子的拉链，将内裤撩开，抓住他的命根子，穿过拉链将它从里面拿出来，然后用她那纤纤玉手抚摸着，待具备一定的硬度后，便娴熟地上下套弄着。与此同时，徐森将她的外衣和胸罩一并从下往上撩开，一手抓住一座山峰，尽情地揉捏起来。须臾，徐森就感觉从下面传来一种类似痉挛的快感，像被电击过一般，一种令人亢奋的电流迅速传遍全身。说时迟，那时快，她马上移了一步，一股浓浓的液体便射在了棕榈树上。她真不愧为职业高手，连徐森何时火山爆发她都能预测到。不过，徐森猜测，自已的宝贝在熔浆喷发前一般都会轻微地上下抖动，类似于地震，想必她就是在用手感觉到地震时才及时采取措施的。

徐森和杜丁碰头后，便坐在草地上继续聊天，只不过话题有所转移，由谈论公司变成了谈论女人。不觉天色已晚，当徐森提议回去时，杜丁说："你在这儿等我一下，我下面又有反应了，我再去爽一次，反正又不贵。"

杜丁说完，便在附近找了一个正四处游走寻找猎物的女人，随即两人便钻进了小树林。

按照正常逻辑，一般只需几分钟就可完事，可徐森却等了足足有十多分钟，正等得不耐烦的时候，杜丁终于出来了。徐森劈头盖脸便问："怎么去那么久？"

杜丁自豪地说："我也不知道啊！我将她的两个波波都快捏青了，可我的下面就是不出水。后来，她变得不耐烦了，便使劲地套弄，最后总算是射出来了，搞得我那个到现在还隐隐作痛。"

徐森挖苦地说："活该，难道你没听说过'一滴精，十滴血'这句话吗？哪有像你这样作践自己的，频率也未免太高了吧，不到半个小时便射了两次。"

杜丁不好意思地说："说的也是，下次不敢这样了。不过还好，现在年轻，受得起。"

当一轮红日正徐徐落下时，徐森和杜丁两人勾肩搭背也不紧不慢地走出了季华公园。

某一天，徐森和杜丁两人因公事去佛山市禅城区的澜石镇出差，办完事时已是傍晚时分，便在澜石镇随便找了一个餐馆吃了一个快餐。因为澜石镇和乐从镇是相邻的，中间隔着一条大约一百米宽的西江，来往两地之间必须要经过澜石大桥。吃完晚饭后，考虑到两地之间并不远，便结伴去澜石镇上的沿江路上游玩。他们一边看着行驶在西江之上那一艘艘巨大的船只，一边不无诗意地吟诵着"沉舟侧畔千帆过，病树前头万木春"这句诗。

想不到这条沿江路竟是一条风情街，每当夜幕降临的时候，在来来往往的人群中便夹杂着一些流莺，她们正用一双双鹰隼般的眼睛搜寻着猎物，如同猫头鹰觅食一般。

一个打扮入时描着眼影略施粉黛的女人将猎物锁定了杜丁，笑着搭讪着："靓仔，去不去爽一下？服务包你满意。"

杜丁用他那深度眼镜窥探了一下她那深深的的乳沟，显然有点动心了，便问道："多少钱？在哪里？安不安全？"

"不多，30 块。就在那儿，不远，你放一万个心，绝对安全。"她用手指了指，并呶了一下嘴。

"可我们有两个哦！"

"这有什么，我的姐妹多，就是来一百个也应付得了。如果你们对我满意的话，我可以先后服侍你们两个，或是你们两个一起上……"

徐森马上打断她的话，说道："兄弟两人一起上，这怎么行呢？你还是再去找一个吧，记得要找一个波大而且服务态度好的哦！"

"好的。"她说完便找她的姐妹去了。趁她找人的间隙，徐森谨慎地对杜丁说："如果你先办完事就来这儿等我，若长时间没有等到我，那就证明我出事了。你回到公司后要替我保密，还要想办法将我捞出来。"

杜丁说："好，你也要这样。"

不一会儿，先前那个女人便领来了另外一个女人，虽然没她有姿色，但她的乳房的确大，走起路来不停地上下抖动，像两只藏起来的小兔子。

杜丁跟着漂亮女人穿过沿江路拐进了一条小巷，徐森则尾随那个波霸拐进了另外一条小巷。

徐森跟着波霸上楼梯的时候，他的手已经变得不老实了，右手搭在她的肩膀上，左手隔着衣服将她那两只波波摸来摸去。进了出租房后，哪知波霸的态度一反常态，变得竟如此之差。先是叫徐森立马给钱，然后叫他快点脱裤子，而且不允许开灯。因为她的单人床挨着窗户，她说为了安全就在地上做。她从墙角找来一个事先预备好的破床垫，将其放在地上，然后将裤子和内裤一并脱掉，躺在地上便催促徐森快点干活。徐森面对她的恶劣态度，虽性趣大减，可如今箭在弦上，不得不发，只好摸索着爬上去，大概做了两三个俯卧撑便感到下面变成了一条软绵绵的虫子。徐森一办完事，波霸又催促徐森快点离开，丝毫没有挽留和打情骂俏的意思，一场短暂的纯属动物性质的交合行为就这样结束了。

徐森等了一会儿，杜丁终于来了，还好，两人没出事，都平安回来了，没有想象中的那么恐怖，应验了她们所说的"绝对安全"。

走在澜石大桥上，徐森问杜丁："你那个服务态度好不好？"

杜丁说："还能怎么样，说一套，做一套，和这样的女人做那事不早泄才怪。"

杜丁停顿了一下，反问徐森："你那个波霸怎么样？摸起来爽吧？"

徐森懊恼地说："上面爽有什么用，可下面阳痿啊！"

杜丁惊讶地说："不会吧？你会阳痿？"

徐森答道："是啊！她的服务态度那么差，想不阳痿都难。"

杜丁总结道："这样的事我们以后还是少做，即便要做，也要找熟悉的人做，也算对得起那点嫖资。"

徐森望着脚下那滔滔的西江水，不再说话，一股自责、后悔、惭愧和自甘堕落的情愫像那西江水一样在心头泛滥开来。

第十九章　上蹿下跳

在万昌公司工作半年之后，徐森有点沉不住气了，他觉得自己就像一个妇女主任一样整天泡在一堆女人当中，和一帮文化不高的女工打交道，还要和卫生巾打交道，他觉得自己没出息，沾上了脂粉气不说，另外，自己的斗志似乎也被消磨掉了。他一直在等待机会，等待那个储备干部转正的机会，但半年多一眨眼就过去了，自己的工资不仅分文未加，更重要的是，那顶储备干部的帽子至今仍未摘除，还是挂着一个5S专员的头衔，他终于彻底失望了，他觉得看不到未来，看不到自己的前途。虽然他拥有看似光鲜的尚方宝剑和一个能震慑住女工的钦差大臣的身份，可这又有什么用呢？他需要加薪，更需要一个名正言顺的官位，这才是最实际的。

物质决定意识，心态决定行为，蠢蠢欲动的徐森在经过一番激烈的思想斗争之后还是决定辞职。六月的一天，一个阳光灿烂的日子，徐森告别了死党杜丁，拖着一个行李箱毅然决绝地迈出了万昌公司的大门。

徐森直接去了广州，还是决定投奔谢海。他找到谢海之后，所办的第一件事情就是将自己之前断断续续所借的三千块钱一并还给了谢海。谢海知道徐森辞职后，并没有说什么，可能他觉得这是一件再正常不过的事，不足为谈。令谢海开心的是，他收到了三十张老人头，当即便高兴地对徐森说："今晚带你去一个神秘的地方看风景，这可是员村最有特色的地方哦，那就是位于三横路上的风情街，也可以说成是红灯区。"

吃完晚饭，谢海便带着徐森看风景去了。从员村三横路的一条小巷走进去，尽是一些显得阴暗潮湿且起起伏伏的小巷，它们横七竖八杂乱无章地交叉着，像一座迷宫一样，初次来这儿的人肯定是摸不清方向找不着北的。走在小巷里，时不时会遇到一些打扮不入时无甚姿色的农村妇女站在出租房前翘首以盼，她们无疑便是这条风情街的主角。她们一般都是三十多岁的中年妇女，也有二十多岁的少妇或二十岁刚出头的农村姑娘，甚至还有四十多岁的老大妈。那些胆大的见过世面的便涂脂抹粉略施粉黛，穿着一件暴露的衣服，故意将劣质胸罩压下去，露出一道深深的乳沟，以此吸引客人的眼球。看见男人从小巷经过，或欢快地吹着口哨，引起男人的注意，或试探性地问"靓仔，玩不玩？"，有的女人甚至做得更出位，用她的右手勾住男人的左手臂，身体往前倾，用她那两个隆起的乳房去磨蹭男人的胸膛，并拉着人家径直往自己的出租房里走，在经过一番推搡后，有的男人挣扎着逃开了，有的男人则禁不住诱惑最终降服了。

谢海诡秘地对徐森说："你要不要去爽一把？"

徐森当然知道这些女人不上档次，她们的客户群体主要是针对那些长年在外打工且老婆、孩子又不在身边的建筑民工，他不愿在谢海面前丢脸，尽管两人是亲密无间的兄弟，但基本的隐私还是要保留一点的，便淡淡地说："这些女人太老了，没兴趣。"

徐森似乎想起了什么，便问谢海："你知不知道她们是怎么收费的？"

谢海说："那要看情况咯，年老的一般二十块，少妇一般三十块，没有结婚的一般五十块，若她觉得自己漂亮有姿色，开价可能要贵些。另外，还要看具体的服务内容。哎！反正就像去菜市场买菜一样，需要时自己和她谈，一般从二十块至五十块不等。"

徐森惊讶地问："你怎么知道得那么清楚？莫非你经常"帮衬"她们？"

谢海辩解道："那倒没有。有一句话是怎么说来着，'常在河边走，哪能不湿鞋'，看得多了，听得多了，自然就知道了，不一定非要亲自去尝试，是吧？"

谢海说完，将嘴巴附在徐森的耳旁轻声地说："'师傅领进门，修行在个人'，作为兄弟，我已尽到了自己的责任，今后你想怎么做就看你自己的啦！"

徐森当然明白谢海的深层意思，他心领神会，却不言语。他从内心里感谢谢海能带他来逛这条风情街，不仅让自己开了眼界，而且也为今后的不时之需提前踩了点。

徐森和谢海从小巷里好不容易绕出来时，已经从员村三横路穿越到了员村新街，这里酒楼食肆店铺林立，呈现一派无比繁华的城市景象。想不到，在这闹市中竟藏着这样一个阴暗的灰色的情色地带，徐森觉得很是有趣，他一方面感慨城市的复杂性、多样性和包容性，一方面又想起了一句经济学上的术语，他不知道这句话是哪个经济学家说的，但他知道这句话是“有需求就一定有市场”，不管它合不合法。现在想一想，徐森觉得这句话真是太对、太精辟、太一针见血了。虽然这些女人见不得太阳，见不得警察，她们出卖了自己的肉体和灵魂，但从某种程度上来说，她们却为城市的安定团结和繁荣稳定作出了不容忽视的贡献。

徐森为了避免给谢海造成更多的麻烦，在找工作时重新拟定了一个原则，采取一个速战速决的方式，只要有公司同意录用他，他就决定去，而不管公司规模的大小、工资薪金的多寡和福利待遇的好坏，这样一来可解决吃饭和住宿的问题，从而降低一定的经济成本。若实在不行，大不了骑驴找马。根据这个方针，他很快便在南方人才市场找到了一份工作。

徐森进了番禺志达柯式印刷有限公司，这是一家小型的港资印刷企业，位于广州市番禺区市桥镇的东环路上，徐森还是做他的老本行，在品质部做一个小小的印刷 QC，虽然职位低，人微言轻，但好歹也是一份工作。

徐森是在星期一上的班，在这里工作五天后，他就不想干了。他觉得这家公司还是不大理想，有点令他失望，伙食差、住宿条件差不说，关键是印刷机台少，工作很清闲，没有什么好学的，他决定跳槽。

第二天是星期六，徐森去了南方人才市场。他想不到自己在 2001 年找工作竟如此顺利，初试时便被一家公司现场拍板录用了，并要他后天去公司报到上班。

徐森回到志达公司后便自动离职了，直接去了广州市花都区新华镇的莲花工业区。这家公司叫作广州晓辉纸品印刷有限公司，厂房面积很大，少说也有几十亩，绝对属于一个大公司。徐森应聘的是储备干部，暂时被安排在印刷车间做 QC。因为公司各方面条件还不错，周边环境也清新宜人，徐森的心暂时得到了满足。

上了五天班后，徐森听一位同是储备干部的同事无意中说起，说储备干部的工资只有五百块钱，而且几乎没有什么加薪的可能。这一下，好比一块石头投入心灵的湖水，激起一阵涟漪，徐森的心又被搅乱了，心情怎么也平静不下来。他想不到一个储备干部的工资一个月只有可怜的五百块钱，想当初我在万昌公司还一千五百块钱呢！他抱怨自己也不问清楚，竟如此饥不择食，好像有奶便是娘，不分青红皂白就跑到这里来上班，真是太草率了。不管怎么样，他决定立马跳槽，继续找工作，希望借助轻轻的一跳将五百直线上升为一千，甚至更高。

第二天是星期六，徐森收拾好那简单得不能再简单的行李，主动将自己解雇了。他直接去了南方人才市场，幸运的是，他又谋得了一个不需去工厂复试的工作，而且工资超过了一千块钱，也算是达到了自己的期望值。

又是一个星期一，徐森再一次走进了顺德市，他来到了龙江镇的西溪第三工业区，在顺德永放彩印有限公司做起了印刷QC。这是一家做烟草包装的小型民营公司，他听同事说，老板曾在虎门彩色印刷有限公司做过业务员，后来发达了，便自立门户出来创业。徐森听到这个消息后，一方面对老板肃然起敬，另一方面又萌发了想去虎彩公司做印刷IPQC的念头，因为那里有他的大学同学彭建，他想，两人在一起上班，既是同学又是同事，一定特别地好玩。

机会只垂青那些有准备的人，这句话一定不假。星期五那天下班后，徐森买了一份《广州日报》，在《求职广场》一栏中惊讶地看到虎彩公司这周星期六也就是明天将来广州购书中心进行现场招聘，而且还将招聘印刷IPQC一职，机会终于来了，徐森实在是太喜出望外了，他决定再一次跳槽。考虑到龙江镇离广州市有点远，他决定孤注一掷，来个背水一战，置之死地而后生，不给自己留一点余地，于是，当天晚上他自动离职了，收拾起简单的行李回到了广州。

第二天，徐森花了二十块钱买了一张门票进了广州购书中心六楼的韦博人才市场，不用说，徐森轻而易举便赢得了复试的机会，并邀请他后天下午去公司复试。

尽管徐森第一次去虎彩公司面试时以惨痛的经历败北，但事情已经过去一年多了，今非昔比，如今徐森已然具备一定的实力，不再是那个一问三不知的愣头青了。复试那一天，徐森再一次走进了虎门镇，第二次走进了虎彩公司的大门。此一时彼一时也，非常幸运的是，徐森如他所愿，竟然被录用了，并约好在8月1日建军节那一天来公司报到上班。

徐森走出虎彩公司的大门时，他感到天空是那么的湛蓝，白云是那么的洁白，阳光是那么的妩媚，生活是那么的美好，新的生活又将重新启动。

坐在回广州的车上，徐森想了很多。他很庆幸在复试的时候，那个品管部经理只是拿着印张问了一些关于纸张纹路、颜色、专色、咬口、版尾和针位的问题，而没有问他色偏的问题，这可是徐森的软肋。徐森不是色盲，他当然能看出青、品红、黄、黑这正常四色，也能分辨专色，但若是拿着它与标准签样进行比较，他就分不清哪种颜色有所偏离了。“冰冻三尺，非一日之寒”，这是一门比较高深的技术，一般只有那些开过印刷机或具有丰富实践经验的人才擅长，而徐森却是连印刷机都没有正儿八经地摸过，说到底，他只是懂点皮毛而已。

徐森又想到了这一段时间所过的日子，真是荒唐透顶，感觉自己像只跳梁小丑似的，到处上蹿下跳。每周星期一进一家公司上班，到了星期五又自动离职，星期六在人才市场很顺利地找到一份新的工作，到了下一周的星期一，又去另外一家公司上班。如此循环往复，周而复始，这样的生活已经维持了三周。如今有幸进了虎彩公司，该是终结的时候了。照此看来，以前的三次自动离职都是值得的，虽然没有从公司拿到一分钱，但一切只为这一刻。

在7月的最后一天的那个晚上，徐森为了犒劳自己，背着谢海偷偷地去员村三横路的风情街爽了一次，也算是对自己杀入虎彩公司的奖赏。他将风情街的所有小巷走了一遍，最终锁定了一个笑容可掬胸部硬挺的少妇，窃窃私语一番，价钱三十块，公道又合理，徐森二话没说便踏进了在她背后的出租房的门槛。

一切都是职业化操作，她迅速脱去下面的一切，但徐森却没有脱去下面的一切，他只是将裤子和内裤褪到膝盖以下。随后，她帮他的宝贝戴上帽子，便躺在床沿上，徐森站在地上，分开她的两腿，撩开她的上衣及胸罩，每只手各抓一个肉球，下面随即挺入。床的高度恰到好处，徐森欠着身子，双手尽情揉捏，下面拼命摩擦，须臾，他就感到下面快要山洪暴发了，突然，那道闸门不知被谁打开，一股猛烈的洪水直往外冲，刹那间，他又找到了那种万马奔腾的久违的感觉。

第二十章　黑白岁月

徐森为了给彭建一个惊喜，同时也为了证明自己不再是吴下阿蒙，直到入职虎彩公司的那一天才将这个好消息告诉他。当徐森好不容易在宿舍找到他的时候，想不到阳光都将宿舍照得遍地黄金了，他竟躺在床上呼呼大睡。

徐森将他摇醒，对他说："看看我是谁？"

彭建一副睡眼惺忪的样子，惊讶地说："咦，是你呀。你怎么进来了？"

徐森自豪地说："我来和你做同事了。"

"哦，那恭喜了！这样，我昨晚上了一个通宵，我现在困得很，只想睡觉，我们改天再聊好不好？"彭建说完又睡下了。

徐森开始激情洋溢地投入工作了，不用说，他铁定被分配到印刷部，负责印刷机的质量监督工作。在品管部，负责印刷部的 IPQC 一共四人，分两班，白班和晚班各两人，不巧的是，徐森和彭建不同班，他们错开了。与徐森同班的是一个叫作俞星的年轻小伙子，江西人，一副胖胖的模样。他戴着一副眼镜，说话时总是眯缝着一双小眼睛嘻嘻地笑，挺富有亲和力的。

印刷部有十五台印刷机，徐森负责六台，俞星负责九台。这些印刷机大多是曼罗兰 700 型号的，有四色的，有五色的，也有六色的，而且都带过油装置，用的是 UV 油墨，实行的是紫外线固化干燥方式。另外，印刷部还有一台凹印机、一台双面机和两台半自动化的丝印机，这些机器都由徐森负责。凹印机一般用来打样，丝印机用来加工一些诸如磨砂和防伪等特殊工艺的工序，而双面机则纯粹印制笔记本的内页，因当时老板还成立了一个专门制造文具的公司，叫作东莞七彩贺卡文具有限公司，并收购了山东省的泰山啤酒，如今正雄心勃勃地筹建虎彩集团。

虎彩公司是靠做烟草包装起家的，在烟草包装行业，因它的平面设计、机器设备、印刷工艺和防伪技术都独占鳌头，故它在行业内一直处于领头羊的位置。虎彩公司的董事长陈成稳在公司里可以说是无人不晓，众人皆知，他简直成了一尊神，他将他的企业文化和经营理念灌输到公司的每一个角落。为此，某些人也挺会来事的。徐森清楚地记得，在入职培训后，人力资源部曾组织新来的员工进行考试，其中有一道考题是这样的：虎门彩色印刷有限公司的董事长是谁？徐森郑重其事地、毕恭毕敬地用楷书写下了“陈成稳”这三个字。他想，陈成稳是虎彩公司的创造者，县官不如现管，谁给我一口饭吃，谁就是我的爹，识时务者为俊杰，我不能拿自己的前途开玩笑。

公司正导入现代企业管理制度，早已实行 ISO9000 质量管理体系。按照文件规定，徐森必须在那张《印刷部质量检测报表》上每隔十五分钟填写一次，即一个小时需填写四次，徐森负责十台机器，那么一个小时需填写四十次。于是，徐森像一个被鞭打过的陀螺一样连轴转，忙得不可开交，上班时便在十台机器之间疲于奔命，睁大着眼睛搜寻那些诸如套印不准、针位不一致、重影、鬼影、水干、水大、墨大、墨小、凹胶布、刮花、粘花、糊版、墨屎和偏色之类的瑕疵，将他所发现的质量问题告诉印刷机长，要求他纠正或整改，若有重大问题或发生质量事故，甚至还要找印刷部主任、印刷部经理、品管部经理乃至技术总监。

做印刷 IPQC 是要从印刷机的收纸台抽取印张的，徐森没有开过印刷机，不会从收纸台抽取印张，而那些进口的印刷机开得相当快，一个小时竟高达 15000 转，呼啦呼啦的，“轰隆轰隆”的声音不绝于耳。刚开始时，徐森只好厚着脸皮去看样台拿印张，因为机长也要时不时地自检，每当机长从收纸台熟练地抽出两三张印张时，徐森便迎上去，从机长手中抽取一张，然后仔细地端详一番。为此，曾有一个机长数落徐森，说什么印刷部的四个 IPQC 就你一个不会抽取印张，也不知你们老大是怎么将你招进来的？徐森受了打击，便找了一个态度比较好的机长，这个机长叫作凌富，徐森和他的个人关系还算不错，便向他学习抽取印张的技巧。起初，徐森没有掌握好动作要领，出现了打飞机的状况，弄得收纸台的印张乱了套，堆码得杂乱无章，为此，凌富只好人工调整或是紧急停机。后来，经过多次的实践之后，徐森便能应付裕如地从收纸台抽取印张了。

一周之后，徐森和俞星便转为夜班了。按照品管部经理金成海的规定，需从下午的五点半上到第二天的八点钟，除去吃夜宵的半个小时，要工作整整 14 个小时，也就是说，要从太阳从西方落下的时候连续工作到太阳从东方升起的时候。当然，如果你所负责的印刷机停下来了，你也可以下班，尽管这样，也要凑足 8 个小时，但这样的情况少之又少。

这是徐森第一次正儿八经地上夜班，而且还是连续十几个小时，这完全颠倒了他之前的生活规律和生理机制。刚开始上夜班的时候，徐森简直是拿命在死扛，凭借着自己顽强的意志力和瞌睡虫进行着一场谓之殊死博斗的持久战。当上下眼皮打架的时候，当瞌睡虫死死侵扰的时候，当睡眠和疲惫一阵阵袭来的时候，他便不停地四处走动，或去厕所用冷水洗把脸，或去吸烟室抽支烟提提神，久而久之，也便慢慢地习惯了这种夜猫子的生活。

公司实行一种 NC 扣罚制度，由企管部经理何劲松亲自抓。上白班的时候，大家都精神抖擞，不怎么怕他。可上夜班的时候，何经理也会冷不丁地从床上爬起来，趁大家上夜班精神懈怠、身心疲倦和放松警惕的时候，跑到车间里巡视一圈，看看谁的文件有没有按照 ISO9000 的标准严格贯彻执行。要知道，这套 NC 扣罚制度是与个人的年终奖金紧密挂钩的。NC 是什么？简单地说，它就是指那些不应该也不允许犯的类似小儿科的错误。若是被他抓到了，你便进了黑名单，当个人 NC 累积到一定程度，那你今年的奖金便化为泡影了，甚至还有被公司淘汰的危险。

鉴于此，大家都将何劲松形象地比喻成一条狼，只要他一来，明眼的人一看见，马上便会高呼一句“狼来了”。大家 听见有人拉响了防空警报，便立马做好相应的防备措施，将自己该填的表格迅速完善，以应付这条恶狼的突然袭击。徐森也不例外，他得在《印刷部质量检测报表》的相应框框处打勾并签名。按照文件规定，这份文件还需机长签名，若实在来不及了，徐森便模仿机长的笔迹越俎代庖，不管三七二十一就签了别人的鼎鼎大名，反正“狼”也看不出来，先过了这关再说。

都说印刷机是一头会吃人的老虎，徐森在虎彩公司算是真正领教了这头老虎的威力，不过，不是发生在他身上，而是发生在他的一位同事身上。某天的深更半夜，徐森有气无力地在印刷车间里转悠，他的上下眼皮直打架，好想打磕睡，但是他所负责的印刷机还有两三台在运转，所以他不能停下来。当时，他在左边那台印刷机查看印张，突然，从右边那台印刷机的方向传来一阵惨绝人寰的尖叫声，像自己老家过年时杀猪一样撕心裂肺，然后他看见一群人往罗兰四色机方向奔过去，个个手忙脚乱，仓促不已，神色慌张，随后他又看见一个同事背着另外一个同事匆匆忙忙地往外走，后面跟着一批同事，他清楚地听到某个同事大声地喊道："你们先背着他走，越快越好，太平人民医院就在附近，我来打 120。"徐森看得清清楚楚，他们所走过的地板下滴下星星点点的鲜血，弯弯曲曲地通向他们前行的方向。

事后，通过一位同事的陈述，徐森才知道，原来是罗兰四色机的副手出了大事情，他右手的食指、中指、无名指和小指被印刷机的滚筒轧掉了，现场血肉模糊，惨不忍睹，也就是说，他的右手几乎废了，他成了重度残疾人。为什么会这样呢？听说是副手很疲劳，探身去擦橡皮布滚筒时忘记摁保险开关了，而机长当时也不知道自己的副手在干什么，想必机长当时也略显疲惫，既不和自己的副手沟通，在开机之前也不按那种会"嘀嘀嘀"叫个不停的警示灯，以至于副手的右手被橡皮布滚筒和压印滚筒挤压在一起，最终导致了这出悲剧。至于后来，那个受伤的同事治疗得怎么样了？虎彩公司又赔给那位受伤的同事多少钱？徐森不清楚，同事们也不清楚，好像公司高层对所有人都是保密的。但是，有一点徐森知道，自那天晚上之后，徐森就再也没有见过那个受伤的同事了，这个悲剧也是导致徐森后来发誓不做蓝领一心想做白领的内在原因。

某一天，徐森又是上晚班，他所负责的机器都停下来了，正准备提前下班的时候，俞星笑着问他："你干吗去？"

"还能干什么，我下班睡觉去。"

"你看下手表，离凌晨四点半还差十分钟哦。"

"为什么非要等到四点半？我已经上够 8 个小时了，只要机器停下来，我就可以下班啊！"

"傻逼，难道你不知道这半个小时也有加班费吗？你为什么不凑足这半个小时呢？"

"哦！是这样。那按你这么说，如果没事干，我还可以待在这里，一直赖到早上八点钟，多骗取一点加班费。"

俞星诡秘地说："我可没有这么说。不过，只要能证明你在现场做事，也不是不可以，就怕你自己受不了，早跑到宿舍睡大觉去了。当然，这种事情尽量不要去做，若是被别人查出来，麻烦可就大了。"

徐森听从俞星的意见，为了骗取半个小时的加班费，在品管部的办公室硬是待了十分钟。他一边干巴巴地坐着，一边看着手表，四点半一过，便飞也似的下楼打卡去了。

走在回宿舍的路上，徐森心想，尽管公司的管理制度相当严格，一切向现代化看齐，近似于一种军事化的管理体制，但在很多方面还是挺人性化的，付出就有收获，工作半个小时也会给予相应的劳动报酬，这也算符合公司所倡导的实行一种“以人为本”的企业文化吧。

品管部规定，IPQC 必须跟着机器走，只要机器在运转，IPQC 就必须守候在旁边，好像 IPQC 天生就是机长的跟屁虫似的。印刷部实行一周白班一周夜班的轮换制度，在每周的星期天转班，这样一来，品管部也便实行相应的配套措施，紧随其后，以印刷部为中心，将公司的品质保证工作贯彻到底。

于是，在这一周的整个大白天，徐森便在车间里忙碌地工作着。在接下来那一周的整个大白天，徐森则在宿舍里酣睡，像死猪一样，连中餐都懒得吃，一觉醒来，在那个漫长的漆黑的别人正做着美梦的夜晚，自己却要挥汗如雨。就这样，徐森开始了一种颠倒黑白混淆太阳和月亮的岁月，他不知道这样的日子要过多久，他似乎麻木了，他没想过，也懒得去想，他只知道一天要做三件事情，那就是上班、吃饭和睡觉。

第二十一章　虎彩艳事

徐森的生活是紧凑而忙碌的，但他在付出辛勤劳动的同时也收获了不少的快乐。

虎彩公司的经济效益那是相当好，一年的销售额早已突破亿元大关，目前老板正磨刀霍霍向十亿进军。多财善贾，长袖善舞，赚得盆满钵满的老板正踌躇满志地开拓其他产业，在印刷行业成了一个能呼风唤雨响当当的人物。水涨船高，于此，公司所有职员的工资不仅高于同行，而且福利待遇也好，个个的腰包鼓囊囊，花起钱来挥金如土，一副财大气粗的潇洒派头，其私生活也近乎奢糜。

且不说公司的那些总监级和个别经理级人物一个个开着诸如宝马和奔驰之类的豪华轿车在公司里进进出出，单单印刷部那些技工们也是出手阔绰，气度不凡。

五色机的机长陈贵最近买了一台滑盖式手机，型号好像是诺基亚8800，整个手机金灿灿的，好像遍体镀了黄金，显得高贵而大气。据他本人讲，他花了将近4500块钱。徐森听了直瞪目结舌，心想，他真是太牛了，这一部手机竟相当于自己三个月的底薪，再看看自己那部诺基亚3310手机，才1200块钱，而且显示屏还是黑白的，简直拿不出手。人比人，气死人，他真是太有钱了。上班期间无事时，他便拿出来把玩，娴熟地将滑盖打开，发出一声“啪”的清脆的声音，吸引诸多同事前来欣赏，大家聚在一起，叽叽喳喳地议论起来。这个说“好高档呀，竟是65000色彩色屏幕显示的”，那个说“好精致哦，这和货真价实的黄金有什么区别”，听到这些发自大家内心的溢美之词，陈贵的脸上总是洋溢着一种自豪的表情。

每个人都有自己的嗜好，这是一件无可厚非的事情。印刷部主任安墨就有一个嗜好，在工作之余，他喜欢去发廊找小妹按摩。徐森和他虽不是很熟，但因为工作原因，能经常听到安墨坐在某个角落和他的狐朋狗友们高谈阔论地谈论那些风流韵事。

有一次，徐森就听到安墨唾沫横飞地嚷开了：“昨晚找的那个小妹真他妈的爽，不仅年轻漂亮，而且波大，屁股翘，皮肤也白，真是爽死了！一轮下来，我将他的全身都摸遍了，觉得不过瘾，又加了一个钟才罢休。”

一个好事者问：“那后来呢？难道你除了摸就没干点别的？”

安墨不耐烦地说：“去，去，去，问那么多干吗？你要想知道，自己花钱去爽一下。”

徐森听了，虽不大明白加一个钟是什么意思，但他也能猜个八九不离十，想必是和自己加班差不多，可能是任务没完成，还有事情干，便继续花时间办未竟的事。不过，唯一不同的是，自己加班还有加班费，而他加一个钟却要倒贴钱。徐森又想，他的父母帮他取这样一个非常文雅的名字，安者，安全宁静也，墨者，胸有墨水也，想不到他竟好这一口。徐森每次无意中听到那些极其撩拨人的黄色小插曲，心里总是痒痒的，遐想翩翩，一副蠢蠢欲动的状态，最终还是理智占了上风，实在受不了啦，他便跑到厕所里偷偷地打飞机，将自己的邪念化为一股浓浓的液体尽情地排泄出去。

印刷部那帮鸟人真是太有钱了，一个个牛气冲天，仗着自己工资高，花起钱来大手大脚。他们口渴了，很少喝水，也几乎不喝诸如冰红茶和绿茶之类的软饮料，而是喝只有250毫升却需六块钱一罐的红牛维他命饮料，说什么困了累了喝红牛，只有喝红牛才能提神和消除疲劳，只有喝红牛才是真男人。他们买起红牛来，面不改色心不跳，好像扔出去的只是一张废纸，而喝进去的却是一罐琼浆玉液。徐森也接受过机长凌富的馈赠，觉得红牛确实好喝，口感就是不一样，一罐红牛落肚，感觉神清气爽，精神百倍，可就是太贵了点。他也知道礼尚往来和投李报桃这个浅显的道理，后来，徐森也请凌富喝过一次红牛，便不再随便接受别人的馈赠了。

俗话说：林子大了，什么鸟都有。印刷部有一帮人好赌，所谓臭味相投，喜欢赌博的人自然而然便聚在了一起。他们仗着自己的荷包鼓鼓的，又不用养家糊口，也懒得规划未来，抱着一种“今朝有酒今朝醉，莫管明日愁与忧”的实用享乐主义的人生态度，极尽潇洒和挥霍之能事。他们喜欢去酒店开房聚在一起赌博，玩的尽是一些诸如诈金花、清一色、斗地主和同花顺之类比较简单却快捷省事的博弈活动。

彭建也喜欢赌博，在读大学期间他就初见端倪，对于这一点，徐森是知道的。如今，印刷部悄悄盛行一种地下活动，已具备一定经济条件的彭建自然而然便成为他们中的一分子。有一个星期天，正是两个班组转班的时候，其间有一段相当宽裕的时间，他们合伙去附近的新都酒店开房，徐森抱着看热闹的心态，也跟着彭建去了。

他们聚在一起诈金花，一人做庄，理好牌后，依次给在场的人发三张牌，开始比大小，五十块起步。徐森看见一张张纸牌在他们的手中转来转去，也看见一张张老人头在他们的钱包里掏进掏出，直把他的眼睛都看花了。赌了几个小时后，彭建身上所带的钱便输了个精光，竟开口向徐森借钱。徐森不好意思拒绝，便将身上仅有的五百块钱借给了他，随后便离开了新都酒店。

据说，他们玩了一个通宵，彭建借了五百块钱之后，原想将之前所输的钱赢回来，甚至还想过狠狠地赚一把，哪知这五张老人头最终还是乖乖地送了人。为这事，徐森劝说过彭建，劝他务必戒赌，毕竟那不是好事，可“江山易改，本性难移”，彭建像吸了鸦片一样上了瘾，依然聚众赌博。后来，出于困窘，便降低了赌博的频率和赌注。

有一周，徐森上白班，吃完晚饭之后，他便出去散步。当走过太宝路上一个闲置的电影院时，看到一群人正围在一起看热闹。他三步并作两步走上去一看，原来是一个靠在墙壁上的巨型宣传栏，用广告喷绘的形式勾勒了几个正搔首弄姿身段袅娜且年轻漂亮的少女，她们一个个穿着十分暴露的比基尼泳衣，只差没将上面的两个乳头和下面的一丛野草画出来，看起来摄人魂魄，直令人喷鼻血。

这时，一个不修边幅的中年男人撩开一块黑漆漆的门帘从里面走出来，拿着一个小喇叭便嚷开了：“各位先生，各位小姐，走过路过，千要不要错过。我们本歌舞团请来了几位国色天香的美女，其中娜娜小姐，风骚迷人；丽丽小姐，性感开放；还有美美小姐，大胆挑逗，她们等下将为大家献上一场无比精彩的节目。不要来得早，不要来得晚，现在来得正是时候，花上五块钱，选个好座位，坐在前排，看个清楚，看个明白，看个过瘾，看个开心。本歌舞团初到贵地，愿倾力演出，为大家献上一场精美绝伦的视觉盛宴，请大家踊跃购票吧，希望大家能在这里度过一个美好、销魂的夜晚。”中年男人说完，便撩开门帘走进去了。

徐森看着那勾魂摄魄的美女图片，又听了这段可堪称经典软文且无比煽情的话，当时便买了一张票大摇大摆地走了进去。演出效果还算不错，虽谈不上国色天色，有王婆卖瓜自卖自夸之嫌，有夸大其辞纯属搬弄噱头之举，虽然最终没有看到那些小姐们的三个中心点，但也算是度过了一个美好的夜晚，只花了五块钱，便看了一场精彩的文艺演出，虽然节目有点粗俗，虽然是一些长年游走在全国各地的江湖艺人在舞台上插科打诨，但也绝对是物超所值。

随着时间的推移，徐森和那个双面机的机长助理周兵很是谈得来，他是湖南省邵阳市武冈县人，因为这层老乡的关系，徐森和他几乎无话不谈，甚至到了称兄道弟的程度。

一天下午，徐森上白班，周兵神秘地对徐森说："今晚带你去一个地方，你去不去？"

徐森问："去哪里？干什么？"

周兵将嘴巴凑在徐森的耳朵旁边，轻声地说："去厚街镇的溪头公园，那里有好多鸡婆，要不要看风景？"

徐森一听来了劲，他正愁这日子单调乏味，便说："好啊！我们下了班便去，反正这周上白班，晚上不用加班，正愁没地方消遣呢！"

吃完晚饭后，徐森和周兵便出发了。两人走到人民路口，上了一辆开往厚街镇的巴士，在厚街镇的溪头村下了车，再步行至溪头公园的时候，已是华灯初上时分，一袭夜幕早已将大地严严实实地裹住了。

溪头公园不是很大，两人走了一圈，在路灯的映射下，果真发现了不少目标。她们正游走在公园的各个角落，一个个都在寻找着猎物，或试探性地问男人要不要玩一下，或东张西望以一种守株待兔的方式静静地等待着猎物投怀送抱。

周兵说："时间不早了，我们还要回虎门，若是太晚了，就没巴士了，只能打的。你想玩就动作麻利一点，别磨磨蹭蹭地不好意思，不像个男人。"

徐森问："你玩不玩？"

"我已经有女朋友了，我就不玩了，我今天只是带你来见识一下。"

"真羡慕你有女朋友，回家可以随时搞，我就惨了，现在还是一个光棍。好吧！我过去玩了，你在这里等我一下。"

徐森决定速战速决，视自己为别人的猎物，主动送货上门。他相中了一个身材与自己等高容颜还算漂亮的小妹，开口便问："多少钱？在哪里做？安不安全？"

"不多，二十块，我们假装一对恋人抱在一起，就在公园里站着做，放心吧，绝对安全。"

徐森听了，真是又开了一次眼界，想不到广东之大，无奇不有，在这里竟还有这样的玩法。当时便拍板成交，决定以一个“男朋友”的身份肆意强奸这个如今站在自己面前的所谓的女朋友。

徐森跟着她走到一个阴暗的墙角，她背靠在墙上，蹲下身子拉开徐森的裤子的拉链，撩下内裤，将他早已勃起的命根子透过拉链从里面拿出来，又从口袋里拿出一个帽子，帮命根子戴上，然后撩起裙子褪下内裤便示意徐森快点干活。徐森二话不说，当即用左手从下往上撩开她的裙子，用右手握住命根子，借助微弱的灯光找准位置便将自己那杆枪挺了进去，然后双手环抱住她，运用臀部的力量展开了一场战斗，须臾，他就感到下面的所有子弹“突突突”地全部一股脑儿地发射出去了。

在回 107 国道的路上，徐森对周兵说：“你今天把我带坏了，回去之后，你要帮我保密哦！”

周兵笑了笑，说道：“这怎么叫带坏，做不做是你自己的事情，一个大男人，不能老是那样憋着吧！你说是不是？另外，请放心吧，我也是过来人，不会乱说的。”

徐森似乎找到了一条帮自己开脱罪责的理由，便振振有词地迎合道：“也是，这是周瑜打黄盖，一个愿打，一个愿挨，要是我们男人死守清规戒律，个个争做传统好男人，人家那些鸡婆咋活啊！”

周兵拍着徐森的肩膀，打趣地说：“想不到你小子干了坏事，理论还一套一套的。”

“那是，‘既要做婊子还要树牌坊’，男人嫖娼也要找一条冠冕堂皇的理由啊！”徐森说完，两人在夜幕的掩映下上了一辆开往虎门镇的巴士。

第二十二章　断腕蓝领

一晃三个多月过去了，11 月 20 日那一天，徐森领到了 10 月的工资，一共 2888 元。那一刻，他简直高兴极了，因为这是他入职虎彩公司以来所领到的一笔金额最高的工资。因为兴奋，他想了许多许多，他想到前两个月即 8 月和 9 月的工资都没有超过 2500 元，而十月的工资将近 3000 元，怎能不让人激动不已。他当然明白这血汗钱是怎么来的，那多出的部分是在国庆节期间，为了响应公司的号召，服从品管部金经理的安排，当别人在外面游山玩水或花前月下的时候，徐森却牺牲了自己所有的休息时间，利用假期在车间里挥汗如雨，而公司也没有亏待他们，按照《劳动合同法》以一比三的比例给所有的加班人员计算了相应的加班费，作为他们应得的劳动报酬。徐森心里很清楚，自己的月薪是 1500 元，包吃包住，再象征性地按人头扣点水电费，每个月发工资时，这超过 1500 元的钱都是加班费，都是自己长期陪伴月亮和星星换来的，那是实实在在的辛苦钱。徐森还想到了深圳的易琼，他不由得一阵窃喜，如今我也达到了他的水平，甚至还超过了他。他一个月能拿 2800 元，而且不包吃不包住，而我一个月也能拿到 2800 元，而且还包吃包住。虽然人是辛苦点，但却值得，用邓小平的话来说，不管白猫黑猫，抓到老鼠就是好猫。“君子爱财，取之有道”，芸芸众生，世人皆爱财，徐森也不例外，看在钱的分儿上，他决定在这里好好干。

人生有太多不可预测的因素，其实，人生也挺富有戏剧性的。计划赶不上变化，哪知发完工资的第二天，徐森便彻底地改变了自己的初衷，同时也将自己的人生拉上了另外一条轨道。

一天中午，徐森去食堂吃中饭。打饭的时候，徐森看见在左边这个窗口排队的人成了一条龙，而在右边那个窗口排队的人却寥寥可数。徐森也知道右边那个窗口是针对办公室职员的，但他今天一反常态，似乎忘了这条规矩，便径直走到右边那个窗口排队打饭。

“去那边排队去，一个车间的工人竟然跑到我们这边来打饭，也不知道规矩。”

徐森回头一看，竟然是一个穿着职业套装且面貌清秀的小姑娘在训斥他，徐森虽然不认识，但根据她的打扮，估计她是某个部门的文员。徐森受了打击，反驳道：“那边人多，这边人少，都是一个公司的，凭什么不让我在这儿排队？”

她振振有词地说：“因为你穿着一套蓝色的衣服，而公司规定，这个窗口是我们白领专用的。”

徐森听了，哑口无言，便悻悻地走开了。他似乎不恨那个少不更事的小姑娘，他只恨自己身上所穿的这套蓝色的工衣和工裤。看看人家，再看看自己，从脖子到脚踝都是蓝色的，好像是别人用一把刷子蘸着蓝色的油漆将自己的身子刷了个遍，通体都成了醒目的蓝色。更富有特色的是，在自己的左手臂上还有两个小口袋，分别插着一支大头笔和一支圆珠笔。他觉得这套衣服就好比标签，代表着人的身份，那两只笔就好比名片，代表着人的工种，人只要穿上这身行头，不管你是博士还是文盲，只要你站在大庭广众之下，一些势利眼、一些素质低下的人就会将你一棍子打死，理所当然地判定你为一个蓝领，顶多是车间里的一个普通的不起眼的技术工人。徐森也明白，自己在公司所享受的职别比文员要高，IPQC 享受组长级待遇，而一个小小的文员却什么也不是，但到了外面，别人将一套光鲜的衣服穿在身上，自己立马便掉了价，真是“佛靠金装，人靠衣装”啊！

徐森受不了这种刺激，受不了这种变相的污辱，受不了这套蓝色的衣服。他猛然想起了那个右手废了的同事，他仿佛看见了印刷车间地板上那一滴一滴的鲜血，他似乎丧失了理智，他已经意气用事了，他决定辞职，他决定通过跳槽再一次改变自己的命运，他要做一个名正言顺的白领，他要做一个衣着光鲜人皆仰之的白领。他不是没想过在公司静待时日再申请转岗，但这样的机会简直是微乎其微，他知道一个萝卜一个坑这个浅显的道理，他已然等不及了，在刹那间，他已经厌倦了这种颠倒黑白两班倒的车间生活，一个月拿两千多块钱又能怎样，那都是自己辛辛苦苦用血汗换来的，是自己加班加点应得的报酬，他要走出去，他不在乎钱，他只在乎一个虚无的尊严，一个美丽的面纱，一个小小的却实实在在的白领岗位，他一定要走出去，他要迎接一片更广阔的天空。

当天下午，徐森便向品管部经理金成海递交了一封辞职信，尽管金经理一再挽留他，但他的态度颇为坚决，丝毫没有商量和回旋的余地。徐森辞职的理由其实很简单，他没有说中午在食堂所发生的那件小事情，他只说他已经受不了这种颠倒黑白的生活，而且他的身体也开始吃不消，出现了生理紊乱和失眠的现象，当然，这些理由纯属莫须有，都是他临时瞎编的。

因为徐森已经过了三个月的试用期，按照劳动合同规定，具体的离职时间还需等待一个月。

一个月后，徐森告别了彭建，提着简单的行李头也不回地走出了虎彩公司的大门。当徐森走在太宝路上的时候，他的手机急促地响了起来，他从裤兜里掏出手机一接听，原来是卢红艳打来的。

“徐森，你是不是辞职了？”卢红艳关心地问。

“是啊！你不是也知道吗？”

“今天离职了也不告诉我，我好去送你啊！”

“不用了吧！你昨晚上夜晚，现在要抓紧时间睡觉哦！”

“那好吧！你要多保重，有空过来玩，祝你一路顺风！”

徐森挂断电话，刹那间，心里便涌起一股暖流，并迅速流遍全身。这个卢红艳和徐森是同一个部门的，她的职位是FQC（英语“final quality controller”的缩写，即最终检验员），虽然两人的工作风马牛不相及，属于首尾工序之间的关系，但因为两人同属一个部门，平时上班总是抬头不见低头见，偶尔也会聊上几句。徐森发现，卢红艳对他这个戴眼镜的大学生有那么一点意思，至少有着绝对的好感。当然，这是徐森的猜测，因为徐森压根儿就没有考虑过这个问题，也没有单独和她相处过，他一直看不上这个初中毕业的卢红艳，尽管她对徐森格外友好，笑得那么甜，叫得那么响亮，还夹杂着一丝少女的羞赧和矜持。

徐森上了一辆开往广州的巴士，嘴里喃喃道：“别了，虎彩公司！别了，彭建！别了，卢红艳！谢谢你那份珍藏起来的春心萌动，谢谢你那份无言的爱，我们有缘无份，我们是走不到一块的。”

开弓没有回头箭，徐森果不食言，来年便做上了白领。好马不吃回头草，但徐森不是好马，他也想吃回头草，多年以后，当他再次失业的时候，他曾想过返回虎彩公司谋个一官半职，但却一直找不到那条回去的路。

徐森找到谢海，在谢海处住了一个晚上。第二天，考虑到年关将近，工作不好找，决定先回家过春节，来年再作打算，于是，将部分行李放在谢海处，即刻启程回湖南。

徐森在员村的一个火车票代售处买了一张从广州回郴州的火车票，然后在程介新村上了518路巴士，在站前路下车后，便急匆匆赶往广州火车站，谁知这时却发生了一件意想不到事后想起来仍令他胆战心惊的事情。

徐森提着行李走在人民北路的时候，突然一个长头发的青年男子拦住他，轻声说道："兄弟，快过年了，给点钱用用。"

徐森不明就里，一脸狐疑地说道："我又不认识你，凭什么给你钱？"

青年男子不知什么时候掏出了一把无比锋利的匕首，当着徐森的面用刺着一条青龙图案的右手将匕首晃了晃，一道明亮的闪光通过刃口反射到徐森的眼睛，然后一脸凶相地说："你小子不识相，是不是非要我捅你一下，白刀子进红刀子出，你不要不相信，我可是什么都做得出来。"

徐森看看前面，近处没一个人，不远处倒是有人，但谁又会管这种事呢？再看看身后的广交会馆，更是冷冷清清，没有一个人。他想报警，但在这种情形下，他不敢，他怕这种亡命之徒真的会给他捅上一刀，这不是没有可能，那样的话，自己这条小命只怕是保不住了。

徐森还在举棋不定的时候，青年男子又发话了，他用一种恶狠狠的语气说道："小子，不要舍不得小钱而丢了你这条小命，老实点，快将钱包拿出来。"

徐森老老实实地将钱包从外套内侧的口袋里掏出来，青年男子一把就抢了去，他将里面的钞票全部抽出来，数也不数，便径直放进自己的口袋。他发现钱包里还有一张中国建设银行的借记卡和一张火车票，便厉声喝道："快说，密码是多少？"

徐森当然知道借记卡里有几千块钱，那可是自己打工所挣来的血汗钱，在这种情况下，他当然不能将银行密码告诉他，只能死猪不怕开水烫，和他斗智斗勇，便理直气壮地说："你就是杀了我，我也不会说的，因为那是我的活命钱，我说到做到，相信你不会为这点钱平白无故地杀一个人吧！兄弟，不要得寸进尺，我已经被你劫走两百多块钱了，也该知足了，做事情不要做得太绝，反正银行卡和火车票对你又没用，你不如做个顺水人情将它们还给我，钱包你可以拿去，你就当积点德好不好？"

青年男子迟疑了一下，最终将钱包连同银行卡和火车票一并还给了徐森，给完之后不无懊恼地说："算我倒霉，碰上你这么一个穷鬼，只带这么一点现金。"

坐在火车上，徐森仍惊魂未定，过了好长一段时间才渐渐地平静下来。

他终于想通了，钱是身外之物，生不带来，死不带去，损失两百多块钱算不了什么，就当破财消灾吧，先保住小命再说，毕竟生命永远是第一位的。钱丢了，可以再赚，而命丢了，这辈子就算完了。谢天谢地！那个打劫的人还算有点人性，没有将我斩尽杀绝，否则真是苦不堪言啊！

徐森想通了这件事后，便有了好心情，开始不由自主地喟叹起郴州的好处来。徐森觉得郴州哪里都好，但对他来说，郴州最大的好处就是，往返于郴州和广州之间，若是坐那种绿皮火车的话，票价极其廉价，只需 27 块钱，这样一来，相比其他外省城市的人来说，郴州人去广东打工的成本可能是最低的。

为了让父母开心，为了让亲戚对自己刮目相看，为了给自己长脸，也为了满足自己的虚荣心，2002 年的这个春节，徐森几乎倾其所有，极尽奢侈之能事，过得很是风光和体面。他给父亲 2000 块钱，也给了母亲 2000 块钱，另外，大哥的一个小孩，弟弟的三个小孩，每个人统统都包了两百块钱的红包，甚至连妹妹肚子里那个尚未出生的孩子，他也一视同仁，照样包了两百块钱的红包，一个也没落下。正月那几天走亲戚的时候，只要碰上那些七大姑八大姨的子女，统统给个一百块钱的红包，算是长辈对晚辈们的一点心意，勉励他们好好学习，天天向上。除了红包，又为自己置办了一身行头，再加上购买一些礼品，杂七杂八的东西这也买一点那也买一点，到处都是开销，到处都要花钱，这样一来，不到正月初八，徐森从银行里所取的 6000 块钱便花了个精光。

正月十二那一天，徐森告别父母，再一次南下广东，继续开始他的流浪生活。

第二十三章　寻找白领

回到广州后，徐森住在谢海处，继续找工作，只不过，与以往不同的是，他将自认为属于蓝领的岗位一律封杀，而只去应聘那些于他而言完全不熟悉的白领岗位。这样一来，他好比来了一个180度的大转弯，又重新回到了原点。为此，他不得不重新呀呀学语，不得不重新蹒跚学步，在一个未知的世界探寻一个未卜的前程。这样做虽然有点舍本逐末的意味，但“人活一张脸，树活一层皮”，为了争一口气，为了赢回一点颜面，他觉得这样做是完全值得的。

折腾一段时间后，他的钱包如同一个开了孔的氢气球渐渐地瘪了下去，这时，他开始有点后悔了。后悔自己太冲动，一气之下便从虎彩公司跳了出来，自己为什么就沉不住气，将自己之前屡试不爽的那种骑驴找马的行为再实施一次，虽然这是一种脚踩两只船背叛老板属于不忠不义的小人行为，但总比自己流浪街头要强吧！再者说了，在珠江三角洲这块土地上，也谈不上谁背叛谁，谁依附谁，要么此处不留爷，自有留爷处，要么打了东家打西家，铁打的营盘流水的兵，解雇和跳槽这两种现象真的是太司空见惯了。他后悔在过春节的时候，自己被面子和虚荣心冲昏了头，竟打肿脸充胖子，兜里的钱就像那哗哗的流水，在短短的几天内便杳无踪迹不知所去，为什么就不给自己留一手？为什么就不给自己多储备一些呢？要知道，在广东这鬼地方，物欲横流，金钱至上，几乎没有什么是不需花钱的，除了呼吸空气中的氧气。哎！开弓没有回头箭，世界上也没有后悔药卖，到了弹尽粮绝的那一天，若还没有找到东家，再厚着脸皮找谢海借吧！

一天，徐森复试回来，从东莞汽车总站坐车回广州的时候，因为有点疲乏，便在车上打了一个盹。他在天河公园下车后，惊讶地发现皮衣的左胸处被划开了一个长长的口子，他下意识地拍了一下自己的胸膛，不由自主地说道："啊！坏了，钱包不见了。"

他怔了好久才缓过神来，便细细回忆车上所发生的一幕。他猜测钱包肯定是被小偷偷走了，他用刀片划开了这件自己在春节期间才买的新皮衣，皮衣被划破这没什么，还可以再缝补嘛，可钱包被偷，那就如同肉包子打狗一去不复返了，要知道那里面还有自己所剩的一百多块钱啊，这可真是雪上加霜。不过，万幸的是，今天没有将身份证放在钱包里，这就不妨碍他继续找工作。

接下来，徐森又为一个新的问题所烦恼。他今天去一家公司复试了，应聘的是营业员，公司同意录用他，但月薪只有500元。徐森想自己之前拿1500元，现在才500元，心有不甘，当时没有答应，但也没有拒绝，他也学乖了，将之前主考管常挂在嘴边的"回去等通知吧"这句话融会贯通了，来了一个反客为主，改成了"我回去好好考虑一下"，言外之意就是说，我看得起你我就来，反之，我看不起你我就不来，这样一来，就将主动权牢牢地掌握在自己的手中了。

徐森阿Q式地笑了一下，这是一种自嘲式的苦笑，是一种无可奈何的笑，现在钱包被偷，他觉得自己的胸襟是不是要开阔一点？要看得起人家，便当即拿起手机给公司打了一个电话，说他完全同意公司的条件，并决定明天就过去报到上班。其实，徐森的心里也有他的小九九，他不打算在那里长期地干，计划干一个月就辞职，拿到500块钱之后继续找工作，并顺便学点东西。虽然他不知道营业员究竟是干什么的，但听面试官说，这是一份文职工作，来往于办公室和车间之间，处理一些文件方面的工作，好歹也算是一个白领吧。

第二天，徐森找谢海借了一百块钱，便奔赴前线了。他走进了东莞市桥头镇的邵岗头村，他成为东莞市洛定文具纸品有限公司一个不起眼的小白领。

徐森不明白东莞怎么会有那么多以"桥头"两字命名的地名，他知道的就有三个，东莞市有个桥头镇，虎门镇有个桥头村，厚街镇也有一个桥头村，何况他不知道的还有多少呢？他想，也许是因为东莞有个东江，又处于珠江的入海口，因而河涌多沟渠多，他知道东莞市有个麻涌镇和沙田镇，这两个镇不大，却是水的王国，小溪河流遍布，像意大利的威尼斯一般。有了河流当然得建桥，而东莞人敢为天下先，平素喜欢做老大，愿意领头，便将一些地方命名为桥头。当然，这是徐森的个人猜测，也不知对不对？

如今，徐森便来到了这个名副其实的桥头镇，他也想威风凛凛地站在桥上感受一回做领头羊的滋味。他不由得想起了卞之琳那首脍炙人口的《断章》：你站在桥上看风景，看风景的人在楼上看你。明月装饰了你的窗，你装饰了别人的梦。他想，不管怎么说，自己要在这个诗意的偏安一隅的弹丸之地驻足一个月。

两周后，徐森就受不了啦。他觉得他被面试官欺骗了，这哪是什么白领？挂的是营业员的羊头，卖的是车间文员的狗肉，穿的是白领的衣裳，做的是蓝领的事情。他在那个被装潢得富丽堂皇的写字楼里竟然没有一张属于自己的办公桌，更别说电脑了，而是整天游走在车间里，催促那些机长和包装组长们将当天的生产日报表尽快做好，然后再及时地送到写字楼去。徐森每次火烧火燎地跑到写字楼将报表送呈 PMC（英语“product material controller”的缩写，即产品物料控制员）的时候，那个戴着眼镜的小青年总是在电脑上玩着一种扫地雷的游戏，有时戴着一副耳机摇头晃脑地听歌曲。徐森的头像是被某根针扎了一下，受了刺激，常常感慨道：“起步决定命运，人比人真是气死人，起点不同，人和人之间的生活状态怎会差这么远？”他知道，新职员在试用期内辞职需提前三天至七天，他思量了一下，也顾不得那么多了，当天便递交了辞职表格。

一周后，徐森如他所愿，拿着将近四百块钱离开了桥头镇。他原计划在桥头镇做足一个月的诗人，如今却因为他的刚愎自用，也可说成是自负，他将日程足足往前推进了七天，便草草结束了这次短暂的采风之旅。

徐森回到他的根据地广州，借宿在谢海处，继续找工作。

一天，徐森从南方人才市场出来，无意中看见一个人的背影很像杜丁，便追上去仔细一瞧，果真是杜丁，拍着杜丁的肩膀高兴地说：“嘿！杜丁！你怎么会在这儿？”

杜丁侧过身一瞧，见是徐森，异常兴奋地说：“原来是你啊！这一年你死到哪里去了？一直联系不上你。”

徐森说：“走，一起吃中饭去，我们边吃边聊，好不好？”

“好啊！”

两人进了附近的一家巴蜀人家川菜馆，点了一份毛血旺和一份剁椒大白菜，并要了两瓶珠江纯生啤酒，一边喝酒一边聊起来。

徐森问：“你怎么会在这里？”

杜丁呷了一口酒，答道：“你离开万昌没多久，我见升职无望，也辞职了。后来，去了四川省宜宾市的一家印刷公司，在那里干了半年，接着又去了浙江省义乌市的一家印刷公司，这不，刚从那里辞职出来，重新回到广州找工作。你这一年怎么样？”

“哎！一言难尽，先不说这个。来，喝酒，干一杯。”

……

徐森说：“这世界说大也大，说小也小，想不到我们还能在这里重逢。只怪我们当时都没有手机，所以一直联系不上。”

杜丁感叹道：“是啊！感觉像是做了一场梦。”

徐森有点醉意地说：“我说杜丁啊，我觉得我们都有一个共同的缺点，那就是眼高手低，好高骛远，你说是不是？”

杜丁眯缝着眼睛：“说的也是，我也知道我们应该脚踏实地，应该沉得住气，一步一个脚印，一步一个台阶，可在残酷的现实中，说起来容易，做起来难啊！”

徐森接着说道：“你说得完全对，所以有时候我们应该摒弃自己的理想，干脆什么都不去想，要么做个和尚，做一天和尚撞一天钟，要么做个傻子，或许傻人还有傻福呢！”

“有点道理。来，喝酒。”

……

两人说了许多话，也喝了不少的酒，细细一数，一共八瓶啤酒，从晌午时分一直喝到下午日斜时分，最后相互搀扶着颤颤巍巍地走出了巴蜀人家川菜馆。

中国有句古话：福兮，祸之所伏。祸兮，福之所倚。如果说与杜丁别后重逢是件喜事的话，那接下来所发生的两件事情便真的应验了这句话。

与杜丁分手的第二天，徐森从天河城广场闲逛出来，觉得有点口渴，便跑到位于天河南一路的一家士多店，打算买一瓶康师傅冰红茶，因零钱不够，便拿出身上仅有的最后一张老人头，对老板说：“来一瓶冰红茶，要康师傅的。”

老板接过钱，背转身，徐森也不知他在鼓捣着什么。突然，他转过身，非常不高兴地说：“我刚才用验钞机验过了，你的钱是假的，想不到你这个年轻人这么缺德，竟拿一张假币来骗我，还不拿着它滚开，否则我报警了。”

徐森还真的被他唬住了，便惊慌失措地拿着那张假币匆匆地走开了。

晚上，徐森出于郁闷，便对谢海谈起了这件事。

徐森十分不解地说：“我觉得我给他的那张钱是真的，那可是公司发给我的工资哦，公司怎么会发假币给我呢？这似乎不大可能。”

谢海细细问了详情，便用一种肯定的语气说：“你很有可能被骗了，他趁你不注意的时候，将你的真钱偷梁换柱了，也就是说，用他的假钞换了你的真钞。”

“哦！难怪他背着我在那里磨磨蹭蹭，原来是在搞小动作。他娘的，良心都被狗吃了。”徐森愤愤地说。

“算了，现在说这些还有什么用呢？就只当花钱买个教训吧，以后可要当心点，做事多长个心眼。”谢海安慰道。

“我都穷得要卖内裤了，还要我花钱买教训。”

“社会是复杂的，什么人都有，你要明白这一点。没事的，有我在，饿不死你。”

徐森感觉一股暖流涌上心头，不由得感叹道：出门在外，有个知心朋友真好！

第二天，徐森就接到了一个振奋人心的电话。

一个女孩子用一种银铃般的声音说：“请问是徐先生吗？”

“是的。您是？”

“我是广州市广业彩印礼品有限公司的陈小姐，是这样的。前两天，您在南方人才市场给我公司投了一份简历，应聘估价员这个职位，是吧？”

“是的。”

“我公司的营业部经理今天刚从德国的法兰克福出差回来，他看了您的简历后，很感兴趣，想约您今天下午谈一谈，不知您有没有时间？”

“有时间，请问下午几点？”

“下午两点钟，我公司的地址您有吗？”

“有的，我当时抄下来了。”

“好，那下午见，再见！”

当天中午，徐森便奔赴广州市天河区沙河镇的龙洞村，费了好大的劲，他才找到位于派安路高雅工业苑第三栋首层的广业公司。复试的时候，一个戴着一副精致眼镜的男人操着一口蹩脚的普通话说：“我看了你的简历，比较感兴趣，知道你做过跟单员，还做过印刷QC，纸制品的工艺流程自然很懂，是吧？”

徐森对他的部分原话强调了一遍：“是的，我的确做过跟单员和印刷QC，我对纸制品的工艺流程还算在行。”

“我看你是学印刷技术专业的，那些东西我就不问了。虽然你之前没有做过估价员，但你有基础，我也愿意给你机会。有一点我要向你说清楚，就是我公司现在的规模还小，没有印刷机，是做来料加工的，你介意这样的公司吗？”

面试的次数多了，徐森也似乎摸出了一点门道，他觉得面试这种事情，个人的能力和实力固然重要，但更多的还是取决于一种潜在的机遇以及一种微妙的关系，也就是面试官对你的第一印象所持的个人态度。它有时是一件可遇不可求的事情，若对它抱着太大的希望吧，却有心栽花花不开，对它漠然视之吧，却无心插柳柳成荫。徐森听出了这个香港经理的话外之音，知道他对自己先入为主，抱有好感，便爽朗地答道：“我并不介意公司的大小，只要能提供一个发挥个人能力的平台就行，而且我相信公司在不久的将来也一定会发展壮大起来的。”

“那就好，试用期给你 1200 元，试用期三个月，过后 1500 元，当然，公司免费提供食宿，你能接受吗？”

徐森听了，有点喜出望外，忙不迭地说：“我能接受。”

“你还有什么要问的吗？”

徐森最关心的当然是电脑了，便认真地问道：“请问估价员是用电脑办公吗？”

“刚开始时没有，你需要手工报价，等你上手了，公司会为你配置一台电脑的。”

“那我什么时候过来上班？”

“那就明天吧，有没有问题？”

“没问题，明天见。”

从广业公司出来，徐森简直是心花怒放，不禁手舞足蹈起来。他实在是太高兴了，自己苦苦寻觅的白领岗位在今天终于实现了，明天我就将拥有自己的办公桌了，过不了多久我还将拥有自己的电脑，而且待遇也不赖，这是一件多么美好的事情啊！

第二十四章　婴儿学步

徐森终于如愿以偿做上了白领，因为公司的原因，虽然没有穿上带有标签性质的白领的衣服，但他可以自由着装。他每天将自己打扮得漂漂亮亮，将皮鞋擦得锃亮，都可以照见自己的倒影了，将头发梳得油光发亮，相信苍蝇都站不住脚，梳成一个三七开，还喷上一点摩丝，像足一个日伪时期的小汉奸，然后精神抖擞地去上班。来到办公室后，看见人就响亮地说“轴沈”（“早晨”的粤语音译，即早上好），然后人模狗样地坐在自己的轮转椅上。

麻雀虽小，五脏俱全，公司的规模虽然小，没有印刷机，但相关职能部门还是有的，如采购部、生产部、营业部、财务部和客户服务部等部门都是有的，只不过大多数部门的职员只有一个，他们既是部门老大又是办事员，都直接对香港籍的生产部经理或老板负责。徐森所在的营业部一共三个人，老大是香港人，英文名叫Ricky，中文名叫马春乐，尊称马生。

香港长期以来是英国的殖民地，香港人受西方文化的影响比较深远，官方语言是英语，说的是粤语，掺杂一些莫名其妙的英文单词，看的是繁体版的中文汉字，写的是夹杂着字母和方块字这两种文字的不伦不类的鬼画符。香港人的尊卑观念很淡薄，不管他是老板还是职员，你只要大大方方地称呼他的英文名即可，而不必心存顾虑。若实在没有把握，对男人一律叫某先生，简称某生，对女人一律叫某小姐，这是一个放之四海而皆准的真理。不过，香港人还是喜欢别人叫他的英文名，这样一来，在潜意识里，他内心的优越感便淋漓尽致地体现出来，他便觉得自己是个西方人，受过良好的西式教育，明显区别于大陆人，尽管他也是正宗的华人。其实说白了，从骨子里而言，香港人是瞧不起大陆人的，就像台湾人也瞧不起大陆人一样，不过他们却比台湾人有涵养，更富有绅士韵味，正因如此，大陆人和香港人或台湾人一般是很难走到一起的。说到称呼小姐这件事，徐森一直搞不懂，不管她是待字闺中的小姑娘还是耄耋之年的老孺人，香港人一律称呼某小姐，好像女人就是小姐，小姐等于女人，至于什么太太啦，什么女士啦，都统统成了擦边球，不入主流。刚开始时，徐森总是按照中国人的习惯叫Ricky为马经理，后来便随乡入俗，Ricky长Ricky短的叫来叫去，有时忘乎所以，竟直呼其名马春乐，他也并不介意。

营业部除了老大，还有一个叫作胡琴的女孩子，她是安徽人，高中毕业，虽和徐森同年，却已结婚，并生了一个儿子。她在公司已有两三个年头了，自然而然，她便成为徐森的老师。此外，她还是一个热情大方、为人随和的人，尽管她已为人妻为人母，尽管徐森有成为第三者的可能，但这并不妨碍他们之间的交往，在工作上，他们是很好的搭档，在生活上，他们也成为很好的朋友。

小公司也有它的好处，在伙食和住宿方面，徐森简直享受到了一种空前的礼遇。

在吃饭方面，公司与附近的一家餐厅长期合作，钦定这家餐厅为广业公司的食堂。因办公室的职员并不多，才十个人，刚好围成一桌，大家聚在一起，其乐融融地吃饭聊天，感觉像一家人似的。公司的伙食标准还挺高的，中餐和晚餐都是三荤一素一汤，直吃得徐森满嘴流油。徐森回想自己之前所服务过的公司，伙食差不说，还要排队打饭，甚至还要自备碗筷，吃后洗洗涮涮，麻烦得很，他越发觉得这里就是好，挺有家庭温暖感。

在住宿方面，公司在附近为职员租了几套家庭套房，徐森和采购员封浪住在一起。这是一个两室一厅一厨一卫的空间布局，才住了两个人，一人一个房间，徐森所住的那个房间还带有一个小小的阳台。此外，客厅里配有电视，卫生间装有热水器。徐森觉得自己能住在这样的房子里，真是幸福死了。于此，出于温室效应和个人的惰性，他将自己之前在恶劣环境下所养成的长期洗冷水澡的习惯也完全抛弃了，总喜欢拧开热水器，任那热水“哗啦哗啦”地流，任那水蒸气在卫生间里弥漫开来，形成一种云蒸雾罩的效果。徐森想想之前的那些公司，不是十二个人一间房就是八个人一间房，像个小集市，睡的是硬邦邦冷冰冰的铁架床，洗的是带有铁锈味的冷水，想洗个热水澡还得自己想办法，与现在比真是天上地下。徐森想到这些，不由得感叹做白领就是好，看来从虎彩公司跳出来的决定是对的。

不过，徐森也有他的苦恼，同室的那个采购员封浪虽然年纪比他小，但人家却有女朋友。封浪偶尔带女朋友过来销魂的时候，徐森先是听到隔壁“哐啷”的关门声，接下来便是打情骂俏的声音，然后又是一阵窸窸窣窣的声音，似乎还伴着低低的喘息声和呻吟声，每当这时，他体内的荷尔蒙和雄性激素便迅速上升，待他将这股熊熊燃烧的欲望之火扑灭之后，所付出的代价就是下面那一滩浓浓的黏稠状液体。

吃得好，住得好，但工作还是要认真做的。拿人钱财，替人办事，这是一个再简单不过的道理。公司既然给徐森提供一个估价员的白领岗位，给他一个重新学习的机会，徐森丝毫也不敢马虎。在头一个月里，他像一个婴儿一样，一切从头开始，学习走路，学习说话，胡琴就好像他的妈妈，在她的指导和帮助下，他如同一个成本会计，学习如何开版，学习如何搭版，学习如何灵活地开大小版，学习如何计算纸价，学习如何计算纸制品每一道工序的价钱。他没有电脑，只能在一张现成的有着固定格式的表格上写写画画，敲着计算器演算一大堆枯燥的数字。公司是专业做一些诸如笔记本、便笺和纸砖之类的广告礼品，公司有一个展览柜，里面陈列着一大堆奇形怪状五花八门的纸制品，而且都编了号。于是，徐森按照Ricky的要求，硬是将这些产品当成订单全部核算了一遍，按照一些常见的订单数将它们的单价全部罗列出来。

多年以后，因为有了这次特殊的经历，徐森便对数字有一种莫名的恐惧感，尽管他在学校时的数学成绩一直很好，而且在历次数学比赛中屡获奖项，但像这样一天八小时都泡在数字王国里，不停地写着十个简单的阿拉伯数字，不停地加减乘除，不停地敲着计算器，同时脑袋也要飞快地运转，这还是第一次。鉴于他在印刷公司做过一种类似工业会计的成本核算的工作，尽管他是学印刷技术专业的，但他竟对会计这种职业心存好感，觉得大家都是同行。当然，他也有一种莫名的敬畏，因为他是真的被数字搞怕了。每当他听到刘欢所唱的那首歌《从头再来》时，他的心总会产生某种共鸣。他觉得刘欢唱得实在是太好了，好像是专门唱给自己听的，自己断腕蓝领，又苦苦寻找白领，这不正是自己真实的写照吗？

一个月之后，徐森便拥有了自己的电脑，他的工作干劲更足了。虽然这是一台破电脑，显示屏只有14英寸，用的是Windows 98操作系统，但他不再乎，只要能用就行。这是他第一次正儿八经地用电脑办公，第一次接触微软的Word办公软件，想到他那有几年派不上用场的五笔打字法今天终于英雄有用武之地了，他兴奋得像个小孩子似的，将键盘敲得噼里啪啦响，拿着鼠标到处乱点，并琢磨着Windows操作系统和Word办公软件的基本应用。一周以后，他竟无师自通，已能熟练地运用电脑了。

Ricky 不会打中文汉字，更别说五笔打字了，他只会简单地输入英文字母，但 Ricky 作为营业部经理，他要为许多国内客户打印中文报价单，徐森自然而然便是他的得力助手，更确切地说，徐森名义上是估价员，实际上是他的私人秘书。徐森不仅要帮他的准客户估算价格，还要帮他制作大量的中文报价单，然后将报价单一一打印出来，Ricky 审阅之后，大笔一签，又交与徐森代为传真。这样一来，Ricky 乐得一个清闲自在，徐森也愿意频频使用电脑，这真是一件皆大欢喜的事情。

闲暇的时候，徐森不由得想起洛定公司的那个 PMC，也模仿他玩起了电脑自带的游戏软件，他将空当接龙、扫雷和纸牌这三种游戏玩得风生水起，他真真切切地觉得，做一个办公室的白领就是好，不必像印刷 QC 那样，整天围着机器转，跟在机长的屁股后面转，还要他妈的两班倒，过着一种人不像人鬼不像鬼的日子。

一天下班的时候，徐森正准备去吃晚饭，胡琴突然对他说："不要去了，今晚 Ricky 请我们吃自助餐。"

徐森不解地问："自助餐是什么？"

胡琴笑着答道："没吃过是吧？不要问那么多了，到时候你就知道了。"

三人来到路口，徐森原以为会坐巴士去，哪知 Ricky 挥手拦了一辆蓝色的士便对两人说："上车吧！这段时间你们辛苦了，我作为经理，今晚请你们去花园酒店吃自助餐。"

徐森坐在的士上，人有点蒙。他知道花园酒店在环市中路，那儿离龙洞村远着呢，如果打的的话至少也要一百块钱，而乘坐巴士每人仅需两块钱，Ricky 真是太奢侈了。当然，他也知道花园酒店是一家五星级酒店，在广州市数一数二，想必在那里吃饭也贵得离谱吧！

这是徐森第一次吃自助餐，他简直被眼前琳琅满目的美食吓呆了，中国的、外国的，固体的、液体的，河里的、海里的，生的、熟的，冷的、热的，素的、荤的，在水里游的、在土里藏的、在地上爬的、在天上飞的，熟悉的、陌生的，你想得到的、你想不到的，似乎这里都有，它们被分门别类整齐有序地摆放着，将一个偌大的餐厅装扮成了一个美食天堂。

徐森第一次置身于这种高档场所，他好比刘姥姥进大观园，简直傻了眼，他很想放开肚皮大快朵颐，但他怕出洋相，显得自己没素养，便学着林黛玉的样子，静静地看着别人如何吃自助餐。

徐森恨自己的胃太小，他随便吃了一些三文鱼、意大利通心粉、奶酪、面包和沙拉，又喝了一杯橙汁和一杯西瓜汁，便觉得肚子胀得厉害，实在是吃不下去了。他看着还有许多未曾品尝过的美食，真想将它们一一扔进口中，可这时肚子偏不争气，餐厅又不允许打包，真是懊恼极了。

吃完自助餐，Ricky 打的送徐森和胡琴回到公司，便继续坐的士回他的住处去了。待 Ricky 走后，徐森好奇地问胡琴："今晚吃自助餐花了多少钱？"

"每位 168 块钱，你自己算吧！"

徐森一边心算，嘴里一边念念有词："三个人吃一餐饭竟花了整整 504 块钱，实在是太贵了！那这些开销是不是 Ricky 埋单？"

"傻瓜，这哪是 Ricky 出，他可以向公司报销的。另外，Ricky 并不住在龙洞，他住在淘金路，是公司帮他租的房子。淘金路，你应该知道吧！那可是广州市的中心地带哦！"

"哎！Ricky 真是太牛了。"徐森停顿了一下，又问道："他的工资是不是很高？"

"我也不是很清楚，好像一个月两三万吧？"

闻听此言，徐森的嘴巴不自觉地张成一个大大的"O"型，他简直说不出话来。

胡琴见徐森一副少见多怪的样子，接着又说道："香港人的工资是很高的，不要和他们比，还是做好自己分内的事情吧！"

自从吃过这次免费的自助餐后，在好长一段日子里，徐森的精神状态似乎都不大好，一直处于一种恍恍惚惚的游离状态，工作效率也有所下降，对电脑也不再那么痴迷了。直到后来，他终于想通了，不能和人家比，Ricky 是香港人，是营业部经理，而我是什么？是大陆人，是一个小小的打工仔。人家是骑摩托车上路，而自己是骑自行车上路，差距本来就很大，起点也不同。哎！生死有命，富贵在天，虽然有点宿命论和唯心论的色彩，可也不无道理。蛇有蛇路，鼠有鼠路，自己的路还得自己走。龙生龙，凤生凤，老鼠生仔打地洞，也许我的命天生下贱。不管怎么说，既然自己选择了做白领，选择了做估价员，而目前仍处于婴儿阶段，还有很多需要学习的地方，我不能就这样沉沦，更不能懈怠，我要紧紧抓住妈妈的手，尽快地学会走路，尽快地学会说话，尽快地长大，尽快地独立，总有一天，我会挣脱妈妈的怀抱展翅高飞的。

第二十五章 情窦初开

月盈而亏，月亏而盈，日子就这么平静地过着，像一条潺潺的小溪，无波无浪，无惊无险，从 2002 年流到了 2003 年。

徐森天生就是一个不安分的人，一年之后，在某种外界的诱因下，他那颗不安分的心又躁动了。

一天，徐森和谢海在一起吃饭。谢海无意中说起，说他现在不做技术工人了，已通过申请调到业务部做业务员去了。

徐森不解地问："做得好好的，干吗要去做业务？"

"哎！做工人没出息，每个月就拿那么一点钱，饿不死也胖不了，不如趁自己年轻搏一搏，兴许还有发财的机会。"

"那业务好做吗？"

"说好做也好做，说不好做也不好做，关键在于自己，但做业务工作时间灵活啊，可以自由支配时间，而不必老是待在办公室。人生难得几回搏，不去尝试又怎么知道自己行不行呢？你说是吧？我说兄弟，你现在年轻，上无老，下无小，其实也可以考虑的。"

说者无意，听者有心。与谢海分别后，徐森也真的动摇了。人这东西真的很奇怪，一旦喜欢上一样东西，便会搬出许多理由佐证它的好，然后又会无端地搬出诸多理由推翻之前的所有结论。徐森已然厌倦了这种写写算算的生涯，还有那台动不动就死机的破电脑，人家都用 Windows XP 操作系统了，我还在用他妈的老古董 Windows 98 操作系统，他决定骑驴找马，他要寻找机会跳出广业公司，纵身跃入销售的海洋中去。

徐森利用一个星期六的上午去了一趟位于广州购书中心六楼的韦博人才市场，很快便赢得了一个复试的机会。第三天上午，徐森又请了半天假去参加复试。复试的时候，徐森实事求是地将自己的想法和盘托出，态度极为诚恳。

主考官似乎被打动了，最后说道："业务员的底薪是1000元，不包吃，但可以提供集体宿舍，提成到时再说。另外，三个月之后你可能要派往分公司。你可要考虑清楚哦，不要干了一周就跑了。"

徐森想了一下，斩钉截铁地说道："我能接受。谢谢您给我这个机会！"

徐森回到龙洞后，当天下午便递交了辞职信。一个月之后，他便离开了广业公司，走进了广州市天河区的东圃镇，投入了广州市南大丝印器材有限公司的怀抱。

新的生活又开始了，徐森感觉像是从沙漠来到了森林，他要饱览这无尽的秀色，他要大口大口地吸进负离子。

与徐森一起入职的还有六个人，听公司领导说，公司这一次共招了七个业务员，计划在总部培训三个月，视个人表现再分配到位于全国各地的分公司去。

这是一家销售丝印器材的公司，代理的全是一些国外的知名品牌，据说，在行业内名列前三甲，颇有知名度。公司从国外买进一些诸如网纱、刮胶、油墨、修版膏和鬼影膏之类的产品，然后再以高价卖给客户，利润颇为丰厚。

入职的头两个月，七个人除偶尔接受培训外，便整天聚在一起胡吹乱侃，从美国的布什聊到南非的曼德拉，从作古的毛泽东聊到现在的胡锦涛，从美国的玛丽莲梦露聊到香港的张曼玉，从法国的贝克汉姆聊到中国的范志毅，从地球聊到宇宙，从天堂聊到地狱，但更多的还是说一些诸如女人的风流韵事。每每说到女人这个话题时，演说者常常是唾沫横飞，并辅以动作，手舞之，足蹈之，旁听者也是洗耳恭听，间或插科打诨，场面甚是热闹。

徐森不知道公司是怎么想的，七个人都没有办公桌，更没有电话和电脑，会议室便是他们的办公室，茶几便是他们的办公桌，沙发便是他们的办公椅。他们七个人就好像被豢养的七只羊，每天上午九点钟被牵到这儿，然后任由他们在这里撒野，到了下午六点钟，便打开栅栏，他们七个人便欢快地迈开蹄子一个个回家了。更令徐森纳闷的是，天下竟还有这么好的公司，一帮人在公司聊天，竟还有工资发，莫非老板的钱真是多得没地方花，养一帮人来公司凑热闹，纯粹增加一点人气？当然，这七只羊偶尔也会被主人派上用场，公司有时会安排他们做一些搬运工的活计，安排他们去那个位于海珠区的工厂搬运那些上吨重的桶装油墨，再将这些油墨分装成几公斤重的罐装油墨。尽管这样，这七只羊绝大部分时间还是在吃草，过着一种悠哉游哉的日子。

徐森是学印刷技术的，他知道目前常用的有四种印刷方式，即平印，又叫胶印，还有凹印、凸印和丝印，当然丝印又叫孔版印刷，简单地说就是，一凹一凸一平一孔。徐森读书不怎么用功，但却富有想象力，早在读大学期间，他就将四大印刷方式总结为女人印刷，他石破天惊地对别人说，女人是集四大印刷方式之大成者，怎么说呢？不妨从侧面透视女人，颈部是凹下去的，是为凹印，胸部的乳房是凸起来的，是为凸印，腹部是平的，是为平印，裆部的前面有一个很深的孔，是为丝印。别人听了，目瞪口呆之余，直叹徐森说得有道理，还说可以申请什么专利。徐森也只是随口说说，哪敢申请什么专利，在专利里面哪有这样的奇谈谬论，这只不过是他的奇思妙想罢了。

虽然徐森从平印领域跳到了丝印领域，但相关技术还是触类旁通的，平印和丝印就好比一对龙凤胎，都是一个父亲和一个母亲肏出来的，他们有着共同的基因，流着相似的血。公司的培训对徐森来说实在是太简单了，再者说了，作为一个业务员，对丝印的了解只需蜻蜓点水，泛泛而谈也可，略懂皮毛也可，一知半解也可，甚至一窍不通也可，关键还在于攻客户的心。

公司里出现了一道亮丽的风景，那就是一个娇小玲珑且年轻漂亮的女孩子时不时会在公司的走廊里一闪而过，不用说，她偶尔也会在徐森的眼前飘然而过，留下一道美丽的倩影，刺激着徐森那双皲裂已久急需雨露滋润的眼球。经打听，她叫常燕，是一个尚未毕业的大学生，学的是商务英语专业，在公司负责翻译工作。据说，她已过了英语专业八级，能说一口纯正的叽哩呱啦的鸟语。

徐森这只丑小鸭开始春心萌动了，他开始发情了。其实，他早已过了发情的黄金季节，他甚至感觉到自己的那两个睾丸有所萎缩，所幸的是，那根金箍棒还是坚硬无比的。在广业公司的时候，他不是没想过找一个女人好好地谈一场恋爱，但一直找不到心仪的人选，不是老大嫁为商人妇，就是文化素质太低。他觉得自己将宝贝尘封了这么多年，他也该出山谈恋爱了。虽然现在仍一无所有，他幻想着癞蛤蟆吃天鹅肉，他幻想着以青蛙王子的身份迎娶这位惊艳无比的白雪公主，他幻想着谈一场轰轰烈烈的恋爱，他幻想着谱写一曲惊天地泣鬼神的爱情。

功夫不负有心人，徐森终于找到了一个大献殷勤的机会。一天中午，徐森打算下楼去吃快餐，路过常燕那间办公室的门口时，看见常燕一个人坐在椅子上忙碌着什么，便主动打招呼：“嗨，常小姐，忙什么呢？还不去吃中饭？”

她并没有转身，一边低着头做事，一边礼节性地答道：“快了，快了，先把这份文件翻译完再说。”

徐森不无谄媚地说：“那我帮你订一份快餐，打包送上来好不好？免得你亲自下楼跑一趟。你想吃什么？”

常燕这次转了身，回头一看是他，虽然之前没有说过话，但因为是一个公司的，抬头不见低头见，彼此之间是熟悉的，又见徐森戴着一副眼镜，想必他也是从象牙塔里爬出来的，属于同道中人，便爽朗地答道：“那麻烦你了，我要一份香菇滑鸡饭，是荷叶笼仔饭的那一种。”

“好的。”徐森一边回应一边屁颠屁颠地走了。

当徐森将饭交给常燕的时候，常燕一边掏钱包一边说：“多少钱？”

徐森笑着说：“那么客气干吗？都是一个公司的，不用见外，就当我请你啦！”

“那怎么行呢？既让你跑腿，又让你花钱，这多不好意思！”

“这有什么不好意思的，就当大哥帮妹妹做点事情啦！”

趁常燕吃饭的时候，徐森见缝插针地和她聊了起来。

“你是什么学校毕业的？”

“广东外语外贸大学。”

徐森当然听过这所学校，故作惊讶地说：“哇噻！名牌学校呀！你好了不起。”

“这有什么，还不是要出来打工。”

“但你做的事情却很高尚啊，能直接和鬼佬对上话，是一个典型的高级白领，不像我们这些粗人，文化层次不高，只能选择跑业务。”徐森故意将自己贬低，以收到一个欲擒故纵的效果。

常燕果然中招，她惊讶地说：“不会吧？看你戴着眼镜，一副文质彬彬、斯斯文文的样子，你会是一个粗人？”

“其实也不是，我也是一个大学生，而且我的英语还过了四级呢！我原来是搞技术的，因为对销售感兴趣，所以我就来了这里。”徐森借机又抬高了自己的身价。

徐森见她沉默不语，只顾着吃饭，便转移了话题，用起学校里那套酸不溜秋的追女方式，试探地问道：“你喜不喜欢徐志摩的那首诗《再别康桥》？”

“曾经喜欢过，现在忘得差不多了。”

正当徐森想抑扬顿挫地朗诵“悄悄地我走了，正如我悄悄地来；我挥一挥衣袖，不带走一片云彩”这一段经典名句以唤醒她的记忆时，这时，她的上级进来了，徐森见状，便找了一个借口不无懊恼地溜了出去。

自从徐森和常艳发生第一次正面接触后，他便躺在床上无数次勾勒着常燕的俏模样，姣小玲珑的身躯，婀娜多姿的线条，冰清玉洁的肌肤，勾魂摄魄的微笑，戴着一副金边眼镜，高贵典雅而气度不凡，胸部微凸却挺拔，一个巴掌就可以罩住，正符合自己的小手，下面的小穴松紧适宜，深浅适中，正迎合自己的宝贝……徐森陷入了无边的遐想，常常觉得黑夜漫长，夜不能寐。

一天下午，徐森正准备下班的时候，常燕突然叫住了他，笑着说道：“有没有空？我想请你吃晚饭。”

徐森喜欢望外，认为常燕开始对自己有了好感，现在主动向自己示意，本来他要陪一个同事去员村三横路逛红灯区的，但现在军情出现了变化，只好重色轻友了，便说道：“当然有空了，就算是有事，可以明天再办嘛。”

徐森和常燕并肩走向电梯，常燕问：“你想吃什么？”

“随便，女士优先，只要你喜欢，吃什么都行。”

“那我们去随近的麦当劳好不好？”

“好。”

两人来到麦当劳，常燕点了一个田园炸鸡腿汉堡套餐，徐森点了一个巨无霸套餐。徐森本想抢着埋单的，可常燕执意不让，竟抢在了他的前头，徐森只好作罢。

常燕不无感激地说：“上次你请我吃了一次中饭，我一直记在心里。考虑到明天我就要回学校论文答辩了，所以今天无论如何也要请你吃一次饭，否则我的心会不安的。”

徐森望着她那双水灵灵的眼睛，惊讶地说：“你开玩笑吧？现在才5月，哪有那么快？”

“是真的，不骗你。”

“拿到文凭之后还会回公司吗？”

“我都拿到工资了，应该不回了。”

“能留个手机号码吗？”

“可以，我们是朋友嘛。”

徐森听到她轻描淡写地说出“朋友”这两个字，心里涌出一股莫名的伤感，他知道和她谈恋爱的希望几近为零，便沉默无语，但最后还是礼节性地抄下了她的手机号码。

第二天，常燕就像一只美丽的蝴蝶果真飞走了，彻底从徐森的世界里消失了，一段美好的唯美的情缘还未正式启动就这样胎死腹中。

半年之后，徐森也曾给常燕打过一次电话，她说她现在在一家外资企业做翻译，月薪 5000 元，但徐森没有问她现在有没有男朋友，他已然回归理性了，他不想做这种不着边际的事情。此后，徐森便再没给她打过电话，但会时不时地想起常燕，想起自己那段姗姗来迟的情窦初开，想起这不切实际的一厢情愿，还会想起虎彩公司那个对自己一厢情愿的卢红艳。

第二十六章　难兄难弟

人和人之间的关系真的很微妙。有的人一见如故，也许只见过一次面，打过一次交道，便可结为金兰之交，成为一辈子的朋友。有的人虽天天见面，说过话也打过交道，但那都是浮于表层的，纯属逢场作戏，一旦别离了，谁也记不得谁，终生不再联系。也许这和婚姻是相似的，要么一见钟情，继而成为相濡以沫的夫妻，要么貌合神离，即使阴差阳错地走到一起，其实也是一对同床异梦的夫妻。

在同一批进来的七个业务员当中，有两个人竟然和徐森成为了难兄难弟，在南大公司短暂的三个月时光里，不仅在生活上同甘共苦，也曾结伴偶尔采撷路边的野花，发生了一些令人忍俊不禁的桃色事件，即使是在徐森离开南大公司之后，他们两人依然对徐森的生活乃至人生轨迹都产生过重大的影响。

先来说说憨厚却不乏率性的东哥。

东哥，原名向潮东，湖北省襄樊市人，将近四十岁，因长于徐森十来岁，便和徐森结成了忘年之交，徐森一直尊称他为东哥。

东哥和徐森住同一间宿舍，他睡在徐森的下铺。他长得真是虎背熊腰，永远理着一个板寸头，在那颗硕大的头颅上全是根根可数且粗硬无比的毛发，一脸的络腮胡子将那张宽大的脸庞缠了一个水泄不通，很有江湖大盗的风范，也很有黑社会老大的派头。东哥说，这胡子啊就像那雨后的春笋一样，中午打个盹的工夫便会“蹭蹭蹭”地冒出来，所以东哥一天要剃两次胡子，早上起床后剃一次，晚上睡觉前剃一次，徐森和他在一起的时候，总能听到一阵“嗡嗡嗡”的声音，像蚊子叫一般，徐森知道，东哥一定又是拿着他那个破电动剃须刀在刈除脸上的那些杂草了。

东哥喜欢红色，时值夏天，下班之后，一回到集体宿舍，便脱去外衣外裤，单单穿着那条印有“福”字的红色内裤在宿舍里招摇过市。他的业余爱好似乎也很广泛，除了喜欢下象棋，还喜欢看一些励志和为人处世方面的书籍，徐森就经常看见他躺在床上拿着一本《老狐狸处世哲学》的书看得津津有味。徐森和东哥相处久了，也熟络了，便经常开他的玩笑。

“东哥，又看那本破书了。”

“是啊！为人处世是门大学问呐，这一辈子都学不完。”

“那你岂不成了老狐狸啦，老是算计着别人，谁还敢和你打交道啊！”

“不能这么说，外圆内方，我对待外人是圆滑的，但我的本质却不坏，内心是方方正正的。”

“哦！挺玄乎的，很富有哲学意味嘛！”

“东哥，你是一个大块头，很像《水浒传》里面的鲁智深，相信也可以倒拔垂杨柳，你做我们的老大好不好？我们统统做你的马仔，只要你一句话，我们就跟着你去抢银行，等拿到巨款便一起人间蒸发好不好？”

“哎！这不行，人要走正道，不要走歪门邪道，也不要有非分之想。不过，谁要是欺负你，你来告诉我，我帮你摆平他。”

徐森突然想起了什么，便俏皮地问：“我看你天天剃胡子，我想你下面那丛草也一定很茂盛吧，你为什么不去修剪一下呢？”

东哥并不气恼，说道：“小鬼，这你就不懂了。那里的毛发是精髓，有特殊用途呢！和女人做那事的时候可以缓冲摩擦，这你就不懂了吧？”

“哦！还有这用处，我还真不知道，我可真是孤陋寡闻。那按你这么说，像你这种彪形大汉，在和嫂子做那事的时候，她一定很爽啰？”

东哥不无骄傲地说：“那当然，我可以一晚上让她过三次电，让她幸福得要死。要不是我在老家做生意失败，我才不会跑到广东这鬼地方来。哎！老婆下岗了，女儿要读书，过日子难哪！”

徐森听了东哥所说的这番话，一方面不禁钦佩他，另一方面也对东哥的家庭唏嘘不已。

一天，吃完晚饭后，东哥对徐森说：“走，陪我去黄村走一趟。”

“为什么要去黄村？就在附近的东圃镇逛一逛不好吗？”徐森不解地问。

“别说废话了，跟我走一趟，到时候你就知道了。”

“好吧！既然老大发话了，小弟还有什么好拒绝的。”

黄村离东圃并不是很远，两人步行走到黄村时，正好夜幕降临，广州的夜生活才刚刚开始，各路靠晚上营生的诸侯纷纷粉墨登场。

徐森对黄村不是很熟，只好跟着东哥左拐右拐。突然，东哥领着徐森钻进了一条小巷，他站在巷口处严肃地对徐森说："你在这里等我一下，若是你发现情况不对，比如警察来了或是治安员来了，马上打我的手机，记住了没有？"东哥说完便走了。

徐森还没回过神来就看见东哥挽着一个女人走进了几步之遥的一间出租房，他一下子便明白了，原来他是要去采野花，出于安全，便叫自己前来放哨。

徐森等了十来分钟，东哥便出来了，开口便说："爽啊！好久没这么爽过了。"

回来的路上，徐森不禁问："东哥，你做这事，对得起嫂子吗？"

东哥无奈地说："你以为我想啊！远水救不了近火，下面憋得慌，难受啊！再说了，我偶尔犯点错误也不见得就是坏男人，情有可原嘛！"

徐森又问："你怎么知道这里有鸡婆？"

"别人告诉我的，昨天我来踩过点。"

"东哥，你可真是一只老狐狸，你好色哦！"徐森大声地说。

东哥用手拍了一下徐森的脑门，有点生气地说："嘘！说那么大声干吗！你想让全世界的人都知道啊！"

徐森噤若寒蝉，低头不语，两人迎着夜色沿着来时的那条路往回走。

再来说说乐观却不乏精明的黎正。

黎正，河南省南阳市人，三十岁出头，身材颀长，体形健硕，可以说是风流倜傥，玉树临风，是那种女孩子人见人爱的标准男人类型。

黎正和徐森住在同一个家庭套房，但他住在另外一间房的下铺。他似乎对性看得很淡，在生活作风上很不检点。每次他从淋浴间洗澡出来的时候，总是不穿内裤，耷拉着一个长长的巨屌穿过客厅，然后再走进房间慢条斯理地穿衣服。同室的人实在看不过去，便说他不知廉耻，为什么不穿一条内裤再出来，他竟理直气壮地说："大家都是男人，你说谁没有这个东西，除非他是一个太监。"后来，在众多舆论的声讨下，他才有所收敛，纠正了那个很不雅观的生活习惯。

不知出于什么原因，徐森、东哥和黎正三个人的关系特别要好，也许是同病相怜，也许是臭味相投，也许是情投意合，也许是三人同居一室长期相处的缘故。早上，三人一起结伴去上班，中午结伴一起下楼去吃快餐，下班后，为了节约钱，又一起结伴去东圃菜市场买菜做饭吃。黎正很擅长做一种拍黄瓜的凉拌菜，有陈醋、豉油和蒜籽，味道很是纯正，口感相当不错，徐森很喜欢吃黎正所做的这道菜。谁若是买了一包烟，尽管是四块钱一包的红山茶，便你一根我一根他一根地派发，三人俨然成了患难兄弟，相互依附着，在这个远离家乡的广州过着一种苦中作乐的日子。

黎正似乎没什么业余爱好，除了打麻将，最大的癖好便是玩女人。他生性乐观，为人豁达，在兄弟面前乃至在同事面前从不忌讳说出自己的这一不良嗜好，他一边绘声绘色地向大家描述当时的精彩细节，一边做着简单的动作示范，并伴着一阵爽朗的笑声。他滔滔不绝地说着荤段子，大家也听得津津有味，仿佛在说书一般。

一天，黎正将徐森拉到一边，悄声地说："兄弟，介绍一个价格相对廉价的可以打炮的地方！"

"现在是上班时间，怎么去？"

"傻逼，脑袋不开窍，可以对公司说我们出去跑客户嘛！"

"我们晚上去不行吗？"

"哎！受不了啦，想找个地方发泄一下。"

"有那么急吗？你不是老说自己在那方面很熟吗？怎么还要我带路？"

"不要提那些老黄历了，那都是过去的事了，我是因为投资做生意失败了才来这儿打工的，而这也是暂时的，只是过渡一下。我现在不是没钱吗？要是在过去，我至少要找一百多块钱的小姐，那几十块钱的小姐碰都不想碰。"

徐森知道员村三横路有一个风情街，便说："有是有，但档次很低，只需二三十块钱，就怕你不满意。"

"哎！一分钱难倒英雄汉，现在顾不得那么多了，只要有屄肏就行。"

"好吧，我带你去。"

坐在去员村的巴士上，徐森开玩笑地对黎正说："我觉得你好靓仔哦，为什么不去娶一个富婆呢？"

"你不懂，经济基础决定上层建筑。作为一个男人，如果被女人包养，吃软饭，丧失了主动权，就不好玩了。作为男人应该努力地赚钱，甚至是不择手段地赚钱，有钱了就可以找一个比你小很多岁的黄花大闺女，还可以包二奶、养情人，你想怎么玩就怎么玩，你说是不是？你想一下，在这里，一个月才一千块钱，靠公司那点提成想发财简直比登天还难，还得自己单干，所以我就背地里炒单。"

徐森不太明白炒单是怎么一回事，便不解地问："炒单是什么？"

"你真是太嫩了。就拿我来说，拿公司的底薪，做自己的事情，出差的差旅费还可以名正言顺地报销。"

"那做自己的事情是什么事情？"

"利用自己原来所积累的客户，从别人那里购买产品，然后再卖给客户，自己从中赚取差价啊。"黎正停顿了一下，又补充了一句："我是把你当成兄弟，才告诉你这件事，回到公司，你可千万不要乱说哦！"

徐森"嗯"了一声，第一次真正感觉到黎正除了拥有生性乐观和为人豁达的一面，他还拥有精明强干、胸有城府的一面，另外，他的金钱观和爱情观也独树一帜，与常人截然不同。

两人来到员村三横路的风情街后，徐森建议黎正多逛一逛，挑一个自己比较满意的，他似乎没有足够的耐心，随便找了一个便进去了。

徐森等了约莫十分钟，黎正便出来了，一边走一边骂骂咧咧："妈的，要她换几个动作，她竟不愿意。不就是钱吗？等老子有钱了，我还会找你这种贱货吗？看来，我要拼命赚钱才行。"

徐森知道是怎么一回事了，便安慰道："算了，三十块钱能干什么？一分钱一分货，能碰一下就算不错了。我都说了，要你不要来，你是肯定不会满意的。"

黎正似乎消了气，解了恨，不再骂了，两人径直回了公司。

两个月之后，七个业务员终于结束了所谓的专业培训，又开始了一个月的实战演习，无非就是打电话，就近联系一些客户，再上门拜访客户，了解一下基本的市场行情和客户需求状况，至于能否卖出产品，公司不作硬性规定，卖得出更好，卖不出也没关系，不纳入个人的考察范围。

临近三个月的某一天，总经理助理蒋召突然将七个业务员召集在一起开会，并当场宣布了一项公司的决议：毛华志提出辞职，王公义被派往上海分公司，宋伯仁和罗来风被派往深圳分公司，东哥被派往佛山分公司做销售部经理，徐森被派往山东分公司，黎正因违反公司规定予以解雇。

徐森得知自己被派往山东分公司后，他不愿意离开广州，更不愿意离开广东，便找领导商量，可领导说这是公司的决定，不能轻易改变，无奈之下，徐森也选择了辞职，和黎正一起离开了南大公司，只不过徐森黯然神伤，而黎正却心平气和，想必他已经见怪不怪，早有预感了。

三个月之后，七个业务员便作鸟兽散，各自走上了一条截然不同的人生道路，就好像一群乌合之众，在外来力量的驱使下，最后各奔东西。而东哥、徐森和黎正这三个患难兄弟在南大公司的结局也颇富有戏剧性，一人因受重视而当上了销售经理，一人因不忠而被解雇，一人因不服从公司的安排而选择了辞职，真应验了老人家常说的一句话：兄弟命，各人命。

离开南大公司后，徐森一直与东哥和黎正保持着联系。东哥就好比他的一个老师，在他迷茫的时候施以甘露，让他如醍醐灌顶般大彻大悟，在他困惑的时候指点迷津，让他在人生的旅途中不至于迷失方向。而黎正在多年以后，凭着他的务实、勤奋和智慧，赚取了人生的第二桶金，发达之后开了一个公司，并请徐森出山协助他管理公司，最后又计激徐森，无奈之下，徐森主动出走，演绎了一段现代版的“成也萧何，败也萧何”的悲壮故事。

第二十七章　燃烧岁月

随着时代的进步，徐森找工作的方式也与时俱进，他除了人才市场和报纸，还运用了一种高科技手段，那就是网络。

某个星期三，徐森接到了一个振奋人心的电话，对方说他是广州市大壮印刷科技有限公司的，他决定录用徐森为销售工程师，并同意徐森所开出的条件，月薪1500元，但不提供食宿，并要求徐森明天去公司上班。

放下手机后，徐森想了半天，才想起给自己打电话的那个人是大壮公司的孔老板。本来，他对此是不抱希望了。上个星期一，徐森在网吧上网时看到这家公司正在招聘销售工程师，他懒得在人才网站注册简历，便将这家公司的传真号码抄了下来，随后便传真了一份个人简历。第二天，他接到了面试通知。面试的时候，老板见徐森是学印刷技术专业的，通过交流，也觉得他的综合素质还不错，有意向录用他，但开出的工资是底薪1000元，不包食宿，徐森觉得太低，便和老板谈判，说广州的消费水平很高，1000块只能做个负翁，不是富裕的“富”，是负债的“负”，连月光族都谈不上，自己期望的底薪是1500元，否则不予考虑。想不到过了一周，老板妥协了，竟主动打电话过来，向徐森抛出了橄榄枝。

徐森知道大壮公司在广州市天河区的天润路上，与无限繁华的素有广州CBD之盛誉的天河北路仅咫尺之遥，既然公司不提供住宿，在那儿租房肯定是自己所不能承受的，考虑到自己对员村这个城中村颇为熟悉，而且它一直以来都是自己的根据地，便毫不犹豫地在员村租了一个一室一厅的房子，月租300元，价格公道，不是很贵。徐森之所以不去租价钱更低的单人房，其实，他是有自己的个人考虑，他想在这里长住，并顺便找个女孩子同居，来个金屋藏娇，这样一来，朋友来了，也不至于空间太逼仄，更不会影响自己的私生活。为了节约上下班坐巴士所必须花费的四块钱，徐森跑到位于暨南大学后面的一个立交桥下花50元买了一辆二手自行车，于是，上下班时便踩着这辆破自行车奔波在出租房和公司之间。

大壮公司是一个贸易公司，主要代理日本网屏公司的激光照排机。在当时的印刷界，CTP（英语“computer to plate”的缩写，即电脑直接制版）还是一个新兴产物，属于价钱昂贵的高端产品，尚未普及开来，仍普遍使用激光照排机使菲林感光成像，于是印刷公司、菲林输出公司和一些大型的广告公司便成为大壮公司的潜在客户，尤其是那些规模较小但机制灵活的菲林输出公司更是大壮公司的重点对象。当然，大壮公司除了销售主打产品激光照排机之外，还销售其他的附属产品，比如零配件、行业应用软件、晒版机和冲版机之类的。当然，客户额外的维修服务和技术活计也是要按照明码标价例行收费的，毕竟，在商言商，天下没有免费的午餐。有时，还会以旧换新，回收客户陈旧的激光照排机，再将二手的激光照排机卖给另外的客户。

培训一周后，徐森便奔赴前线了，他要驰骋沙场奋勇杀敌，他要斩下敌人的头颅，将一颗颗血腥的头颅带回来让老板数一数，以证明自己的战功赫赫。按照总司令老板的军令，徐森的战场主要为东莞、惠州、江门、肇庆、阳江、茂名、湛江、河源和梅州这九个城市，但因为除东莞之外的那八个城市几乎都是一些散兵游勇，构不成什么威胁，不足为虑，故徐森的主战场还是东莞，他几乎每周都要去一次东莞，陆续进驻东莞下属的各个镇剿杀一次，以安定那里的团结，力争歼灭敌人，向总司令邀功。

老板给公司的三个销售工程师都戴了一个无形的紧箍咒，在每个星期一开例会的时候，便会念一些诸如“唵、嘛、呢、叭、咪、吽”之类的咒语，在这种靠实力说话和靠业绩取胜的高压氛围下，徐森的潜力似乎得到了极大的开发，他工作的热情也得到了空前的高涨。每个星期一，他要撰写业务工作报告，他要向总司令汇报上周剿匪的最新战果，他要找会计报销住宿费和车旅费，他要在公司猛打一通免费的固定电话，跟进及追踪客户的最新动态或情况。一到星期二，他便身穿铠甲手执利剑威风凛凛地驰马疆场了。渐渐地，徐森竟爱上了销售工程师这份工作，他喜欢这种征战四方居无定所的生活，他觉得这种活力四射极富有挑战性的生活是一个长期待在办公室的白领所远远不能比拟的，为此，他投入了极大的热情，他的内心也迸发出一种空前高涨的激情。多年以后，徐森无意中看到了一部叫作《激情燃烧的岁月》的电视连续剧，引起了他的共鸣，他便理所当然地将这段从事销售工作的日子归纳为自己的燃烧岁月。

徐森是勤奋的，务实的，对老板也是无比忠诚的，他俨然一个角斗士，在前线浴血奋战，抛头颅洒热血，披肝沥胆，对总司令忠心耿耿。经过长期的实战，他的销售技巧和口才都有了长足的进步。一天，同事钟华找徐森帮忙，要徐森以他的名义帮他代打一个电话，将深圳一个客户的基本情况套出来，他还说他已经打过几次电话了，对方要么说上两句话便直接挂断电话，要么干脆不接他的电话，无奈之下便求助于徐森。徐森二话不说，接受了这个光荣且富有挑战性的任务。他运用一种巧妙的沟通方式及温婉柔和的语气，竟和那位从未见过面的陌生客户在电话里叽里呱啦聊了十多分钟，不用说，客户的情况当然排查清楚了，这令钟华佩服得五体投地，周围的同事也啧啧称赞，徐森的虚荣心得到了极大的满足，同时也感到一种莫大的成就感。

出差的日子是忙碌的、充实的、辛苦的，但也是快乐的，尤其是那种桃色性质与女人挂钩的快乐，这在很大程度上宣泄了身体的快慰，但如果不小心掉进美丽的陷阱，也会招致心灵的创伤。

因为工作的缘故，徐森要去东莞市的虎门镇出差，他再一次来到了这个曾给他带来快乐也带来伤感的地方。傍晚时分，他从朱执信公园回到小旅店，刚洗完澡从卫生间出来，便听到一阵低微的敲门声。他以为是旅店的服务员要送开水进来，打开门一看，原来是一个三十多岁打扮有点妖艳的少妇，只见她穿着一件薄薄的透明的白色外衫，将里面那条黑色胸罩衬托得一览无余，更要命的是，那双巨乳被挤压得厉害，露出了一道深深的乳沟，像一个大峡谷。

少妇嗲声嗲气地说：“靓仔，我见你一个人寂寞，想过来陪你聊聊天。”

徐森不是三岁小孩，当然知道她的用意，便好奇地问：“你怎么知道我一个人住在这里？你怎么知道我就寂寞难耐？”

少妇微笑着说：“干我们这一行的，当然有渠道啦。你不是在旅店登记过了吗？我和老板很熟的！”

徐森故意不明就里地问：“那你进来想干什么？我和你又不熟，我们之间能聊什么？”

少妇也不管徐森同不同意，扭着那个被短裙裹得紧紧的屁股径直坐在床上，展现她那一双修长且白皙的大腿，并有意将双腿叉开，露出一个若隐若现的粉红色内裤，开门见山便说：“大家都是成年人，心知肚明，何必拐弯抹角。我的服务很周到的，收费也不贵，才五十块钱，不仅可以做那事，还可以帮你吹箫，绝对包你满意。”

徐森看见她上面的那个大峡谷和下面的那个隐秘地带，明显感觉到下面的命根子因经不起考验正迅速地膨胀着，像那吸水的海绵一样，体积正蹭蹭蹭地壮大起来，他已然把持不住了，便默认了这一切。

徐森转身将门反锁，并迅速将自己变成了一只褪了毛的公猴子，便和另外一个年长的母猴子玩起了一种激情游戏。

徐森像一尊雕塑般骄傲地站着，少妇蹲下身，面不改色地将徐森的命根子含了进去，并有模有样地娴熟地吃起香蕉来。徐森用手拨弄着她那长长的头发，她则弓着身子一进一出，一吮一吸，用她那温润的舌头轻轻地舔着，用她那黏稠的唾液滋润着，不一会儿，徐森便觉得自己正指挥着千军万马，来到了一个铜墙铁壁的地方，突然，下面一阵痉挛，前面打开了一个突破口，于是，所有的战士和马匹便从这个无比狭窄的关口齐刷刷冲了出去。

少妇走后，徐森便无比懊恼起来，他恨自己怎么这么不争气，还没有挺枪进入洞穴便折戟沉沙了，真是出师未捷身先死啊！不过事后想想，也值，第一次享受如此高超的吹箫艺术不中途坠马才怪。

一天傍晚，徐森拜访完客户，吃完晚饭便坐在黄江广场的某个石凳上休闲。这时，一个模样俊俏的少女主动找他搭讪：“靓仔，去不去我那里坐一下？”

徐森看了看他，知道她的意思，但对这种在大庭广众之下主动送货上门的女人，他心里没谱，便没有搭理她。她似乎不甘心，便蹲下身来，将嘴巴附在徐森的耳朵旁，轻声说：“不瞒你说，其实我是一个处女，只是因为一时找不到工作才这样的。我收费也不贵，你给五十块钱就行，随你怎么玩，我看你戴着一副眼镜，才愿意将自己的第一次献给你的。”

徐森听了，简直吓了一跳，这年头竟还有人恬不知耻地说自己是处女，而且还说只需五十块钱，随你怎么玩，徐森都吓傻了，头有点蒙。他常听朋友说起，自从中国实行改革开放以来，现在的女孩子不比从前了，她们不再保持优良传统，不再三从四德，不再直到洞房花烛夜那天才献出自己宝贵的贞操，性观念与西方接轨，大胆开放，性行为不再忸忸怩怩，只要相爱，只要好奇，只要需要，随时都可以付出，要想找处女，恐怕是要去小学去找，甚至是幼儿园。虽然朋友的玩笑有夸大其辞的成分，但也不无道理。

少女见徐森不说话，继续说道：“是真的，我没骗你。”

徐森抬起头来，再一次打量她，见她的打扮还是蛮保守的，素色的衬衫搭配一条紧身的牛仔裤，而且脸上也没有涂脂抹粉，感觉很朴素、很传统，有那么一丝处女的风范和韵味。

徐森虽然质疑她的处女身分，但他显然有点动心了，再说了，即使她不是处女又怎么样，就当花五十块钱找个乐子也划算啊，何况自己下面的宝贝也有一段日子没用了，想必那两个鹌鹑蛋里面正储满了不少的蝌蚪呢。

徐森感兴趣地问："在哪儿？远不远？"

少女见他转变了态度，带着一种诡秘的神色笑着说道："不远，就在附近的鸡啼岗，离这儿并不远，走路才十分钟。"

为了避嫌，也为了安全，少女在前面慢慢地走，徐森紧随其后，中间隔着十来米的距离。

进了出租房后，在徐森迫不急待脱衣服的时候，少女却并不急着脱衣服，而是拿着手机拨了一串数字，打过去却并不说话，发出一阵"嘀嘀嘀"的声音，随后便挂断了。

徐森以为她害羞或是保持姑娘的某种矜持，或许是她临时有事，便没在意。徐森正准备脱内裤的时候，一个留着长头发的小青年突然推门而入，恶狠狠地说："好啊！你他妈的想搞我的女朋友，看我今天怎么收拾你！"

徐森被眼前的一幕简直吓呆了，面如死灰，一边抖抖索索地穿衣服，一边颤颤巍巍地说："你是不是弄错了？是她叫我来的，而且我也花了钱。"

小青年换了一种口气，降下声调说："我都看见了，不要说废话了，你是想公了还是私了。"

霎时，徐森一切都明白了，他们两人联手上演了一出双簧，这个小青年就是少女刚才拿手机通知的，显然小青年还有这间房的钥匙，是他们合伙骗了他，以情欲为幌子、以美色为诱饵实施诈骗。

好汉不吃眼前亏，徐森只能破财消灾以求躲过这一劫，便镇定地说："你想公了我也没办法，我是想私了。诺，我这里有一百多块钱，我现在全部给你，你要就拿去。"

小青年接过钱，又摸了摸徐森的衣兜和裤兜，一无所获，知道徐森没有骗他，不无扫兴地说："妈的，出门才带这么一点。算你识相，赶快走人。"

徐森闻听此言，便灰溜溜地走了。在出门的时候，他特地转身向少女投去一道凌厉的目光，想看一看在她那张年轻美丽的脸庞上有没有流露一丝忏悔和自责的表情，想看一看她那个被伪装成平实朴素的躯壳究竟包裹着一个怎样的灵魂，但他没有捕捉到，他觉得这个社会真是太复杂了。

徐森遭此美人劫后，在好长一段时间里，他都对女人提不起兴趣。除此之外，他下面的命根子一度处于阳痿的状态，即使偶尔勃起，也是疲软无力，想必做那事不是有心无力就是早泄。直到有一天早上起床时，他惊讶地发现下面竟坚硬无比，不由得撩开内裤一瞧，它正高昂着头朝自己微笑呢。他知道，那个难以启齿的阴翳终于不治而愈了，他又重新有了晨竖的现象，他又恢复成了一个真正的男人，一个能够给女人带来高潮也能制造一个小生命的正常男人。

第二十八章 情丧君子

“饱暖思淫欲，饥寒起盗心”，这话不无道理。徐森又一次发情了，他为了使那个空荡荡的出租房增加一丝亮丽的色彩，为了在那张一米五宽的木床上名正言顺地添加一个枕头，缩小自己的个人活动空间，他希望在那个孤零零的晾衣架上看到那个只有女人才有的五颜六色的胸罩和小内裤，他甚至希望能在垃圾篓里看见那渗有斑斑血迹令人恶心的卫生巾，他是真心地渴望有个女人能快速地走进他的生活，在漫漫长夜孤枕难眠的时候，这种感觉竟是如此强烈，像一只老鼠啃啮着他那颗孤独的心。

公司很小，三个销售工程师，三个技术工程师，一个前台文员，一个会计，一个销售文员，加上老板一共十个人。十，一个多么美好的数字，公司虽不大，却十全十美。

两个文员和会计都是年纪轻轻的女孩子，她们刚从学校毕业，便来广州打工了，因为有缘，大家便聚在老板的麾下，为着一个青春的梦想，正朝着一个光明的未来奔跑着。

徐森看着这三个朝气蓬勃的女同事，他的心早就动了邪念，心里一直在琢磨着一件肮脏的事情，但他不知道要找谁下手，视谁为猎物，将他的咸猪手合法地放在别人的胸脯上而又不构成性骚扰。他不能像《西游记》中的猪八戒娶亲一样，贪婪得想得到所有的姐姐妹妹，也不能像电影《大红灯笼高高挂》中的男主人公那样妻妾成群，为此，他颇费思量，一直在三个人当中徘徊不定。

终于，在一次公司组织的娱乐活动中，徐森做出了自己艰难的抉择。

一个星期五的下午，快下班的时候，老板突然对大家说：“为了加强公司的向心力和凝聚力，明天下午我请大家去广州大河马水上乐园游玩。”

老板一说完，下面一派欢欣雀跃。

第二天，大家在公司集合，便集体坐车前往广州市白云区的南湖旅游度假区。

时值夏天，因游玩的项目全是水上运动，不用说，穿泳衣泳裤是最基本的要求。待徐森换好泳裤从男宾部走出来时，一眼便看见了三个女同事结伴而行，他的眼睛瞪得像灯笼，简直看傻了。只见销售文员蔡妍穿着一件粉红色的连体泳衣，也许是泳衣太小，也许是她太臃肿，不，更确切地说，是丰满，泳衣将她的身材完全勾勒了出来，尤其是上面那道深深的乳沟和大腿之间那小块隆起的丘陵，很是抢眼。会计徐莉穿着一件蓝色连体泳衣，也许是泳衣太大，也许是她太单薄，不，更确切地说，是苗条，泳衣将女人固有的曲线完全掩盖了，上面像飞机坪，下面像平原。而前台文员卞丽华则穿着一件乳白色连体泳衣，也许是泳衣合身，也许是身材恰到好处，上面该凸的地方是凸的，中间该翘的地方是翘的，下面该微微凸起的地方是凸的，真是凹凸有致，仔细一瞧，还能看见一道勒进去的浅浅的裂缝。

徐森没见过世面，没有定力，也许是他体内的雄性激素分泌旺盛，甫一看见这场面，便控制不住自己的思维，竟胡思乱想意淫起来，导致下面一柱擎天。他马上意识到自己的窘态，为了不伤大雅，引来别人对自己的嘲笑，便立马转身回了男宾部，直到血液分散开来，下面成了一条软绵绵的毛毛虫，才大胆地走出去，并迅速投入集体的怀抱。

大家玩得相当开心，将大河马水上乐园那些娱乐项目全都玩遍了，什么浪涛湾，什么急流直下，什么回旋管，什么竞赛滑道，五花八门，花样繁多，惊险又刺激，舒爽又愉悦，让徐森叹为观止的同时，也切身地感受到水的魅力。想不到水除了具备饮用和洗澡的用途外，竟还有这么多娱乐项目，亏那些开发商想得出来。

从大河马水上乐园出来之后，已是黄昏时分，老板顺便请所有职员吃了一顿晚饭。饭毕，又和大家玩了一个十分恐怖的叫作“天黑了，请闭眼！”的杀人游戏，然后便分头回去了。

徐森回到出租房后，却怎么也睡不着，他在咂摸着未来那个女朋友的样子。其实，他心里早有了答案。他觉得蔡妍像杨贵妃，太丰腴，唐玄宗李隆基喜欢，但我不喜欢，另外，她喜欢粉红色，太暧昧，他猜她性欲很强，恐怕自己喂不饱她。他觉得徐莉像赵飞燕，虽能在手掌上翩翩起舞，汉成帝喜欢，但我不喜欢，另外，她喜欢蓝色，徐森猜她性欲冷淡，恐怕又喂不饱自己。只有卞丽华不胖不瘦，恰到相处，增之一分则太肥，减之一分则太瘦，很适合自己的口味，另外，她喜欢乳白色，徐森猜她性欲中和，可塑性强，高兴时来个冰火两重天，让你欲仙欲死，生气时来个紧闭其户，让你活活做和尚。此外，她的老家在青海省，属于北方人，根据达尔文的进化论和优生优育的理念，这样的基因搭配是最好的，所繁衍的下一代也是聪明的。对！就选择她，明天就向她开炮，对她展开凌厉的攻势，徐森已然打定了主意。

到了下半夜，徐森终沉沉睡去。他做了一个美丽的梦，他梦见他和卞丽华骑在同一匹马上，他们在一望无垠的草原上奔跑。一觉醒来，梦破了，卞丽华也不见了，一缕阳光从窗户射进来，将地面照得无比光亮，仿佛铺了一层薄薄的霜。

有了目标，有了指明灯，徐森感到前面的路一片光明。

公司一周上五天班，从星期二至星期五，徐森一般要出差，他便利用星期一这宝贵的一天，不管是工作上还是生活上的事情，尽量找卞丽华搭讪，并不失时机地找她聊天，向她大献殷勤，极尽阿谀奉承之能事。一来二往，两人的关系迅速升温，已然超出了一般同事的关系。

一个星期五的下午，徐森从东莞出差回来，悄悄地将卞丽华叫到一边，从口袋里掏出一个精致的发夹，高兴地对她说："看，这是我特意为你买的，不知你喜不喜欢？"

卞丽华接过发夹，看了看，面露喜色，显然她是喜欢的，但并没有说什么，停顿了一会儿，才轻启玉口："我现住在龙洞村，那儿离公司有点远，我想搬到林和村来，和徐莉住在一起，这样离公司也近些，同时也有个照应，不知你明天有没有空？能不能过来帮我搬家？"

"好啊！"徐森想都没想便应承了下来，对于他来说，卞丽华就是她的女神，就是要他上刀山下油锅，他也在所不辞，何况又是一件芝麻大的事情。

第二天，徐森跑上跑下，像一个民工一样做足了搬运工的角色，将卞丽华早已打好包的行李从六楼搬到一楼，然后租了一辆三轮人力车将行李运到林和村，又将这些行李从一楼搬到六楼，直累得他气喘吁吁，上气不接下气，但他为了在卞丽华面前赢得一个好印象，硬是没说一句抱怨的话，还连连说"没事，没事，我有的是力气"，一副怜香惜玉的绅士风范。

将行李整理好之后，卞丽华被徐森的行为所感动，便请徐森吃晚饭。吃完晚饭，天色尚早，便一起出去散步。两人边说边聊，不知不觉便来到了位于林和西路和林和中路之间的火车东站广场。那里有一个很大的人造瀑布景观，是广州八景之一，它那文雅且诗意的名字叫作天河飘绢。两人一边聊天一边看着那颇有“飞流直下三千尺”意味的人造瀑布，但此时徐森的心全然不在欣赏那道真正的风景，他的风景是眼前这个令他意乱情迷的女人——卞丽华，他有点想入非非，手变得不老实。开始时，用右手搭在她的右肩上，见她没有反抗，便顺势滑下来，用手一把搂住了她的柳腰，她还是没有反抗，最后身体便整个往她那边倾斜，将头枕在她的玉肩上，俨然一对热恋中的情人，她依然没有反抗。徐森本想得寸进尺更进一步，用手去触摸她的酥胸，但他止住了，他觉得应该适可而止，第一次约会不能做得太过分，能像现在这样勾肩搭背而又不遭到她的拒绝，他感到很满足。

回去之后，徐森觉得卞丽华对自己是有好感的，虽然她嘴上不说，但心里却是认可的，他决定实施他的第二套方案。

一个星期六的下午，徐森给卞丽华打了一个电话，想请她吃晚饭，并顺便在员村逛一逛。

卞丽华如约来了，但却不是一个人，她带了同事徐莉来作陪，这一点是徐森始料不及的。徐莉既是同事又是徐森的家们，徐森当然要好好地招待这两位淑女。

从湘格里辣湘菜馆出来，徐森便领着两人去了自己的出租房。坐了一会儿，徐森便示意徐莉找个借口提前离去，不知是她真的装傻，还是已然识破了徐森的阴谋，出于保护卞丽华的目的才故意装傻，也或许是她出于妒忌，欲和卞丽华争风吃醋，自己得不到的别人也别想得到，这种情况也不是不可能。最后，两人大概坐了半个小时，便结伴回去了，从而，徐森的如意算盘也彻底流产了，他本打算要卞丽华单独留下来，今晚好好地和她促膝谈心，然后将门反锁，再然后……他都懒得去想了，反正人都走了，想也是白想。

一计未成，又生一计。

一天，徐森听说卞丽华从未看过大海，便决定这周星期六带她去深圳的小梅沙看真正的大海，她当然爽快地答应了。

两人来到小梅沙后，换下泳装便融入了大海的怀抱。因为卞丽华不会游泳，便租了一个救生圈。徐森仗着自己会游泳，便借此机会在她面前好好地表现了一番，将蛙泳、蝶泳、仰泳和自由泳都表演了一遍，逗得她捧腹大笑。后来，徐森不满足了，便玩起了小动作。时而潜水，故意从她的胯下钻过去，看一看她的隐秘地带，并顺便掐一下她那光滑的大腿。时而从她身边擦肩而过，假装不经意地用手捏一下她的乳房。对此，她不是很介意，只是噘着嘴娇嗔地说："不要这样，再这样我可要生气了。"

从小梅沙出来，为了节约钱，徐森决定去易琼那儿借宿，因为他知道易琼单独租了一个两室一厅的房子。

易琼见徐森带着一个女人来找他，笑而不语，心领神会。吃完晚饭，看了一会儿电视，洗完澡，大家便陆续睡觉了。

徐森理直气壮地跟着卞丽华进了同一个房间，他想到这是他第一次和一个女人正儿八经地同睡一张床，他此时的心情显得格外激动。

这时，一向沉默不语的她终于说话了："本来你应该在客厅里睡沙发的，但看在你朋友的面子上，我不想让你难堪。但是我有言在先，今晚我睡床，你打地铺，另外，你不许碰我。"

徐森犹当头棒喝，一进来便吃了一个闭门羹。徐森心想，想不到卞丽华竟如此有主见，还是顺着她的意思办吧，毕竟两人不是夫妻，也不是那种已确定关系快要谈婚论嫁的男女朋友，待睡到半夜三更，我再爬上去也不迟啊！

前半夜，徐森几乎没睡觉。待凌晨两点钟一过，借助窗外微弱的路灯，徐森瞅准机会便从地上爬到床上，掀开那条薄薄的毯子，迅速钻进了她的被窝。

卞丽华穿着一件白色的睡衣，头发很长，由于睡觉时滚动的原因，竟罩住了她的半边脸，徐森看见这一切，觉得迷人极了。同时，他嗅到了一股少女特有的清香，直搅得他心乱如麻，哪有心思睡觉啊，他知道他今晚的首要任务是要像亚当那样不惜一切代价偷吃夏娃的禁果。

徐森终于下手了，他爬起来，双膝跪在席子上，大胆地用右手从下面钻进了她的睡衣去摸她的酥胸。啊！终于摸到了，软绵绵的，像团棉花，又像个小兔子，上面还有一颗硬挺的红枣。

这时，卞丽华醒了，迅速坐了起来，将徐森的手推开，背靠在墙壁上，恶狠狠地说："你要干什么？"

徐森像一个做错事的孩子，红着脸说："我喜欢你。"

"不是说好了吗？今晚不许碰我。"

"可我就是控制不住自己。"徐森说完，不由分说便双手抱住卞丽华，一个饿虎扑食将她压了下去，先亲了一下她的脸蛋，然后用手将她的睡衣从下往上撩开，尽情地揉捏她的两个乳房，正当徐森想褪去她的睡裤和内裤突破最后那道防线的时候，也不知卞丽华哪来的劲竟一脚将徐森踢下了床，痛得徐森直喊“哎呦”，然后她很生气地说：“不要乱来，再这样我可要喊人啦。”

徐森受了打击，觉得自己理亏，便没有再次发起进攻，而是一言不发老老实实地睡在下面。

从深圳回来后，徐森出差去了外地，而卞丽华也没有主动搭理他。

一波未平，一波又起，不幸的事情终于发生了，这是徐森始料不及的。一周后，老板突然将徐森叫到他那间宽大的办公室，先是委婉地说了一些话，最后转入正题，不无抱歉地说道：“你也知道，做销售工程师是靠业绩说话的，我觉得你很努力，但付出不一定就会有收获，做销售光凭努力是不够的，我觉得在销售方面你还是有所欠缺，比如你的亲和力就不如同事张勇兵，所以你的业绩就不如他。半年过去了，经公司考核，你完不成我所制定的销售指标，所以真的很抱歉，请你另谋高就。另外，这个信封装的是你该拿的工资和部分提成，请收好。”

老板既然开了尊口，徐森还有什么好说的，他带着满腔的遗憾不得不离开了大壮公司，从而结束了这段激情燃烧的岁月。

某一天，徐森和谢海聊天的时候，无意中向他谈起了那天晚上和卞丽华睡觉的事情。

“你真是一头蠢猪，这么好的机会都没有把握。”谢海生气地说。

徐森不解地说：“她都将我踢下床了，说明人家不喜欢我嘛。”

“亏你还是大学生，怎么一点也不懂女人的微妙心理。其实，她嘴巴上说的是一套，心里想的却是另一套，这就是女人的矛盾性。她都愿意和你同睡一个房间了，并让你摸了她的上面，这就说明她是喜欢你的，这是默认且不争的事实。”

“那她为什么踢我？”

“你都碰她的下面了，她一个女孩子为了自尊，为了面子，为了女人的一点矜持，总要反抗一下吧！她没你想象的那么下贱，任由你胡作非为。你为什么不继续爬上去，说一些好听的话哄哄她，将你想犯的错误进行到底呢？等生米煮成熟饭，这恋爱就好谈了，不出意外的话，一切都将水到渠成。常言道：男人不坏，女人不爱，傻瓜，明不明白啊？”

闻听此言，徐森终于明白，是自己所谓的绅士风度，是自己所谓的君子行为，葬送了这段唾手可得的爱情。他真懊恼自己当时为什么那么愚蠢，他真后悔当时为什么不像一头发情的野兽再一次扑上去呢，自己真是太不懂女人的心思了。

离开大壮公司后，好长一段时间，徐森一直处于失业状态，等他找到工作时，首先便将电话打到了大壮公司，但据旧同事说，卞丽华在徐森离职之后不久便辞职了，并换了手机号码，从此，徐森便再没联系上她。

成败贵在坚持到最后一秒，但徐森没有做到。情丧君子，爱情就这样与他擦肩而过，他今生今世都没有找回来。

第二十九章　虎落平阳

古人云：虎落平阳遭犬欺，龙游浅滩遭虾戏。徐森自从被孔老板踢出局之后，在好长一段日子里，他都遭受着厄运的缠绕。

一天，徐森正在一个大排档里吃中饭，他的手机急促地响了起来。他以为是某个公司的人事文员打过来的，或许通知他明天去公司上班呢。他拿起手机一接听，竟是房东打过来的。

房东近乎用一种威胁性的口气极为严肃地说："我说徐先生，这个月都快过完了，今天必须将这个月的房租和上个月的水电费交上来，一共348元。若不交的话，我将强行关掉水和电，并在你退房的时候，扣除半个月的押金作为惩罚。"

徐森一听，心都凉了一截，他当即便决定退房。他不是不想继续租房，口袋里几近空空如也，银行里的数字在好长一段时间里一直是两位数，他已经无力租房了。找工作找了一个月，将他的积蓄花得都差不多了，其实他根本就没什么积蓄，在大壮公司工作了半年，底薪才1500元，不包吃住，而且还要追女孩子，说到底他其实就是一个月光族，日子过得紧巴巴的，每天都盼着发工资那一天的到来。他也不是找不到工作，自从被踢出局之后，他每天都在思索孔老板的那句临别赠言：付出不一定就会有收获，他一直在怀疑自己的能力，质疑自己是否适合做销售，也许自己根本就不是做销售的料。他也去几个公司应聘过销售工程师，但他们给出的底薪不是800元就是1000元，他一直下不了决心，连吃饭和睡觉都成问题，还做什么鬼销售。

当天下午，徐森便找到房东，将房子退了。算上当月房租和这两个月的水电费，一共400元，从中扣除租房时所交的押金300元，徐森还需补给房东100元。

徐森提着简单的行李走出了这个已然产生感情的出租房，心里别提多无奈了。今天离月末整整还有十天，徐森曾和房东讨价还价过，说这个月只住了二十天，按道理应该收二十天的房租费，也就是200元，但房东斩钉截铁地说这绝对不行，他还打了一个形象的比喻，说当你和女朋友做那事的时候，你总不至于将你的那个只放一半进去，你绝对是一插到底啦，房东这个虽则下流却无比形象的比喻直令徐森哭笑不得。更令徐森气恼的是，他将那些家具和电器全都卖给了二手店，买时前前后后总共花了一千多块，卖时却严重缩水，加起来不足一百元，气得他直骂娘，但也无可奈何。

谢海那儿是不能再去了，因为他现在有女朋友了，今非昔比，情况发生了变化，徐森是一个通晓事理脸皮薄的人，他当然不愿意去麻烦人家，破坏人家的“性”福。他去了另外一个老乡那里，和他同住一间单人房，共同分担那一个月仅250元的房租费。

这个老乡是一个摆摊设点的算命先生，他叫欧阳占鹏，其籍贯和徐森一样，是徐森正宗的老乡。两人之所以相识，说起来纯属偶然。一天傍晚，徐森在员村新街散步，无意中看见一个算命先生在向自己招手，他虽然是个唯物主义者，不信命运，但出于困惑还是想占上一卦，因为他相信“宁可信其有，不可信其无”这句话。哪知经此占卜，算命先生对他的平生遭际说得入木三分，不由令他对这位算命先生刮目相看。后来经过进一步的交谈，得知两人竟是正宗老乡，于是一来二往，两个分马牛不相及的人便成了忘年之交。

徐森在退房之前，曾找欧阳占鹏商量过，说想和他分租，睡在他那个所租的单人房的阁楼上。当徐森说出他的想法时，欧阳占鹏当即表示同意，并希望徐森快点搬过来。欧阳占鹏是一个四十多岁的中年男人，早已结婚，并拥有两个孩子，只因迷恋周易，便告别家人和几亩土地跑到广州这个大城市来了。如今，见有人愿意和自己分租，既可以消除寂寞，还可以节约开销，遇上这样一件两全其美的好差事，若不同意那他真是一个大傻瓜。

一天，徐森面试回来，吃完晚饭回到出租房。两人坐了一会儿，欧阳占鹏便说开了：“徐森，其实周易是一门相当高深且具有科学性的学科，所以你不要瞧不起我们这些江湖艺人，只是因为被别人一棍子打死，说我们在从事封建迷信活动，是一种唯心主义的表现，所以我们在世人面前抬不起头，一直翻不了身。而究其实，它是一种预测学，是尊重科学的，也是有一定科学依据的，只是这依据有点玄乎，和一般人说这个简直是对牛弹琴。”

“哦，也是，这种事信则有，不信则无。”徐森轻描淡写地应了一声。

“诺，看你也是一个戴眼镜的大学生，我来考考你，什么是十天干和十二地支？”

徐森虽对周易不感兴趣，但也略懂点皮毛，便答道：“这个我知道，十天干就是甲乙丙丁戊己庚辛壬癸，十二地支就是子丑寅卯辰巳午未申酉戌亥。”

徐森回答得完全正确，欧阳占鹏一听来了兴致，他似乎找到了知音，大有想收徐森为关门弟子的想法，一副喜形于色的样子，接着又问道：“那你知不知道什么是阴阳五行？什么是相生相克？”

“阴阳五行就是金木水火土，至于什么是相生相克，我不是很清楚。”

“我来告诉你，相生就是木生火、火生土、土生金、金生水和水生木，相克就是金克木、木克土、土克水、水克火和火克金。”他不管徐森有没有兴趣，接着又滔滔不绝地说道：“此外，阴阳五行和方向及十大天干也是互相对应的，像东方甲乙木、南方丙丁火、西方戊己金、北方庚辛水和中方壬癸土，还有……”

徐森有点不耐烦了，便打断他的话，说道：“好了，不要再说了，我们睡觉吧。我现在对这些不感兴趣，只对牛奶和面包感兴趣，等哪天我感兴趣了，我再拜你为师好不好？”

欧阳占鹏不无扫兴地停止授课，只好洗澡去了，与此同时，徐森也爬上那个矮得直不起腰的阁楼睡觉去了。

又一天，徐森漫无目的地走在体育西路上。突然，他莫名其妙地被人从后面撞了一下。那个撞了人的小青年说了一句“不好意思”的话便神色慌张地走了。

待徐森走到黄埔大道上，他突然想起要给一个朋友发条短信。当他手摸裤兜时，竟发现里面空空如也。

“糟糕！手机不翼而飞了。”徐森几乎脱口而出。

徐森的第一个反应便是意识到手机被偷了，但他想不起来是在什么时候什么地方被人偷的。他努力回忆着，觉得最大的嫌疑人可能就是那个撞人的小青年。也许他是故意撞的，而不是歪着脖子走路，然后趁机将我裤兜里的手机拿走了。他为什么要从后面来撞我，而不是从前面？为什么别人不来撞我，而是他不偏不倚地来撞我？为什么他道歉之后如此慌张？对！一定是他。可现在知道又有什么用呢？为时已晚，人早就跑得无影无踪了。

徐森真是懊恼极了，那个丢失的手机自己才用了不足两个月，是一款新式的飞利浦 9@9 手机，纯金属外壳。为此，徐森花了一千多块钱，他自是爱不释手，可如今，由于一场不可预测的飞来横祸，它竟弃明投暗了。

苦难已然发生，生活还得继续，为了找工作，为了和别人及时取得联系，为了能有效证明自己还活在这个世界上，徐森咬一咬牙，找朋友借了一笔钱马上去位于石牌东路的手机店买了一个二手手机，虽然才花了几百块钱，但在这个多事之秋，他的心却在滴血。

福无双至，祸不单行。人要是倒起霉来，喝凉水也会塞牙。

一天，徐森从惠州复试回来，为了节约钱，他在公路上随便上了一辆从惠州开往广州的顺风车。

坐在徐森右边的是一个五十多岁的男人，他一副蓬头垢面、邋遢不堪的样子，像个傻子，又像个民工。从内心里而言，徐森对他很是讨厌，可又没办法，因为他上车时只剩下这最后一个座位了，他没得选择。

突然，徐森听到“嘭”的一声，这种怪怪的声音很大，着实将他吓了一跳，他转身一看，原来是坐在右边的那个傻子启开了一罐健力宝汽水饮料。对此，徐森没在意，继续闭目养神。

“哇噻！你中奖了，而且还是一等奖。”徐森又听到了一阵大惊小怪的声音，而且嗓门特别大，生怕车上的人听不见似的，原来是坐在傻子后面的那个中年男人在大声嚷嚷。

这时，坐在前面的另外一个中年男人径直走过来，对傻子说：“能否让我看一下，看是不是真的？哎啊，不得了啦，竟中奖一千美金，需凭身份证在十天之内去中国银行兑现，过期作废。”他说完这些，拍着傻子的肩膀说道：“美金比人民币值钱，按一比八的汇率来算，你中奖八千元。老乡，恭喜你，花小小的两块钱只买了罐饮料便赚到了八千块，你可发达了。”

傻子嗫嚅道：“可我的身份证前不久丢掉了，况且，我没有文化，也不懂如何将美金换成人民币。”

中年男人继续说道：“假如我用钱买下你的这个空易拉罐，你干不干？”

“干。”

“你要多少钱？”

“至少两百块以上，若不是我急着回家而又缺车费钱，我才不卖呢。”

中年男人掏出钱包看了看，不好意思地说：“哎！只怪我没福气，没带够钱，钱包里才一百来块。你看这样好不好，我给你一百块钱，再将这块手表抵押给你。”

“不好，我只要现金。”

中年男人走后，傻子向徐森凑过来，含混不清地说道：“我看你戴眼镜，想必是有文化的人。我是一个文盲，不认得字，你帮我看一看，看他们是不是在骗我。”

徐森接过那个从易拉罐上揭下来的拉环和一张小小的红色吊牌，仔细地看了一遍，的确如前面那两个中年男人所说的，便答道：“是真的，他们没有骗你。”

傻子听了，显得很开心，随后便变了脸色，不无沉重地对徐森说：“很不巧，我的身份证在前两天不小心掉了，家里有急事，我现在要回家一趟，可身上的钱又不够，你能不能帮个忙？我将这个奖项转让给你。”

这时，坐在傻子后面的那个中年男人也搭腔道：“年轻人，这么好的机会，你还犹豫什么？你看他一副老实巴交傻不拉几的样子，难道他还会说假话？要是我带够了钱，我早就抢过来了，还轮得到你。”

徐森见这个傻子表现得确实憨厚老实，加上又有两个人在旁边煽风点火，在一种贪小便宜的小市民心理和一种常人固有的贪婪的欲望支使下，终于动摇了，也便花了两百块钱买下了那个小小的金属拉环。

随后，傻子和那两个推波助澜的中年男人陆续下车了，徐森没有在意，继续做着他的黄粱美梦。

待那三个人下车后，坐在徐森后面的那个人好心地对徐森说：“小伙子，你被骗了，这一切都是假的，他们三个人是一伙的。我当时踢了你的脚，你没反应过来，可我又不敢明说，我怕他们报复。”

徐森如当头棒喝，知道一切都晚了，自己只能饮下这杯浓浓的苦酒。他想不到自己进入社会这么久，竟连这种小儿科低智商的骗术都没有识破，真是愚蠢至极，枉为人子，我还有什么颜面活在这个世上，不如一头撞死算了。他也不由得感慨，这个社会真是太复杂了，人心隔肚皮，什么人都有，骗术也是五花八门，千奇百怪，令人防不胜防，我怎么就识不破这种鬼把戏、这种小伎俩呢？

由此及彼，他又联想到这段日子自己所遭遇的一系列不幸事件，先是“强奸”女朋友未遂，后来被公司解雇，找工作毫无进展，被房东从出租房逼走，像老鼠一样蜷缩在一个转不开身的阁楼里，名牌手机被偷，最后还被一个“傻子”骗走两百元，真是撞了鬼中了邪啦，运气怎么就那么背呢？他觉得自己就像是一只下了山的老虎，威风不再，霸气尽失，小狗见了他都狂吠不已。他觉得自己又好比一条游到浅滩的巨龙，有劲无处使，有力无处用，小虾见了他都嘻皮笑脸。为此，他困惑不已，感觉自己从此坠入了一个痛苦的深渊，跌入了一个失意的海洋。

第三十章　超级工厂

出于对个人销售能力的质疑和经济上的日渐困窘，徐森决定改变策略，放弃自己的初衷，不打算再做销售工作了，而是寻找白领岗位，做回自己的老本行，尽快进厂，解决吃饭和睡觉这两个双重问题。广东的工厂有一个普遍的特点，就是哪怕工资再低，饭是有得吃的，床位也是有的，这在很大程度上解决了人的生存问题，从而成为那些囊中羞涩的外来人员在广东谋生的不二之选，也是他们走向人生的第二步直至最终发达的一块跳板。

广州市除了位于华普大厦的南方人才市场和位于广州购书中心六楼的韦博人才市场，这一年，在广州火车东站也成立了一个新的人才市场。这三个人才市场都位于天河区的中心地带，彼此之间并不远，步行不足半个小时，它们形成了一种三角形且遥相呼应的关系，足以彰显广州市在珠三角地带处于一个中心城市的地位，它好比一个强大的磁铁向周边辐射，吸引着一些招贤纳士的企业纷纷赶赴广州，由此也突显珠江三角洲的人力资源需求是何等的旺盛。

对于那个位于火车东站的人才市场，徐森当然也去过几次。相比较而言，他觉得这个人才市场更好一些，不仅场地宽，招聘企业多，周边环境优雅，交通方便，而且票价也不贵，只需十元，徐森就在这里斩获了一份工作，并进了一个有生以来令他叹为观止的超级工厂。

一天，徐森接到了一个电话，是一个男人打来的。

“您好！是徐先生吗？”

“是的。”

“我是利奥纸品集团属下的鹤山雅图仕印刷有限公司的招聘专员，上周您在人才市场投了一份简历给我公司，应聘估价员一职，还记得吧？”

“记得。”

“是这样的，我公司相关负责人看过您的简历后，知道您是学印刷技术专业的，也曾在虎门彩色印刷有限公司做过印刷 IPQC 一职，故觉得您做 IQC（英语“incoming quality controller”的缩写，即来料检验员）比估价员更合适一些，不知您愿不愿意？”

对于 IQC，徐森是知道的，这是一种介于白领和蓝领之间的工作，说它是白领吧，可要和众多的仪器设备打交道，像一个实验室的技术员一样，整天做一些十分枯燥的测试。说它是蓝领吧，可它除了拥有办公桌和电脑，此外还有专门的办公室，是一个闲杂人员一律免进的地方，好比军事管理区一样。徐森想了一下，觉得在这种形势下，自己没有挑肥拣瘦的余地，便说：“没问题，但我没去过鹤山，也不知公司在哪儿？”

“这个您放心，我公司会派专车去一趟广州，将那些要来我公司面试的人集中接过来，面试完之后，再将你们送回广州。记住，明天上午九点钟，在广州购书中心的正门前等候。”

徐森想不到还有这么人性化服务的公司，当即便爽快地答道：“记住了，明天我一定去。”

第二天，徐森坐上了雅图仕公司的那辆豪华面包车，和众多来自五湖四海且素昧平生的兄弟姐妹去江门市的鹤山游玩了一番，全程免费，往返接送，他感受到一种贵宾式的礼遇。

对于这种公司主动邀您加盟且有点先入为主的面试，成功率几乎是百分之百，只是在待遇方面却没有什么好商榷的，一切按公司的规章制度办事。当那个自称 Roy 的香港人说出“试用期月薪 1200 元的时候”，徐森犹豫了一下，但还是答应了。不过，他却心怀异心，对公司并不忠诚，他只是想先干一段时间，度过目前这个危机再说。

徐森找到工作后，为了不欠别人的人情，将自己该交的房租费和水电费一次性交给了欧阳占鹏。临走时，欧阳占鹏一本正经地对徐森说：“风水会议已堂而皇之地搬进了人民大会堂，请相信我说的话。”

“我信，我现在什么都相信。”徐森头也没回，径直下了楼梯，随后便走出了员村，他要奔向一个盛产牛奶和面包的地方。

徐森走进了无限诗情画意的鹤山市，走进了无限田园风光的古劳镇，走进了在印刷界素有老大哥之称的超级工厂，他再一次从繁华都市走进了偏远农村，并与浩荡的西江水为伴，与雄壮的机帆船为伍，过上了一种截然不同的全新生活。

徐森很庆幸自己能走进这样的超级工厂，哪怕是在这里仅仅工作一天，他也觉得超值。这真是一家当之无愧响当当的世界工厂，工厂占地面积近一千亩，员工近两万人，这让徐森大大地开阔了眼界，也增长了见识。他虽然在月亮公司和虎彩公司这两个大公司服务过一段时间，但如今身处雅图仕这个超级巨无霸之中，他再一次觉得自己仍是一个井底之蛙，真是山外有山，人外有人，强中自有强中手啊！

徐森花了一周的时间来熟悉公司的基本情况，他每天步行在相当于好几个足球场的工厂里，腿都跑酸了。厂房像森林一样，少说也有几十栋，一栋栋错落有致地矗立着，普遍都是六层楼，而且都有标识，那就是它们的身份证识别码。公司的机器设备多得不可胜数，很多设备都超过一百台。偌大的印刷部竟拥有印刷机几十台，徐森还是第一次看见八色印刷机。后工序的模切机上百台，烫金机也上百台，密密麻麻地挤满了各个楼层。至于其他设备也是一应俱全，很多设备都是徐森之前闻所未闻的，更别说亲眼目睹了。当徐森第一次看见辘金边机的时候，他像看一个外星人一样竟前前后后看了好几遍。可以这么说，只要是涉及平印和丝印这两大印刷领域又和纸制品加工有关的机器设备，它这里全都有，完全无须外发加工，它是一个专业制作纸制品的集大成者。更令人瞠目结舌的是，由于它的纸张消耗量特别大，它虽然不直接造纸，但它所储备的卷筒纸，绝对超过一般的中小型造纸厂。光看那大如足球场的仓库，一筒筒卷筒纸井然有序地叠在一起，将仓库码得严严实实，几近密不透风，暗无天日。这些卷筒纸绝大部分都是进口的，有韩国的，有芬兰的，有德国的，有印度尼西亚的，还有美国的，当然也有中国的。不同克重、不同规格和不同纸质的卷筒纸一应俱全，这里简直就是一个纸张的王国。

徐森不仅对它的专业硬件叹为观止，也对它的配套服务啧啧称奇。它不仅是一个花园式工厂，也是一个综合配套措施相当齐全的小区。工厂有很多绿化地带，绿草茵茵，芳草萋萋，绿树婆娑，放眼望去，尽是一派蓊郁的南方热带植物，完全是一个赏心悦目的花园式工厂。这里除了有大片的厂房，还有生活区、休闲区和别墅区，当然还有食堂、医院、银行、会议厅、图书馆、娱乐中心、超市和宿舍，俨然就是一个不折不扣的小城镇，而且有过之而无不及。

徐森还看到了一道特别亮丽的风景，这让他想起了自己在虎彩公司的境遇，想起了那个小姑娘对自己的一番奚落。在这里，他看到了五颜六色的工衣，红橙黄绿青蓝紫，真是五彩缤纷，绚烂无比，一个个像只翩翩起舞的蝴蝶，将这个庞大的工厂装扮得格外亮丽。一种颜色代表一种身份和一种岗位，白色的是办公室职员，蓝色的是技工，黄色的是QC，黑色的是清洁工，红色的是仓库管理员，还有许多种颜色，徐森一直对不上号。在这个超级工厂里，一个萝卜一个坑，工人多得如一窝蚂蚁，工种多得如独立王国。不过还好，徐森穿的是白色衣服，虽然身处金字塔的底层，是别人的垫脚石，但在陌生人面前，也算为自己赢得了一丝颜面。

一周之后，徐森便开始了忙碌的工作。他的办公室是一个比较大的实验室，里面有各种各样的精密检测仪器。实验室一共有五个人，一个主任，负责全盘工作，一个人负责油墨的检测，一个人负责烫金材料的检测，徐森和另外一个人负责纸张的检测，徐森侧重于普通纸张的检测，也就是克重在200克以下的，另外一个人侧重纸板的检测，也就是克重在200克以上的。

徐森的工作是简单的，也是十分枯燥的。他每天将仓库文员所送过来的纸样，借助白度测定机、平滑度测定仪、厚度测定仪、表面吸收重量测定仪、耐折度测定仪和光泽度测定仪等诸多设备，将这种纸张的白度、光泽度、厚度、平滑度、克重、吸水性能和耐折度等各方面的技术指标统计出来，再针对同类产品做一个综合比较，以此来判定这种纸质的优劣，作为应用于何种纸制品及后工序处理的参考依据。徐森觉得很好奇，也很好玩，他觉得自己是一个博士后，已申请到了一个科研项目，如今正在一个专用的实验室里夜以继日地攻克难关，他觉得自己是一个伟大的科学家，像居里大人那样，正焚膏继晷地研发世界难题。

也许，徐森从来就不是一个安分的人，究其实，他是一个性情浪漫的人。

一天，徐森站在西江大堤上，看到那滔滔的西江水，他陷入了一种迷茫。说实在话，刚开始时，他还是有点喜欢IQC这个岗位的，但两个多月过去了，那股新鲜劲早就过去了，取而代之的是每天无休无止单调又乏味的实验操作，并伴随着一串串枯燥无味的数据，他开始变得有点厌烦了，情绪有点急躁了，他开始有点讨厌这种生活了。公司地处古劳镇，这真是一个十分偏僻的地方，虽然有西江，有田园风光，有南方热带植物，有无限的诗情画意，但因远离都市，他觉得自己与世隔绝，这段日子以来自己只去过一次鹤山市的中心地带——沙坪镇，便再也没有走出古劳镇，日子过得相当苦闷，他开始有点怀念都市生活了。其实，这些都是次要的，他觉得在这里看不到尽头，自己只不过是一个小小的白领，在等级森严的金字塔里，想靠晋升而加薪，那真是望穿秋水，想靠混工龄而加薪，自己又没那个耐心。“宁为鸡头，勿为牛后”，他觉得与其在这个超级王国里做一个被人踩的垫脚石，还不如在一个小公司里做一个受人尊重人皆仰之的小头领。他觉得自己一个月1200元的工资实在是太低了，“树挪死，人挪活”，自己也该走了，他要通过跳槽再一次改变自己的命运，使自己的工资像火箭一般蹭蹭蹭地蹿上去，反正现在手头有点钱了，走出这里已有后顾之忧，他自信他能找到一份更好的工作。

“君子一言，驷马难追”，徐森从来就是一个言出必行的人。第二天，他便递交了辞职书。三天之后，他便走出了古劳镇，走出了这个他曾工作过并引以为豪的超级工厂。

第三十一章 二进月亮

“智者千虑，必有一失。愚者千虑，必有一得”，一个人作出某个决定无所谓对与错，事物都具有两面性，一切要靠事实来说话。

徐森走出超级工厂后，直接回了广州。他没有麻烦任何人，住进了杨箕村的十元店。

一天，徐森在《羊城晚报》的求职信息一栏看到一条令他为之一亮的招聘信息。原来是月亮贺卡（番禺）有限公司所发布的信息，月亮公司正在招聘计价主任一职。

徐森知道自己四年前曾在月亮公司做过，他想起了那个不光彩的过去，因为他是被解雇的，他想起了那个可恶的品质主任和他所说过的话。徐森也知道，公司有明文规定，对于那些被解雇的员工是不可以再次录用的。徐森似乎陷入了矛盾，但后来想通了。他想，铁打的营盘流水的兵，公司除了老板，也许下面的人全都换成了新人，谁也不认识我，而且人事档案和电脑资料也无据可查。退一万步来说，就算没有换，我现在应聘的是计价主任，属于管理层，又不是那个小小的印刷QC，打交道的肯定是另外一拨人，公司那么大，这一拨人肯定不认识自己啦，就算事后知道了，谁会那么无聊跑去人事部告我的黑状。不管怎么说，现在机会来了，而自己又有实力问鼎计价主任，我不能就这样轻易放弃，虽然自己之前没有正儿八经地做过计价主任，但活人还能被尿憋死，可以吹嘘自己的实力，吹捧自己的过去，美化自己的形象，先混进去再说，一切听天由命吧。

徐森抄下了月亮公司的传真号码，并找到一家提供代客传真服务的店，花上两块钱将自己的简历传真了过去。第二天，他便接到了来自人事部经理的电话，通知他次日去公司面试。

正如徐森所猜想的，月亮公司的人换得都差不多了。面试的时候，徐森没有看到一个熟悉的面孔，也没有看到一个似曾相识的人，至少保安员和人事部那帮人绝对是新面孔。

人事部经理是一个三十多岁的中年男人，他看了一眼徐森，也许觉得这个人有料，是个人才，也懒得初试，而是直接将他带到一个很大的会议室，在离开会议室的时候对他说："徐先生，您在这里稍等一下，等下老板会亲自过来面试。"

徐森吓了一跳，想不到这个岗位竟是老板亲自面试，他还以为是某个部门经理来面试自己呢！由此看来，这个岗位很不一般，非同小可，不可等闲视之啊。徐森想到即将见到那个自己四年前盼星星盼月亮的诗人老板，他的心情激动不已，但更多的还是忐忑不安。

徐森坐了十多分钟，一个老年男人走了进来。徐森之前从未见过他，还以为他是老板的父亲，来会议室拿点东西，出于礼貌刚想叫他一声"爷爷好"时，他却先说开了："你是来应聘计价主任的吧？我是这个公司的老板。"

徐森大为惊讶，原来自己想象中的诗人老板竟是一个头发花白的老头，虽然年逾七十，却红光满面精神矍铄，容颜保养得如此之好，直令徐森啧啧称赞。

徐森诚惶诚恐地从座位上站起来，毕恭毕敬地说："是的。"

"你坐，不必站起来说话。这样，我是一个务实的人，我很忙，我先给你一个样品，你帮我报一下价，半个小时之后我会过来，到时再谈好不好？"

"可我不知道贵公司的价格体系啊？"徐森小心翼翼地问。

"没关系，就按照你原来那个公司的模式进行报价。"老板说完，从旁边的一个展示柜里拿出一个样品，又从会议桌上拿出一支笔、一个计算器和几张白纸，一并将它们交给徐森便出去了。

徐森看着这个里面装有若干款贺卡从结构上而言相当复杂的天地盒，丝毫马虎不得，虽然他之前从未接触过这种类型的产品，但原理还是相通的，现在箭在弦上，不得不发，只好赶鸭子上架，硬着头皮上。徐森坐下来，拿起笔，借助计算器，开动脑筋便在白纸上演算起来。

半个小时后，老板准时走进来。他接过徐森的那几张白纸从头至尾认真看了一遍，面带喜色地说："年轻人，你要求待遇多少？"

徐森面对这种开门见山式的询问还真有点不知所措，但心里其实很清楚，老板对自己的答卷是相当满意的，故才有雅兴和他谈这个敏感话题。徐森想了想，自己既然是应聘主任一职，好歹也算是管理岗位，一个月总不能低于3000元吧，便一本正经地说："我期望一个月3000块，而且要包食宿。"

"但我公司的主任级别一般都是2500元哦，你能否接受？"

徐森不知老板说的是真是假，或许这只是他的一个缓兵之计，搬出一个正当的理由作为谈判的筹码，他不知虚实，但事后一想，2500元就2500元吧，自己不能要求太高，这已经比上一个公司的待遇高出一倍多了，自己该知足了，所谓知足常乐嘛，便认真地答复："可以接受，请问我什么时候过来上班？"

"因为计价主任是直接对我负责，而我这一周要去美国，估计星期天回来，那你下个星期一过来上班吧！"

"好。"徐森刚说完，老板便伸出一个宽大的右手来，徐森礼貌性地握了一下便离开了会议室。

徐森走出月亮公司的时候，人事部经理竟破天荒送了徐森一程，不知是出于真心地赞美还是有点讨好徐森的意味，他对徐森说："你可真是一个人才，老板对你很是欣赏。这段时间以来，老板一连面试了好几个求职者，他们无一例外统统落马，只有你一个人被老板相中了，徐先生，你可真不简单哪！"

徐森听了这带有阿谀奉承性质的话，只是笑笑，却并不作答，其实心里早就暖烘烘了，觉得自己真是一个了不起的人才，都被人家捧到天上去了。他不由得想起自己在读高中时老师常说的那句话：学好数理化，走遍天下都不怕。莫非，估价就是数理化，学好它就可以一技防身，走遍广东都不怕。

古人云：此一时，彼一时也。当徐森第二次走进月亮公司的时候，与四年前相比较，他享受到了一种全方位迥然不同的待遇，找到了一种鸡犬升天的感觉。

在住宿方面，徐森住进了别墅区，和其他两个主任合住一个三室一厅的豪华套房，家具齐全，有电视，也有热水器。说是别墅，其实是一栋公司兴建的有五层楼高的小洋楼，公司建了好几栋，并在出入口处配有专职保安，公司的人便将这一带叫作别墅区，这可是徐森之前从未踏足过可望而不可及的地方。在伙食方面，徐森吃的是小灶，和一群管理人员在一个小食堂里吃着与员工截然不同的饭菜。在这里，不用排队，也不用和别人狼狈地抢鸡腿，只需静静地坐下来，张开嘴巴由着性子吃。在办公方面，徐森拥有一台全办公室配置最高档的电脑，是一台19英寸的联想大屏幕台式电脑。在工作方面，徐森的工作直接对老板负责，可以不搭理任何人，大有“一人之下，万人之上”的煊赫权势。在尊严方面，也许是出于徐森需和老板经常单独在一起谈公事的缘故，别人对他总是笑容可掬，说话客客气气的，一副敬而远之的态度，就好比老板是一个皇帝，他便是侍奉皇帝的太监，虽然不是什么宰相，但在公司里，一样是一个举足轻重响当当的说得上话的人物。

一次，徐森在车间里无意中碰到了那个四年前曾是他的上级且解雇他的品质主任，想不到四年过去了，他还在这家公司，虽然职位没有升上去，但根基却更加牢固了。他也许知道了徐森现在的身份和地位，竟对徐森主动打招呼，笑眯眯地说：“欢迎你来月亮公司，很高兴见到你。”徐森留意到，他没有说“再”那个字眼，看来他真是一个圆滑世故的家伙，还知道“三十年河东，三十年河西”的道理，想不到如今的徐森竟和他平起平坐了吧。

徐森在行政管辖上隶属于生产计划组，简称生计组，但他作为计价主任，事务上却是独立的，下面还有一个去年入职的计价助理，一个公司所有的海外订单就靠两个人借助电脑计算产品成本。计价助理是一个年轻的女孩子，叫作邬阳光，一个相当阳光的中性名字。她是湖北人，长得还算漂亮，说话时一副大大咧咧的样子，写出的中文汉字却像散了架一样，完全没有一丝淑女的娟秀韵味，真是人如其名，字如其人，像足了一个阳光灿烂的大男孩。

邬阳光坐在徐森的左边，而两台电脑的摆向刚好相对，这样一来，在上班时间，两人几乎都是四目相对。工作时间长了，相处久了，徐森那颗不安分的心又躁动了起来，竟利用职务之便试探性地打起了下级的主意。

徐森笑眯眯地问：“你的名字叫作阳光，这么说你妈妈在生你的时候是白天啰？”

“是的，我妈妈喜欢太阳，便想当然地取名阳光。”

“哦！那在我来之前，这些产品是谁负责报价啊？”

“我和老板啊，最终给客户的价格还是由老板来定。”

“老板年事已高，还这么勤勉、这么辛苦，难道他不愿意退休？他没有儿子吗？”

“这个问题你不要问我，我也不知道。”

“那我来之前，有没有招过计价主任？”

“招过两三个，可他们都没干多久。”

徐森的心头略为一震，他不愿意再问之前那两三个计价主任是怎么走的，辞职还是解雇？因为这个话题太沉重，便转移了话题，嬉皮笑脸地问：“你有男朋友了吗？”

邬阳光沉默了一下，淡淡地说道：“你问这个干吗！算是有吧，妈妈帮我介绍了一个老家的小伙子，但还没见过面，我准备利用这个春节去相亲。”

徐森听到这个回答，心都凉了一截，他很想对邬阳光说：“还相什么亲啰？我现在就是一个年富力强且年轻有为的小伙子，我们谈朋友怎么样？”但他最终还是没有说出来，他不愿意开这种无聊的玩笑，他也放不下上级的尊严和面子，他知道在上下级之间若存在某种暧昧关系，一旦传出绯闻，那是一件很危险的事情，轻则影响工作，重则双双出局，面对这种情况，他只能不无遗憾地摇了摇头，打消了这个肮脏的念头。

自从徐森入职后，老板便将所有的估价事务全部交给徐森和邬阳光打理，他则频繁地奔波于香港和广州之间，偶尔也飘洋过海，去一下美国抑或欧洲，他老人家也真够忙的，正如同事所说，老板简直就是一个工作狂，力求事必躬亲，做起事来可以通宵达旦不睡觉，好像一个机器人。徐森虽然没有权利定夺订单的最终价格，但因为月亮公司做的都是一些具有季节性的大额订单，而且又是一些固定的老客户和大客户，像Hallmark（贺曼）公司便是它的大客户，为此，老板总会抽空回一趟公司，将徐森和邬阳光两人召集过去，带给他们一些新的样品和需要报价的批量文件，然后再自己一人高效率地集中性地处理徐森所提供的那些堆积如山的报价单。

计价主任这碗饭不好端，在老板的高压强势和电话遥控下，刚好下半年又是公司的生产旺季，徐森和邬阳光两人忙得像一只被鞭打过的陀螺，从星期一至星期六，几乎每天晚上都要无偿加班，有时为了迎合客户，老板一个电话打过来，两人甚至要熬通宵。第二天上午回宿舍睡一个囫囵觉，下午继续来办公室上班。只有到了星期天，徐森才可能有机会休息一天，鉴于他的工作是直接对老板负责，故需事先提出申请，报请老板批准。当老板在电话里批准之后，徐森才可以跑到大都市去拜访他的朋友们，吃吃喝喝之余，也会犯一些男人们自认为无可厚非的错误。

一个星期天的上午，徐森正在睡懒觉，便接到了黎正打过来的电话。

“你在哪里？在干吗？”

“昨晚加班，现在在宿舍睡觉。”

“操，太阳都照屁股了，还在睡觉。赶快坐车过来，我带你去一个新鲜的地方打洞。”

“不想去，这大冷天下面都硬不起来，还打什么洞，还是睡觉舒服。”

“我靠，你是不是阳痿？还是不是男人？”

“那二三十块钱的老鸡婆有什么好玩的？我不想去。”

“不是的啦，都什么时候啦，还玩那种不上档次的。这次是找年轻漂亮的小妹，有鸳鸯浴、吹箫和打洞，全套服务，收费才150块，很爽的哦！”

徐森有点心动了，全套服务他可是从未试过，他是一个喜欢接触新鲜事物的人，这对他来说还是相当富有吸引力的，便说：“好吧。”

“那我在花园酒店的大堂里等你，要快点过来哦！”

两人碰头后，黎正不无自豪地说：“我现在在花园酒店上班。”

徐森惊讶地问：“不会吧，你改行了，跳槽去酒店行业了？”

“不是的，是公司租了花园酒店的一个房间用来办公。嘿嘿！说明我公司有实力吧，要不要去我公司坐坐？”

“不去了，一个房间有什么好看的，还是先办正事吧！”

“爽快，这才是男人嘛！”

黎正对这一带似乎很熟悉，轻车熟路地将徐森带到了一个位于童心路上的发廊。

发廊里坐着一排小妹，真是乱花渐欲迷人眼，弄得徐森都不好意思，好像进了女儿国一样。

“还傻站着干什么，挑一个进去啊。”黎正说完，首先便挑了一胖一瘦的两个小妹进去了，说是要尝一尝双飞的滋味，这让徐森目瞪口呆不已。

徐森可没有那么多讲究，他认为女人都是一样的，不外乎一个中心两个基本点，只要进了房间关了电灯钻进被窝，其实都是一种感觉，便随机挑了一个面貌清秀且涂有眼影的小妹。

双双脱光衣服后，小妹打趣地对徐森说：“你怕不怕冷？怕冷的话就直接上床吧。”

“嗬！你说我怕冷，你看看我的下面，这像怕冷的样子吗？我倒是担心你怕冷。”

小妹顺手摸了一下徐森的命根子，讨好地说：“这么快就进入状态了，很有活力嘛，我喜欢，那我们先去冲凉（粤语，即洗澡）吧！”

淋浴间弥漫着浓浓的水蒸气，将两人严严实实地裹住了。小妹视徐森为一个婴儿，帮他从上至下粗略地洗了一遍，尤其是洗到胯部的时候，更是将他的把手摩娑来摩婆去，令徐森如坠云里雾里。洗完后，徐森也借机大献殷勤，将沐浴露涂遍小妹的全身，然后动用双手将小妹的每一寸肌肤都触摸了一遍。

从淋浴间出来，两人钻进被窝里，小妹便趴下身子将徐森的命根子含进了她的樱桃小口，并有模有样地吸吮起来。徐森最禁不起吹箫了，只吹了一会儿，他便阻止了她的好意，从枕头下拿出帽子给自己戴上，将她从床上翻过来，立马单刀直入，将那根早已烧得滚烫滚烫的金箍棒迅速探入了那个幽深的洞穴，只鼓捣了两分钟，他便感到一阵山崩地裂，刹那间，温度和热情便迅速冷却。

两人重新碰头后，黎正问徐森："怎么样？我介绍的这地方不错吧？玩得很爽吧？"

"是不错，只是太烧钱。"徐森突然想起了什么，便问黎正："你玩双飞受不受得了啊？"

"哎！我都快累死了，以后再说吧。"黎正有气无力地说。

告别黎正后，徐森径直坐巴士回了番禺。坐在车上，他想了很多，他觉得今天所犯的错误还是值得的，至少开了眼界，至少令自己身心愉悦，容光焕发，精神也格外抖擞。他想起了这段日子每天晚上在公司无休无止的加班，虽然住得好，吃得好，办公环境也好，可脑袋老是绷着一根弦，生活总缺少一丝情趣。他还想起了邬阳光，虽然说男女搭配，工作不累，是的，身体是不累，可心累啊，对于一个年轻气盛血气方刚的大男孩，内心的欲望一旦涌上心头，她邬阳光能扑灭这团熊熊的欲望之火吗？"一张一弛，文武之道"，徐森如此这般想，他似乎为自己所犯下的错误找到了一条冠冕堂皇的文武之道。

第三十二章　杀回深圳

时间如一条静静的河流，流到2004年年末的时候，在某种强大的磁场下突然又折了回去，转而流向了2005年。

“花有重开日，人无再少年”，一元复始，徐森觉察不到自己又老了一岁，却发现山上的树木更绿了，树枝上也增添了无数的嫩叶。徐森身处南国，一直感觉不到四季的存在，他觉得这里实际上只有两个季节，少了鲜花绽放的春季和白雪皑皑的冬季，有的只是烈日炎炎的夏季和阴冷干燥的秋季。

春节还没过完，正月初七徐森便回到了公司。

香港老板似乎很讲究好意头，追求吉利，因“八”谐音“发”，而“发”有发财的意思，故公司开工时一般都选择正月初八。

正月初八的上午，公司请了一个来自民间组织的舞狮队，在厂区里四处敲锣打鼓，甚是热闹，最后，当狮子将挂在门上的两棵白菜顺利摘到手后，采青活动就算结束了，预示着公司在新的一年里将一帆风顺、货如轮转和财源茂盛。下午，徐森领到了一个公司统一派发下来的红包，徐森打开一看，才五十块钱，虽有点失望，却并不记怀。香港有一个不成文的风俗，凡是已结婚的成年人应该给前来道“恭喜发财”的人派发红包，还有就是上级也理应给下级派发红包，当然，金额不作要求，多多益善，纯粹图一个吉利，图一个喜庆。徐森作为计价主任，他只有一个下级，那就是邬阳光。虽然她没有主动向徐森双手作揖说一句“恭喜发财”，但为了笼络人心，调动她的工作积极性，徐森还是主动给了她一个二十块钱的红包。晚上，公司请全体员工吃了一顿开工团圆饭，算是在新的一年里拥有一个好的开端。为此，公司特意将可利用的车间和仓库都腾了出来，摆了上百座，几千人聚在一起同吃共产主义的大锅饭，场面甚是热闹和壮观。

正月初九，徐森便投入了新的工作，又像往常一样忙碌了起来，生活的全部就是上班、加班、吃饭和睡觉，日子就这么简单。

一个月后，老板的一句粗话引爆了徐森长期郁结于胸的所有愤懑，从而使他又一次改变了自己的人生轨迹。

一天，徐森向老板交代完工作，鼓足了劲对老板说："老板，我来公司也有三个多月了，能不能考虑加点薪啊？"

哪知老板操着粤语气急败坏地骂道："丢你个害，仲好意思讲？上次有个客户的订单你报得一塌糊涂，不炒你算我客气啦！"

徐森吓得面如土灰，灰溜溜地走出了老板那个专用的如同教室般的会议室。

徐森受了委屈后，所有不满的情绪和牢骚霎那间如黄河决堤般奔涌而出。他觉得计价主任这碗饭还真不好吃，公司的产品款式实在是太多了，单个的贺卡倒是简单，可那些客户刁钻古怪，要将各种规格不尽雷同的形形色色的贺卡和附属配件组装在一起，大盒装中盒，中盒装小盒，大袋套中袋，中袋套小袋，像玩积木一样，真是五花八门，烦琐得很，想尽办法折磨你，若没有足够的耐心和意志，谁愿意花费巨大的精力和时间在一个简单的Excel表格上计算着它的产品成本。"人非圣贤，孰能无过"，长期坐在办公室，长期从事脑力活动，长期加班，哪有不犯错误的道理，除非他是圣人。他觉得公司外强中干，其实并不正规，虽然住别墅，吃小灶，可这又有什么用呢？没有社会保险，没有劳动合同，没有加班费，没有双休日，过了试用期也不加薪，好像什么都没有。有的只是完成一天的工作便可以拿到一天的报酬，像足一个包身工。还有那个老板，面试的时候让你受宠若惊，可一旦成为他的雇员，便成为他砧板上的一块肉，任他宰割。若在工作上稍有一点差池，稍为犯点错误，老板便大发雷霆，横挑鼻子竖挑眼，不分青红皂白便是一通辱骂，用的是脏话，说的是粗话，表面的斯文完全扫地，完全没有一丝自己的人格和尊严。更要命的是，因长期加班，牺牲了自己很多的业余时间，没有时间欣赏美眉，更没有时间谈恋爱，搞得现在都不知道情为何物。他决定跳出这里，离开这个田园工厂，挣脱这个所谓诗人老板的桎梏，重新寻找一片自己的天空。

愤怒的力量是无穷大的，一个人一旦从内心里冒出一个很强烈的念头，那是九头牛也拉不回来的。第二天，徐森便向人事部递交了一封辞职表格。一个月之后，徐森便义无反顾地走出了月亮公司。

徐森没有回广州，也没有去东莞，而是直接去了深圳。工作这么多年，他知道在印刷行业，深圳的印刷公司是最多的，而且不乏许多知名企业和集团公司，他相信这些公司的运作很正规，它们的企业文化也很温馨。另外，他觉得，五年前自己初出茅庐的时候，他不知天高地厚便懵懵懂懂杀向了深圳，谁知落得一个折戟沉沙败走深圳的悲惨结局。现在五年过去了，他要重新杀回深圳，拾回昔日的耻辱。为此，他一直卯足劲，他一直憋着一口气，他相信他有这个实力，这次他一定要在深圳站稳脚跟。

也许是受过不少的磨难和屈辱，徐森变得越来越理性化了。他知道自己是一个农民的儿子，艰苦朴素的风格不能丢，他也明白在人才市场的附近一定会有十元店的存在，市场经济都是相通的，广州如此，东莞如此，想必深圳也如此。徐森这次去深圳，他不想去麻烦易琼，而是花精力在深圳市人才大市场的周边苦苦地寻找十元店，功夫不负有心人，他终于在八卦岭找到了一家十元店，他作好了打持久战的准备，一次性交纳了五十元，为此，老板给予一定的优惠，可让他免费多住一个晚上。

安顿下来，徐森轻装上阵便踏上了找工作的征途。他俨然成了一个求职专业户，每天按时上下班，上午去深圳市人才大市场报到，下午当轧路工，义务轧马路，晚上则回到简陋的十元店，和一群来自天南海北的陌生人聊天，然后睡觉。只不过，与五年前不同的是，他两周之内便将自己当成一件商品卖给了一个百年老店，并签了为期三年的卖身契，从而很快便搬出了十元店，结束了这场他原以为要打至少一个月的持久战。

一天上午，徐森接到了一个男人打过来的电话。

“您好！是徐先生吗？”

“是的。”

“我是C&C联合印刷（广东）有限公司的招聘专员，您前天在深圳市人才大市场投了一份简历给我公司，应聘估价工程师一职，有印象吗？”

徐森甫一听到“C&C”这个如雷贯耳的名字，不觉喜形于色。这可是印刷行业的一个百年老店，是一个具有悠久历史的实力雄厚的集团公司，是龙头老大哥，想不到自己也有机会参与面试。另外，根据他以往的经验，只要对方自称是招聘专员，那这样的公司一般都是实力不凡的大公司，现在再一次印证了这一点。虽然说这样的公司待遇可能不怎么样，但福利却是相当好。

徐森想到这里，便添油加醋地说：“当然有印象，而且我素来仰慕贵公司，希望能有机会加入你们。”

“是这样的，估价部经理今天刚好从香港过来，不知您今天下午有没有时间？方不方便来我公司面试。”

“有。”徐森想都没想便做了回答。

“那下午两点钟吧，您知道地址吗？”

“好的。我知道。”

徐森吃完中饭，便马不停蹄地赶往深圳市龙岗区平湖镇的鹅公岭村，终于在春湖工业区的第十栋找到了C&C印刷大厦。招聘专员首先接待了徐森，并在会客室象征性地进行了初试，然后要他稍等一会儿，说待会估价部经理会过来复试。

过了十分钟，一位五十多岁的老年妇女走了进来，徐森站起来礼貌地说：“您好！我是徐森，是来应聘估价工程师的。”

她示意徐森坐下，同时自己也坐了下来，大概看了一下徐森的个人简历，便笑着说：“你原来做过估价主任？”

“是的，在广州一家公司。”

“这么说你很善长报价啰！”

“那是当然，没有金刚钻不揽瓷器活嘛。”

“我相信你，关于如何估价我就不考你了，但我招聘的估价员需要一定的英文基础，你的英语怎么样？”

“阅读和书写没问题，只是听力差一点，和鬼佬对不上话。”

“没关系，我来考考你，你将它口头翻译一下，好吗？”她说完便将一份文件递给徐森。

徐森看了一下，见那张纸上全是密密麻麻的英文字母，而且大多数单词涉及印刷专业英语，幸亏徐森具备一定的英文基础，还没有全部还给老师，很快就口述了出来，虽然个别地方看不懂，但连估带猜也能说个大概。

她显然很满意，微笑着问：“你原来是做计价主任的，而现在来应聘一个估价工程师，你会不会觉得委屈？”

徐森早就料到她会这么问，便成竹在胸地回答：“我仰慕贵公司很久了，一直想找个机会加入，希望能在一个新的平台发挥我的能力。职位是虚的，只有提升个人能力才是重要的。”

“那你会说白话（即粤语）吗？”

徐森见表现的机会来了，便换了一种语气，操着不地道的粤语说：“梗系识啦，只系麻麻地，唔系好纯正，不过，一般的沟通应该冇问题的。”（普通话：当然知道啦，只是水平一般，不是很地道，不过，应付一般的沟通还是不成问题的。）

她似乎更满意了，便直接进入了主题：“你期望待遇多少？”

徐森想了想，为了在这个敏感问题上取得谈判的主导地位，便撒了一个谎，说道：“我在做计价主任时的待遇是3500元，我来这里主要是学习的，要求也不高，和原来持平就可以了，还是3500元吧。”

她停顿了一下，说道：“你提的要求有点高，我做不了主。这样，你先回去，容我和人力资源部商量一下，好不好？”

“那需要等几天？”徐森怯怯地问，他显然对自己刚才所提的要求有点后悔了，但说出去的话覆水难收，一切只好听天由命。

“在一周之内人事专员会给你答复的。”

徐森回到十元店后，根据以往的面试经验，想到自己在这次面试时的出色表现，觉得胜算应该很大，他决定孤注一掷，不再出去打工作了，没必要无端浪费五块钱的门票，而是将所有的赌注全部押在这个公司上。之后的事实证明，他赢了这场心理博弈。

五天后，徐森便接到了招聘专员打过来的录用电话。

“徐先生，恭喜您！您被我公司录用了，请您带好身份证复印件、毕业证复印件、三张一寸免冠相片于下个星期一上午九点钟前来公司报到。另外，您还需抽空去一趟深圳市平湖镇的深联医院，做一次乙肝两对半的体检，并将体检报告交上来。”

“我想问一下，去其他医院可不可以？另外，如果体检不合格是不是不予录用？”

“不行，我公司与深联医院有着固定的合作关系，而且当您在公司过了试用期后，公司可以帮您报销体检费用的。如果您体检不合格的话，也要视具体情况才能决定是否录用。”

吉人自有天相，徐森虽然瘦了点，但身体却是棒棒的，在体检时一点问题都没有。

徐森报到的时候，人事文员向徐森索要了身份证和毕业证的复印件以及相片，过了一会儿，便交给徐森一个考勤用的IC感应卡和厂牌，最后将一份劳动合同递与徐森。徐森工作这么多年，他还是第一次正儿八经地接触劳动合同，他感到极为庄重和神圣，认真地看了一遍后，便大笔一挥，郑重地签下了自己的名字，在那一刻，他心甘情愿地将自己卖给了这家公司，劳役期限为三年。

一周之后，徐森又领到了一个社会保险卡。当领到那张印有自己肖像的社会保险卡的时候，他天真地想，是不是有了这张社会保险卡，自己今后的衣食住行就不用发愁了。此外，他还领到了一个由中国民生银行所核发的通体绿色的借记卡，这是公司给予他劳动报酬的渠道，也是他用来购买牛奶和面包的重要工具，他将它奉为上宾，小心翼翼地保管着。徐森回想自己办入职手续的经过，感觉像是一场梦。不可否认，他接触了平生的许多第一次，第一次接触劳动合同，第一次接触中国民生银行，第一次接触社会保险卡，而这些都是之前那些公司所不具备的，这不由得让他对公司的正规化运作感到无比惊讶，看来自己当初摆脱诗人老板的束缚，单枪匹马只身一人再次挺进深圳的决策是无比睿智的。

培训了一个月，徐森便开始亦步亦趋循规蹈矩地正式工作了，从而开始了一种崭新的生活。由此，他又实现了人生的一次蜕变，总算是了却了自己的一桩夙愿，转而在深圳安营扎寨了。

第三十三章　声名鹊起

徐森入职一个月后，便开始了一种全新的生活。

C&C 公司是一个办事处遍及世界的全球性公司，也是一个子公司开满全中国的集团公司。于是，估价部竟成了一个独立的大部门，从海外营业部脱离出来，上对营业部负责，下衔接客户服务部，其重要性不言而喻。估价部一共十六人，作为文职，其队伍可谓相当庞大，济济一堂的话，可以坐上两桌。它下辖美洲组、欧洲组、亚太组、本地组和特种工艺组，徐森隶属于美洲组，主要负责公司驻美国的纽约、波特兰和芝加哥这三个海外办事处的产品报价工作。

因受香港人的影响以及港资企业文化的熏陶，估价部的同事除了经理外全部都是大陆人，不用说，他们除了拥有自己固有的中文名字外，还各自起了一个英文名字，像 Mouvie、David、Lisa、Jim、Vicky、Mary、Aileen、Anna、Angel 和 Jackson，等等之类的，当经理 Vivian 提出为了工作的方便以及沟通的需要，要求徐森也给自己取一个英文名字的时候，他想都没想便给自己取了一个十分响亮且霸气的英文名字：Alexander，翻译成中文就是亚历山大。其实，徐森是想将它翻译成压力山大，言外之意就是说，从今往后，我的压力比他妈的山还要大。无论是在工作当中还是在日常生活中，因长期称呼别人英文名的缘故，久而久之，徐森竟忘却了同事的中文名，真有点邯郸学步的意味。

印刷的范畴实在是太博大了，所涉及的产品也是五花八门，不胜枚举。光拿平印领域的纸制品来说，就有报纸、书籍、吊牌、说明书、海报、彩盒、包装盒、烟包、酒盒、礼品盒、商标、不干胶、瓦楞纸箱、贺卡和条码，因公司拥有自己的客户群体和相对擅长的专业技术及机器设备，故各个公司所做的产品不尽一致。虽然说徐森进过不少的印刷公司，也接触过很多产品，但只限于吊牌、彩盒、包装盒、烟包和贺卡，而C&C的主打产品却是书籍和DM(英文“direct mail advertising”的缩写，即直接邮寄广告)，单单书籍又有骑马钉、锁线胶装、磨脊胶装和精装等等，这还只是笼统的粗略的分类，下面的细分如同人的毛细血管一样更是多了去，其工艺之烦琐，令外行人望而却步。徐森从未涉足过该领域，这就意味着，他不得不从头学起，从头来过。徐森常常长吁短叹，印刷真他妈的复杂透顶，它像大海一样深不可测，它像原始森林一样让人捉摸不透。自己跳了不少槽，进了那么多公司，也接触了不少的产品类型，可每一次改变人生轨迹，自己都要当一回婴儿，像一个白痴一样，一切从头学起，真是“活到老，学到老”啊！表面上看起来这是好事，好像开阔了眼界，增长了见识，可总感觉自己这也懂一点，那也懂一点，可到头来好像什么都不懂，如半桶水，全是浅尝辄止，一知半解，谁知道这是好事还是坏事呢？“学业有先后，术业有专攻”，人要想在社会上安身立命，一定得有个一技之长，可不能做这种博而不精的杂家啊！

在给产品报价时，徐森用的是一种叫作麦肯PMS的估价系统，这是一种很先进的估价软件，与传统的Excel工作表格比，它的工作效率更高些。据说，它是公司花了几十万元港币从软件开发公司买来的专业估价软件，十多个人共同使用这种高端软件，由此可见，公司的潜在订单量有多大，一天要核算一百多种产品的成本价格。更要命的是，徐森要像一个外国职员一样，阅读从香港转发过来的纯英文邮件，里面密密麻麻的字母都是那些公司所聘请的鬼佬们坐在美国的繁华大都市里用手打出来的，徐森必须抱着一丝不苟的态度一字一句地读懂它们，若有不明白的地方，需发英文邮件去咨询，或请驻香港的营业员代为咨询，然后借助电脑里面的PMS估价系统，将客户这份准订单的成本价格核算出来，最后还要遵循固定的格式咬文嚼字地用Word格式打印一份英文报价单，从而最终完成一份准订单的估价工作。可想而知，工作量是比较大的，而且从头至尾全是英文，连中国人自己所开发的估价软件也是英文版本的，真他妈的有种崇洋媚外的感觉。刚开始时，限于英语技能、专业技能和软件使用技巧，徐森的工作效率极为低下，对于一个简单的产品也要忙活一个上午，更别说复杂的产品了。后来，徐森的英语阅读水平大幅度上升，英文的书写能力也不赖，既纯正又符合语法，估价软件也被键盘和鼠标驱使得团团转，工作效率大为提高，对于简单的产品，一天八小时竟能处理八份准订单，甚至十多份，慢慢地便融入了估价部，并成为本部门一个重要的能干实事的且综合素质相当高的骨干成员。

三个月后，徐森发生了基因突变，很快从一个婴儿迅速成长为成年人，在工作上游刃有余，得心应手。公司很正规，实行五天八小时工作制。这样一来，在工作之余，徐森体内的荷尔蒙又恢复了正常状态，甚至一度超标，人也变得躁动起来，在拥有双休日的大量业余时间里，便开始挥霍起自己的青春来。

星期六的一天，徐森睡午觉过了头，一觉醒来，已是黄昏时分，早已误过了公司食堂的供应时间，便跑去鹅公岭的一个小餐馆吃饭。吃完饭后，便四处溜达，当路过一个叫作温州城的店铺时，坐在门口的一个男人站起来笑着对徐森说："靓仔，要不要进来坐一下？"

"有什么好坐的，这是你们浙江温州人的商务会馆，我又不是温州人。"徐森想当然地回答，并做出一副要走的样子。

他拉住了徐森的手："我说年轻人，这你就不懂了，这不是什么温州人的商务会馆，而是一个供男人休闲的地方，温州城只是一个名字而已。你先进来看一看，不满意再走也不迟。"

徐森出于好奇，便跟着他走了进去，一看，只见在一张长条凳上坐了十几个小妹。她们都穿着统一的白色制服，脸上画了淡妆，描了眼影，涂了口红，衣服穿得又紧凑又暴露，胸部的那道乳沟分明清晰可见，下面的裙子也较短，一个个露出一双修长又白皙的大腿。

还没等徐森反应过来，男人便说开了："我这里的小妹又多又正点，要不要按摩一下，收费也不贵，一个钟才35块钱，不过，一个钟按50分钟计算。"

徐森不太明白按摩的意思，便问道："是不是像盲人那样做纯粹的按摩？"

"当然不是啦，简单地说，就是你找一个小妹，她按你摸，除了不打洞，什么都可以做。当然，也可以加钟进行额外的服务，比如推油之类的。"

徐森明白了这种他之前从未尝试过的新式服务，当即便来了兴趣，找了一个清纯靓丽的小妹径直上了二楼。

进入一个小房间后，徐森在那张窄小的床上躺下来，小妹便爬上床蹲下身子开始给徐森按摩。

徐森明显感觉到她的按摩很不专业，与其说是按摩，不如说是在挠痒，但他并不在乎，他要的就是一种被纤纤玉手抚摸的感觉。

当她象征性地按完徐森的头、手、胸、背和脚后，开始说话了："你是不是第一次来啊？我觉得你好老实哦！"

"是的，我只是出于好奇才进来的。"

"那你干吗还不脱裤子，难道你不想爽一下吗？"

"怎么爽？你老板都说了不能做那事。"

"难道你不希望我帮你的命根子打飞机吗？"

经小妹这么一提醒，徐森突然想到老板还有这么一句话，那就是"除了不打洞，什么都可以做"。徐森如醍醐灌顶般立马站起来，索性将自己脱了个精光，下面立马一柱擎天，然后狡黠地说："服务态度好一点哦，下次来我还找你。"

小妹似乎特别会来事，听了徐森的话，看着徐森的下面，赞叹道："想不到你虽然瘦小，却那么大。"

男人似乎都喜欢听这样的话，徐森明知她是在恭维自己，但还是好奇地问："是吗？那你觉得长不长？"

"当然长啦，我见过那么多的男人，有些比你高比你胖的男人还没有你的长呢！"

徐森的心里美滋滋的，便继续说道："那你再摸一摸，看看硬不硬？"

她用手掐了一下，大声说道："好硬哦，像钢铁一样，这次真不是恭维你，的确很硬。"

小妹说完，便下床找来一卷纸巾，重新爬上床，蹲下身子，开始娴熟地套弄徐森的命根子。与此同时，徐森也肆无忌惮地撩开她的外衣和胸罩，尽情揉捏她那两个大馒头。

一分钟不到，徐森就感到火山要爆发了，一股滚烫的岩浆刹那间喷了出来。说时迟，那时快，她立马用一片事先备好的纸巾将那滩浓浓的岩浆悉数收入囊中。

走出温州城，徐森感到无比畅快，想不到广东还有这样的色情服务，打着温州的招牌，做着男女之间你情我愿的快乐勾当。

深圳市和东莞市是两个相邻的城市，而平湖镇的鹅公岭村毗邻凤岗镇的雁田村，彼此之间并不远，一条公路横贯两处，一个收费站就是两个城市的交界处，过了收费站便是雁田海关。雁田在行政管辖上虽然只是一个村，但却是一个工业相当发达经济富庶的地方，因此，在鹅公岭工作的人都喜欢去雁田村消费。

一天，徐森出于无聊，便步行去雁田村瞎逛。当他经过某条小巷的时候，在某个店铺的玻璃上看见三个大大的红色汉字“福建城”，这引起他极大的兴趣，令他想起了温州城，莫非它们一脉同宗。出于好奇，他再往前走近了几步，透过玻璃窗，他看见几个穿着粉红色制服的小妹正坐在长条凳上看电视，他一下子便全部明白了。

徐森为了体验这两个地方各自的特色，便毫不犹豫走了进去。在一番实地考察之后，他觉得，其实福建城和温州城一样，它挂着福建的招牌，做着男女之间那种见不得光的肮脏勾当，两者换汤不换药，价格都统一为一个钟 35 块钱，一个钟按 50 分钟计算，小妹的服务内容也基本雷同。唯一不同的是，徐森兴奋过度，这一次他变被动为主动，变羞涩为大胆，变笨拙为老练，他都快将小妹的两个大馒头捏扁了。此外，他还透支自己的身体，在半个小时之内，他射了两次球门，以至于那一天，他觉得下面的那个东西一直隐隐作痛，直到第二天才恢复常态。

之后的日子里，徐森试图去寻找诸如湖南城、江西城和四川城之类的休闲场所，但一直没有找到。他不明白为什么一个泱泱华夏只有温州城和福建城这两个休闲场所，深感失望之余，不由得叹道这两个地方真是臭名远扬啊！

什么事情做多了就没劲了，就好比一个富人，如果餐餐都吃鲍鱼和鱼翅的话，他也会反胃的。徐森虽然是一个喜欢尝试新鲜事物的人，但也是一个比较自律的人，进了几次休闲场所，新鲜劲也早过了，便琢磨着买一台电脑来充实自己的业余生活。

徐森利用一个星期日，特意跑到深圳市内的某个国美电器，咬一咬牙拿出 5000 块钱买了一台七喜 K100 系列俗称小黑侠的笔记本电脑。

有了电脑之后，徐森的业余生活便充实了起来。下班之后，便在宿舍里听自己喜欢的歌曲，或租自己喜欢的碟片，看它一个昏天黑地，或玩游戏，杀它一个片甲不留，或上网聊天，让那个企鹅图标在电脑里不停地闪烁着。

日子过得真快，在悠扬的歌声中，在好莱坞大片中，在和敌人的厮杀中，在温情脉脉的聊天中，弹指一挥间，一年的时光成为昨日流水，时间的指针指向了 2006 年。

一天，徐森收到了一封由公司的行政及对外公共关系部所发来的邮件，说是平湖商会将举办第二届文化艺术节，并有一个命名为“顺利”杯的征文比赛，主旨是歌颂平湖镇的繁荣富强和经济建设成就，只要是在平湖镇工作的人都可以参与。徐森觉得好玩，反正闲着也是闲着，无聊之余便写了一篇粉饰太平的马屁文章《走进平湖》，他在文章的结尾写道：“我自知，我仅是平湖的一名过客。平湖于我而言，仅是我人生历程的一个驿站，我不知我有无福分在这里扎根进而开花结果，但我想这些都并不重要，重要的是，平湖曾烙有我的足迹，无论我将来漂泊何处，我都会怀念在平湖的那段美好时光。”徐森似乎有先见之明，想不到这段话真的一语成谶，三年之后，徐森便真的离开了平湖镇。

一个月后，公司参与人员获奖的消息反馈回来，徐森竟然获得了这次征文比赛的一等奖，而且一等奖只有一个名额，这着实让他受宠若惊。随之而来的还有他的知足度和影响力，他因这篇文章而一炮走红，原先一个默默无闻的普通职员一下子便在公司里声名鹊起，最后引起了集团公司内刊《中商掠影》主编的关注，当主编向徐森提出要他兼职做内刊编辑的时候，徐森义不容辞地答应了。

在2006年接近尾声的时候，公司又举办了两年一届的第五届运动会。应主编之邀，徐森再次拿起如椽大笔，以企业文化为主题写了一篇《长风破浪会有时，直挂云帆济沧海》的新闻报道，并刊载在内刊上。他没有白写，为此他拿到了300块钱的稿费，兴奋得几天睡不着觉。

徐森在C&C公司不但扎下了根基，而且也声名鹊起，在公司里小有名气。此外，他还身兼两份工作，主业是估价员，工资就是他的报酬，副业是内刊编辑，稿费就是对他的奖赏。他将一只脚牢牢地踩在印刷包装的船上，又将另一只脚心安理得地踩在文化传媒的船上，过上了一种脚踏两只船问心无愧的幸福生活。

第三十四章　寄情桑拿

“人无远虑，必有近忧”，徐森在深圳稳定下来之后，便开始为一件事情忙活起来，将它提上了议事日程，那就是自己的终身大事。

本着“三十而立”的原则，响应已作古两千多年的先贤大儒孔子的号召，他计划在一年之内金屋藏娇，来个合二为一，在两年之内拿到由民政局所颁发的红本本，成为法律上所允许的合法鸳鸯，在三年之内诞生爱情的结晶。皇帝不急太监急，自从母亲隔三差五打电话过来催促徐森务必重视这件事情，有一次，目不识丁的母亲也不知从哪里学来的，竟然搬出了先哲孟子的一句话“不孝有三，无后为大”，着实将徐森雷倒了，但却使他加快了前进的步伐。

“饮食男女，人之大欲存焉”，在婚配方面，徐森在公司内发现了一条不成文的规律。

其一，遵循“兔子不吃窝边草”的原则，男同事一般不找本部门的女同事；

其二，职位低的女同事一般喜欢职位高的男同事；

其三，容颜娇好的女同事一般和经理级的男同事、MBA或海归派有关联；

其四，姿色平平的女同事一般和同级别的俊男或外面的帅哥有关联；

其五，遵循“物以类聚，人以群分”的铁定原则，香港男人搭配香港女人；

其六，在配对的恋人之间，男同事的职别或经济收入一般高于女同事。

根据这些规律，徐森写了一篇关于择偶的可行性报告。报告的主旨简要归纳如下：

第一，鉴于公司是一个人才济济藏龙卧虎的地方，对于那些诸如北京印刷学院等名牌大学毕业的女同事，一律排除在外；

第二，鉴于自己的其貌不扬和卑微的身份，对于那些坐办公室的女同事，为了避免无谓的付出，一律封杀；

第三，鉴于自己好歹也是一个杂牌大学生，一个正宗的办公室白领，对于那些在车间工作的女工，一年之内不予考虑。

徐森思前想后，觉得深圳是一个物欲横流、金钱至上的城市，而绝大部分女人都有喜欢帅哥和拜金主义的倾向，不是自己自卑，不是自己懦弱，这完全是一种客观的环境使然。想来想去，徐森觉得只剩下两条路了。第一条路是借助新兴事物网络技术，来一场惊天地泣鬼神的网恋，在虚拟的世界里，像姜太公钓鱼一样，来一个愿者上钩；第二条路是请朋友帮忙，介绍一个般配的红颜知己，在别人不了解自己真实情况的前提下主动出击，争取结为连理。

在觅偶的征途上，徐森是屡战屡败，又屡败屡战。

徐森为自己申请了一个 QQ 号码，开始了激情四射的网恋旅途。对于这个方兴未艾的即时聊天工具，人家都用了好几年了，后知后觉的徐森才在体内雄性激素的鞭策下涉足这块处女地。

没过多久，一个网名叫作白云飘飘的女孩子加徐森为她的好友。徐森觉得这是一个富有诗意且相当文雅的名字，估计她是一个年轻漂亮且富有内涵的纯情少女，便频繁地和她进行网上聊天。一来二往，两人便勾搭上了，似乎神交已久，大有相识恨晚之同感，除了没有视频一睹芳容之外，其他一些七七八八的话说得也都差不多了，徐森便提出两人见面的请求，她欣然允诺。

一个星期天的上午，徐森如约来到了深圳市龙华镇的宝塔下面。突然，一个女人低声地对徐森说："请问你是那个湘南徐公吧？"

徐森听到有人直呼他的网名，觉得惊讶，仔细一看，原来是一个满脸雀斑的少女，出于礼貌便问道："你是？"

"我是白云飘飘啊！"

徐森一听，简直吓了一跳，原来自己那个朝思暮想的女神竟然是她，不由得令他大跌眼镜，深感失望之余，说了一句"你可能认错人了"的话，便慌慌张张地夺路而逃。

徐森发扬"胜不骄，败不馁"的英雄大无畏精神，很快又和一个网名叫作孤独玫瑰的女人好上了。

还是老一套，徐森又跑到深圳市的石岩镇约会去了。这一次，他吸取了上一次失败的经验，提前在电脑里视频过了，她是一个戴着眼镜脸蛋还算漂亮的姑娘。在水田村石龙仔工业区等待她出现的时候，徐森美滋滋地想，这次算是钓到了一条心仪的大鱼，我一定要好好珍惜，不惜一切代价哪怕是一掷千金也要把这朵孤独的玫瑰摘到手。

她姗姗来迟，果然没有令徐森失望。她戴着一副金边眼镜，皮肤白皙，身材娇好，一副知识女性的打扮。

“你好，不好意思，让你久等了。”她微笑着说。

“没关系。”徐森说完，见时值傍晚时分，又补充道：“你吃了晚饭没有？”

“还没有。”

“你喜欢吃什么？我请你。”

“我想去肯德基吃汉堡包。”

徐森本想请她吃正宗湘菜，想不到她竟像一个长不大的小女孩一样喜欢吃那种素有垃圾食品之称的洋快餐，出于讨好的心理，不想扫她的兴致，便绅士般地说：“好啊！那你带路，我对这儿不太熟悉。”

两人打的来到石岩镇中心，随后走进了那个位于万联百货旁边的肯德基。选好食品后，徐森一边看着面前这位秀色可餐的美人，一边品尝着还算美味可口的田园鸡腿汉堡包，他享受着这双重美食，一个是满足眼睛属于视觉性质的，一个是满足口腔属于味觉性质的，心里别提多么的开心。

从肯德基出来，她提出去逛街，徐森当然愿意舍命陪君子。

两人走进了一个专卖女性服饰的歌莉娅专卖店，她很有耐心地在店里挑挑拣拣，比划来比划去，终于为自己选中了一件服装。

她将服装放在服务台上，淡淡地对徐森说：“埋单啊。”一副心安理得的样子。

徐森心里一惊，哪有女孩子第一次见面就主动叫男人帮她买东西的道理，自己已经为车费和晚餐破费一百多块钱了，竟还要我帮她买衣服。也罢，先看看这套服装多少钱，如果是几十块钱的话，再放一次血也未尝不可，算是我送给她的见面礼。徐森走上去仔细一瞧，标价388元，吓得目瞪口呆，便委婉地说：“我的钱没带够，下次吧！”

她一听，那张美丽的脸庞瞬间晴转多云，随后气呼呼地噘着嘴巴走了。徐森呆若木鸡，他没有去追，也懒得去追，想不到她竟是一个拜金女，在那张美丽的驱壳下竟散发着一股浓浓的铜臭味，令他感到一阵窒息。他心想，自己又不是什么金领或大款之类的，而只是一个普通的小白领，她这个要求有点过了，不要怪自己吝啬，要怪就怪她找错对象了。

与此同时，徐森双管齐下，在坚决贯彻第一条战略路线的情况下，也坚定不移地奉行第二条战略路线。

一个星期天，徐森在旧同事宋伯仁的建议下，特地跑到著名打工作家王十月所在的宝安31区去相亲。

宋伯仁帮徐森介绍了一个女孩，说是一个湘妹子，是徐森的老乡，虽然只有高中学历，也不是很漂亮，但却有一个模特身材，身高将近一米七，比较适合徐森。作为一个三等残废男人的徐森，去和一个模特约会，他当然来了兴趣。

徐森看到了这个叫作张秋菊的老乡，诚如宋伯仁所言，她确实拥有一个模特身材，从内心里而言，他是相当喜欢的，他首先想到的不是她的身高，而是她体内的潜在基因。他觉得孩子遗传母亲的基因一般会多一点，所以下一代不管怎么说都将比他高。

出于感谢，徐森请两人在位于海雅百货附近的一个农家小院吃晚饭。饭毕，因张秋菊有事而提前走了，徐森竟对她恋恋不舍。

张秋菊走后，徐森问宋伯仁她的态度如何？还有没有继续交往的可能？宋伯仁耸耸肩，做出一副不好意思的表情，他要徐森作好心理准备，并委婉地告诉徐森，说张秋菊因为身高问题觉得他不是她想要的白马王子。

告别宋伯仁后，徐森懊恼地走在大街上，像一条丧家犬一样，一边走一边骂。妈的，白白浪费我一百多块钱，莫非她是专门骗吃骗喝的？想找刘德华式的靓仔，干脆去影视中心或模特中心找吧。我要是超级帅哥，犯得着这样男追女，在我的屁股后面自是一大群花蝴蝶，我不嫌弃你的文化素质低就算你走狗屎运了。

当心情极为郁闷的徐森走在新安二路上时，接到了杜丁打来的电话。

“徐森，好久不见了，现在哪里？”

“深圳宝安。”

“我现在东莞长安的黄金港湾休闲会所，这样，你现在打的过来，反正宝安离长安又不是很远。你要快一点哦，这里马上就要进行金鱼缸选秀了，你来之后我带你去体验一下莞式桑拿服务，咱们两兄弟今晚好好地享受一下。”

徐森对莞式桑拿早就神迷已久了，也多次听朋友言及莞式桑拿的ISO标准服务，还说什么“如果不去体验一次莞式桑拿，他就枉为男人，这辈子算是白活了”。听归听，但徐森一直下不了这个决心，但今天杜丁竟然主动打电话过来诱惑心情糟蹋透顶的他，徐森考虑到两人的关系很铁，而且之前也曾屡次同赴风月场所，做出不少荒唐透顶的事情，算是一个臭味相投的狐朋狗友吧，心里便暗下决心：今晚豁出去了。

的士在东莞市长安镇的乌沙路口戛然而止，当徐森钻出的士时一眼便看见了叨着一根香烟的杜丁。两人再次见面，免去一切俗套，肩并着肩直奔咫尺之遥的黄金港湾休闲会所。

在一位姓陈的客户经理的引领下，两人来到一个位于二楼比较隐蔽的金鱼缸选秀房，而此时“百花齐放”选秀活动正如火如荼地进行着。

两人找了个位置，坐下来准备选妃。地方很宽敞，装潢装修都不错。徐森是第一次来这种地方，其壮观场面着实将他震撼住了，但见里面有几十个青春少女，或坐或站，或倚或立，个个衣着暴露，骚首弄姿，卖弄性感，媚眼传情，感觉这里更像是一个后宫，而那些正在外面观望和打量其神情显得高高在上的男人则是她们今晚想被宠幸的皇帝。

徐森看得眼花缭乱，也无心思细细甄选，此时的他认为，在关上灯之后，女人都一个样，无非就是两座山峰外带一个洞穴。技师虽然个个都无可挑剔，但其中一位戴眼镜的小姐还是引起了他的注意，因为在所有的技师里面，她是唯一一个戴眼镜的，估计身高1米6左右，皮肤白皙，长发披肩，目光流盼，一个十足的S形美人胚子，她的编号是886。徐森素来对文化人心存敬畏，管她是真近视眼还是假近视眼，今晚非她莫属，向陈经理叩了一个响指，又向正聚精会神遴选美女中的杜丁打了一个招呼，便独自前往桑拿房释放肉欲去了。

进入桑拿房，其房间的陈设直令徐森看得目瞪口呆，用“穷奢极侈”和“金碧辉煌”这两个成语来形容一点也不为过，有很多硬件他虽然没有见过，但也能猜出什么是水床，什么是天王椅。

当徐森正在房间里前前后后仔细地参观每一个角落时，那个编号为886的技师飘然而至，她用一种嗲声嗲气的语气说道：“老板，您好！我叫小思，编号886，属于A牌。不好意思，让您久等了，我们开始吧！”

徐森缓过神来，嘻皮笑脸地说道：“来吧！来吧！今晚我就是你的‘丈夫’，你可要好好地服侍我哦！如果服务态度不好，我不仅要向陈经理投诉你，还有可能不埋单哦！”

“没问题，请你放一万个心，今晚我就是你的‘新娘’，在这维持两个小时的洞房花烛夜，只要你有足够的战斗力，随便你怎么‘强奸’我，我绝不喊疼。”

徐森乍一听到“新娘”和“强奸”这两个词，心里着实震颤了一下，心忖：

“想不到这知识女性还挺风骚的，只怕今晚怕是要精尽人亡了。”

她将一张表格递给徐森，徐森迅速浏览了一下，全是一些朦朦胧胧、云山雾罩且富有诗情画意的词语，他想到自己即将花去500块大洋，隐隐觉得心疼，为了实现价值最大化，物超所值，他在所有服务项目前统统打了一个勾。

宽衣解带之后，两具天然的异性裸体，一对临时的露水夫妻，一对组合的野鸳鸯，便开始履行21世纪初所制定的关于洞房花烛夜的新版程序。接下来，徐森一一领教了令他刻骨铭心欲仙欲死的各种招式：云游四海、扬州擦背、随波逐流、欲望长舌、毒龙钻、深喉、口爆、星球大战、十指弹琴、直捣黄龙、漫游世界、排山倒海、海底捞月、冰火两重天、霸王别姬、媚娘乳交、唇唇欲动、激情爆发、逼上梁山、亲密无间、鲤鱼翻身、蛤蟆功、动感地带、直捣冰窟、极度诱惑、蜻蜓点水、香妃之吻、猫女之恋、卧虎藏龙、龙王聚会、四龙共舞、一枝独秀、引蛇出洞、一马平川、独抱琵琶、水乳交融、马后炮、红旗飘扬、前赴后继、盘丝洞、和尚撞钟、梦里还乡等，他自己也分不清什么动作对应什么招式？什么招式在前？什么抬式在后？反正脑袋一片晕晕乎乎，神经高度紧张，完全听凭她的吩咐和调遣，胯间那东西也是时而膨胀，时而萎缩，时而一泄千里，时而一潭死水。他依稀记得自己好似开了三次闸门，其中有两次是在她那张樱桃小口的轻柔吮吸下才积蓄能量重整雄风的。

徐森以皇帝的尊贵身分享受完这一切服务后，已是凌晨时分了。他在大堂里静坐了差不多半个小时，才看见杜丁略显疲惫地出来。两人随后外出宵夜，一边补充营养，增加体力，一边分享刚才的神仙经历。“士别三日，当刮目相看”，想不到杜丁比徐森更为风流，有过之而无不及，他竟然叫了两个B牌小妹，玩起了“双飞”游戏，足足花了他600块钱。

吃完宵夜，两人便各自返程。坐在返回深圳的的士上，徐森一直在咂摸和回味刚才那场剧烈的销魂蚀骨的体力运动。在走下的士的那一瞬间，他情不自禁地喟叹道：“今天绝对是不虚此行，真是‘牡丹花下死，做鬼也风流’啊！”

徐森一方面不惜重金解决自己的生理需求，另一方面也没有放慢解决个人心理需求的步伐。

又是一个星期六，徐森在高中同学雷武的建议下，特地跑到东莞市塘厦镇的石鼓村去相亲。雷武将相亲对象带到了他自己的出租房，大家一起吃了一顿晚饭。雷武说，这个女孩叫郭金花，也是湖南人，在塘厦镇的一个电子厂做文员，是他老婆的同事。她的相貌虽一般，文凭也不高，但心地善良，人品好，属于那种贤妻良母型的传统女人。

吃完饭后，雷武将徐森拉到一边，悄悄地问："我刚才问过郭金花了，她对你的印象挺不错，愿意进一步发展，你的意思呢？"

徐森老老实实地回答："好是好，只是觉得她太腼腆，似乎不适合我。况且她在东莞，而我在深圳，两人相距有点远。我现在也不急，还是再找一找吧。当然，如果她条件很优秀的话，我是可以考虑的。"

雷武说："要求不要那么高嘛！女人嘛，主要是用来相夫教子的，像我老婆，文化就不高，才初中毕业，但很贤惠哦，所有的家务活她全部包干了，而我却成了少爷，这多好！"

徐森附和道："也是，但萝卜白菜各有所爱，我现在还没有逼到那一步。"

送走郭金花后，雷武笑着对徐森说："怎么样？今晚去哪儿潇洒？"

"你这鸟不拉屎的地方有什么好玩的？"

"你今天来得真是凑巧，今晚在石鼓影剧院有一场精彩的演出，是一个民间艺术团搞的，听说还有脱衣舞的表演。"

徐森想起五年前自己在虎门镇所看过的一台演出，便想当然地说："那只是一个噱头，纯粹招摇撞骗罢了，还不是穿着一个比基尼在舞台上走几下猫步，又不是真的露三点。"

"信不信由你，先去看了再说，反正票价又不贵，才五块钱，我请客。"

想不到影剧院里竟热闹非凡，几乎座无虚席，一副人山人海的场面，由此看来，这个民间艺术团前期的宣传工作做得相当到位。

一个身段婀娜的女人在观众的热切期待中最终款款走上舞台，这是演出的最后一个节目，也是全场的压轴戏，接下来她将表演脱衣舞了。她一边走着动人的模特步，一边将身上的帽子、外衣、高跟鞋、黑色丝袜和短裙一件件地脱下来并潇洒地扔到地上，很快便只剩下一个胸罩和一条小内裤了。看着她那勾魂摄魄的身材和令人想入非非的神秘地带，只要是正常男人，此时的脑袋怕都只有一个肮脏的想法，那就是漫无边际的意淫。

开始时，台下黑压压的观众个个屏息起来，鸦雀无声，静得连一根针掉在地上都可以听见，大家都等着她能主动揭去那两块遮羞布，但等了一会儿，大家经不起她故意在台上卖弄关子，台下的许多观众几乎是用一种愤怒的声音吼道："快脱啊！快脱啊！……"。嚷嚷声一浪高过一浪，以至于影剧院里闹哄哄的，还时不时伴着一阵尖锐的口哨声，好像是一群黑帮要寻衅闹事一样。

也许她要的就是这样一种欲擒故纵的效果，待时机成熟后，她转过身，双手反过来当着大家的面解开了那个胸罩的钮扣，再转过身来，亮出了那两个洁白的大馒头，只展示了两秒钟，她又转过身，并蹲下身子慢慢地将最后一块遮羞布从两条修长的大腿上剥离出来。徐森屏息凝神，心都快提到嗓子眼上来了，好像停止了呼吸。当她再一次转过身来时，全场顿时一片肃静。看见了，徐森终于看见了她下面那丛浓密的黑漆漆的野草，相信台下的观众和徐森一样，在痛苦的翘首以盼中，在漫长的煎熬中，相信大家都看见了，虽然只有短暂的一秒钟，虽然只有一刹那，但这就足够了。

她只将她那个完整的胴体向观众展示了五秒钟，便又转回身去，背对着观众穿上内裤，并戴好胸罩，然后便走向后台，与此同时，工作人员也拉上帷幕，演出到此宣告结束。

走出影剧院后，雷武嬉皮笑脸地对徐森说："没骗你吧？"

"想不到还真的有脱衣舞，虽不像别人传说中的夜总会那么正宗，仍不虚此行啊！"

"你回去之后千万不要和我老婆说哦！"雷武严肃地说。

"不会的，你当我什么人啊！"说完，徐森将手搭在雷武的肩膀上，两人披着夜色，在路灯的指引下向出租房走去。

徐森为了寻觅心中的维纳斯，将那枚丘比特爱情之箭射向心仪的女神，一方面，他像一头发情的公牛纵身跃入了肉欲的海洋，不惜重金享受皇帝般的顶极服务，寄情桑拿，将技师幻化成自己的"新娘"。另一方面，他又到处招蜂引蝶，上演了一出又一出的相亲闹剧。

第三十五章　同居岁月

古人云：“易穷则变，变则通，通则久。”徐森在经受一系列失败之后，他及时调整了自己的战略方针，并为此收获了一份短暂的爱情。

一天，徐森在上网时无意中点击了易缘网，这是一个以成就白领姻缘为宗旨的交友网站，口号是高学历、高收入和高品位的单身白领的爱情花园。他觉得这个网站有意思，很适合自己，便毫不犹豫注册成为网站会员，并将个人资料按照网站的要求完善了一遍，然后就开始守株待兔了。

三天之后，徐森就逮到了一只兔子，他和一个网名叫作海棠春睡的女人勾搭上了。一来二往，徐森对她的基本情况如数家珍，知道了她的芳名叫贾晴，今年二十五岁，江西人，现在平湖镇的某个公司做跟单员，除此之外，两人还交换了QQ号码和手机号码。

自从有了贾晴的手机号码后，每天给贾晴发一些甜言蜜语性质的短信息便成了徐森的主要工作。此外，他为了加快进度，还发挥出他的主观能动性，倚仗自己小有文学才情，模仿文学青年，拿出自己的十八般武器，使出自己的看家本领，绞尽脑汁搜索枯肠为她写了不少煽情的情诗。谁知歪打正着，她也是一个文艺青年，惺惺相惜，两人的关系便迅速升温，只差捅破一层窗户纸。

徐森提出了见面的要求，并请贾晴来平湖做客，她欣欣然同意了。

一个星期六的下午，贾晴穿着一袭白色的连衣裙如一只蝴蝶轻盈地飞到了徐森的身边。她虽然不是很漂亮，但身材好，有气质，也有内涵，徐森看着这个比自己年轻五岁的准女朋友，心里像绽开了一朵花。

两人见面后，徐森便带着贾晴去了雁田村。徐森请她在湘妃阁湘菜馆吃大餐，吃完晚饭，已是华灯初上时分。

徐森对贾晴建议道："前面有一个雁湖公园，风景不错，我们去那里逛一逛好不好？"

贾晴娇羞地答道："好啊！"

两人徜徉在雁湖公园里，徐森开始变得不老实了，他不管三七二十一，便将右手搭在她的肩膀上，她没有反抗。徐森又顺势搂住她的柳腰，她没有挣扎。徐森甚为开心，似乎找到了一种久违的谈恋爱的感觉，觉得两人已经是男女关系了，因为她的行为已经默认了这一切。

徐森便开始盘算下一步，他已经做好了一个周密的计划，今晚无论如何也要突破最后那道防线偷吃禁果。"前车之鉴，后事之师"，他不能再重蹈几年前和卞丽华同床共枕那一晚的覆辙了，他已经输不起了，今天就是最好的机会。

"走累了吧！这样，我在附近的丰田酒店开了一个豪华单人房，我带你去那里休息一下好不好？"徐森心怀鬼胎地说。

"好啊！穿着高跟鞋走路是有点累。"

待贾晴进了房间之后，徐森立刻将门反锁，在转身的一刹那，他便从白天的教授转变成了晚上的野兽，向她未来的女人贾晴展开了疯狂的进攻。

徐森一把将贾晴按倒在床上，不管她是真挣扎还是故意忸忸怩怩，用嘴唇吻她的脸庞，用双手揉捏她的两个馒头，在她手无缚鸡之力的扭动中又强行脱去她的衣服，接着扒光自己的衣服，当徐森正准备挺枪直入的时候，"啪！"的一声，徐森的脸上挨了她重重的一巴掌，她生气地对徐森说："你真是一个流氓。"

"流氓就流氓，但我是真的喜欢你！"徐森早已领教过女人这种口是心非的双重心理，全然不顾这些，撅起屁股，分开她的两条大腿，找准洞口，狠狠地将他的金箍棒捅了进去……

正如谢海之前对徐森所说的，只要将女人的下面征服了，谈恋爱也就水到渠成了。第二天早晨，当一缕柔和的阳光透过窗户照进来的时候，贾晴的右手正好搭在徐森的宝贝上，一绺青丝遮住了她那张因昨晚经受过爱情的滋润而显得迷人的脸庞。此时，一对赤身裸体的男女正相拥而眠呢。

在深圳有一句老生常谈的话：因为寂寞，所以同居。征服了贾晴之后，徐森立马便搬出了公司那个四个人共挤一间房的集体宿舍，开始了他幸福的同居生活。

徐森在鹅公岭村租了一间一房一厅，当然也有厨房和卫生间，还外带一个阳台。为了睡得舒服一点，他特意买了一张两米宽的大木床，还买来双人枕头和大被子，至于其他诸如桌子、凳子、电视和锅碗瓢盆之类的附属品，也统统买来，缺什么买什么，一应俱全，俨然一对小夫妻要过小日子似的。

为了提高床上的性趣，调动双方的激情，徐森本打算买一张唐伯虎所画的《海棠春睡图》的赝品，但找不到，便随便买了一张画，画面上一个长着浓密胸毛的外国男人正和一个肤如凝脂的外国女人接吻呢，虽没有露出两人的私处，但对于催发性幻想已经足够了。

徐森像一个新婚燕尔的新郎倌一样，仗着自己年轻气盛，精力充沛，白天上班，晚上便琢磨男女之事，过上了一种几近纵欲的疯狂生活。

一个星期五的晚上，考虑到第二天两人都不用上班，两人通宵达旦竟做了九次，累得徐森每做一次便喝一罐红牛饮料。那天晚上，徐森特意跑到鹅公岭市场，花五块钱买了一张《玉蒲团之玉女心经》的刻录光碟，他是想借此激发贾晴的潜能，点燃她体内的那团欲望之火，让她熊熊燃烧起来，哪怕是将自己烧死也再所不惜。电影才看了十来分钟，徐森就控制不住了，提前用了一招传统式。看完电影，徐森又用了一招后入式。睡了一会儿，徐森感觉下面又有反应了，抱起贾晴又用了一招一阳指。一番激情之后，徐森觉得疲惫不堪，不打算再做了，他原本也只计划一个晚上做三次，但现在已提前完成了。哪知到了后半夜，贾晴竟像一只发情的母猫，一度让徐森怀疑她之前是不是看过《玉蒲团之官人我要》这部电影，竟频频挑衅徐森，时不时要来一次，若是徐森不乐意，她便抓住徐森的宝贝不放。面对一个变得如此淫荡的女人，徐森也是豁出去了，“牡丹花下死，做鬼也风流”，不如爽个够吧。

从后半夜开始，徐森又动用了九阴真经的最后六招，将上入式、吞棍式、女蹲式、趴入式和坐入式都相继派上了用场，直到最后，徐森累得实在是不行了，再来一次可能真要精尽人亡，他明显感觉到每做一次，持续的时间越来越长，宝贝的头部越来越痛，所喷出的水越来越稀，便用手指取代宝贝，动用了九阴真经的最后一招二指禅，但却收到了同样的效果，贾晴眼睛紧闭，樱口微启，呻吟如雷，一副欲仙欲死的样子，迨至高潮处竟用双手在徐森的后背上抓出一道深深的血痕。

两人从晚上一直做到第二天的中午才起床，算是彻底地在情爱的海洋里游了一回。徐森几乎动用了所有的招式和套路，也将他的看家本领都拿了出来，如果有条件的话，他甚至想将自己变成西门庆，将贾晴变成潘金莲，两人一起坐在葡萄园的秋千上，一边荡着秋千一边激情缠绵。其实，徐森并不懂什么九阴真经，他只是发挥自己的想象力，觉得应该像周杰伦代言“美特斯邦威”服装品牌的那句广告词一样：不走寻常路。为此，他才琢磨着应尽可能使用一些不同的招式。什么猴子上树啦，什么老汉推车啦，什么观音坐莲啦，什么69互补啦，在某些人发明这些文雅词汇之前，徐森早就一一尝试过了，只是他没有去推广而已。

徐森的宝贝一连痛了几天才慢慢恢复常态，他觉得有点腰酸背痛，精神疲乏，他觉得再这样下去，自己肯定要肾亏，要患前列腺炎，说不定还未老先衰，自此，他便有所节制，不再纵欲了。

一天晚上，徐森回到出租房，贾晴不无忧虑地对他说：“上个月我的老朋友没有来，我怀疑自己是不是怀孕了？”

“什么老朋友？”

“你是真不懂还是假不懂，就是女人的月经，你们男人说的大姨妈啊！”

“不会吧，做那事时我一直戴帽子啊！”

“你不记得了，有一次你没有戴帽子，还有几次你是拔出来再射的。”

“可那个时候是你的安全期啊！”

“谁知道呢？总有不小心中招的时候啊！”

“哎！先去检查一下再说。”

徐森从附近的一个药店里买了一盒大卫早早孕检测试条，通过尿检，在CT区上下竟呈现两条红线，结果呈阳性，这表明贾晴在很大程度上怀孕了。

徐森不好意思地对贾晴说：“趁胚胎还未成形之前，不如打胎吧。我们明年再要孩子好不好，现在经济紧张，今年要孩子不合适。”

贾晴有点生气地说：“你真是一个不负责任的男人，这可是你的亲骨肉啊！”

“算我对不起你，以后注意点就是啦。况且，这也不全是我的错，为了增加保险系数，你为什么事后不买一盒妈富隆，再吃一粒避孕药呢？”

贾情沉默了许久，终于挤出一句话：“那我先去辞职，然后你再陪我去医院，你要养我。”

徐森大为惊讶，想不到贾晴竟为这事而提出辞职，但事已至此，也只好答应了。

利用一个双休日，徐森陪贾晴去了一次深联医院。为了避免痛苦，咨询过医生后，贾晴选择了药物流产的方式。

一周后，徐森躺在床上，突然觉得下面一柱擎天，正想翻身抱住贾晴大干一场时，却被她一把推开了，并恶狠狠地骂道：“你还是不是人啊？难道你不知道我上周做了药流吗？”

徐森突然意识到这个问题，觉得自己是有点唐突，便说：“那要等多久？”

“至少一个月。”

徐森觉得好漫长，心生一计，便嬉皮笑脸地说：“老婆，我现在好难受，你帮我吹箫好不好？要不打飞机也行。”

贾晴娇嗔地说：“谁是你老婆？”接着又淡淡地说：“吃香蕉好恶心，帮你打飞机吧。”

在贾晴的一番折腾之后，徐森体内的那团欲望之火总算是熄灭了。

在接下来的三周里，徐森足足做了二十多天的和尚，像一个苦行僧一样，闭关修行，实在把持不住了，便叫贾晴把玩命根子。后来有一次，她竟破天荒地要主动吃香蕉，说是试一试，体验一下吹箫的感觉，但下不为例。贾情不知火候，徐森兴之所至竟将一滩浓浓的液体全都射向了她的口腔。自此之后，贾晴便再也不吃徐森的香蕉了。

“月有阴晴圆缺，人有旦夕祸福”，徐森和贾晴同居一年后，正当徐森计划利用2007年的国庆节带着贾晴回一趟湖南和二老风风光光地见上一面时，他浑然不知等待他的却是一场无言却痛彻心扉的结局。

一天，徐森下班之后，像往常一样回到出租房，却发现贾晴不在家，打她的手机却处于关机状态。他心急火燎，以为贾晴有什么不测，急得在屋内直跺脚。当他无意中打开衣柜，竟发现她的衣服不见了，并在床头柜上找到一张贾晴写给他的纸条，上面写道：

徐森，对不起！我走了，请原谅我的不辞而别，请原谅我的人间蒸发，我已换了手机号码，请不要再找我了，你也找不到我。母亲在老家帮我介绍了一个小老板，他有房有车，比你有钱多了。不要怪我恋财，不要怪我拜金，我只是不想再过这样的日子，文学不能当面包啃，人不能总是活在理想当中，生活需要更多的物质，而在你身上，我似乎看不到未来。最后，再一次说声对不起，感谢这一年来你陪伴着我并给我带来诸多的快乐！贾晴字。

这张纸条不啻于一个晴天霹雳，徐森整个人都蒙了，想不到自己付出那么多精力，投入那么多财力，到头来却是竹篮打水一场空，她竟投入别人的怀抱，成为别人的老婆。走吧，走吧，你走得越远越好，我才不在乎，我也不会去找你。贾者，假也，晴者，情也，说穿了，你不就是一个从头到尾至始至终都虚情假意的女人吗，有什么大不了的，就当这一年我花了几万块钱在嫖娼，而你便是那个一成不变的妓女。徐森如此想，心才渐渐地有所释怀。

这段短暂的幸福的同居岁月就这样痛苦地宣告结束了，徐森不得不重新提起精神面对明天即将升起的一轮太阳。

第三十六章　爱情游戏

徐森渐渐地淡忘了贾情，又恢复了常态。他继续重复一年前的行为，借助虚拟的网络和朋友的介绍，展开了另一场拈花惹草的行动。只不过，他的心灵受到了一定的创伤，他的内心发生了一定的改变，他觉得真爱难求，之所以这样做，一方面是借此打发无聊的业余时间，另一方面也纯粹满足心理和生理上的双重需求。至于爱情，他觉得它是一件奢侈品，可遇而不可求，遇上了算自己走运，遇不上也不强求，大不了做个单身贵族，一人吃饱，全家不饿，多潇洒快活！

徐森想起了旧同事胡琴，便给她打了一个电话，要她帮忙介绍女朋友，她欣然允诺。

一周之后，徐森便接到了胡琴的电话。

"我有个同事的老乡，叫梁小兰，广西人，现在在深圳的一个电子厂打工，但她只是一个初中生，不知道是否适合你？"胡琴在广州那头说。

"没关系，先交往一段时间再说，若不适合做个朋友也行啊，你将她的手机号码告诉我，谢谢你了！"

徐森有了梁小兰的手机号码后，当即便和她取得了联系，之后发扬"一鼓作气，再而衰，三而竭"的精神，半个月之后，徐森和梁小兰的关系便迅速升温。

徐森利用一个星期六的下午，特地跑到深圳市福田区的沙尾村和梁小兰约会。这是徐森第一次见到梁小兰，感觉还不错，人长得很清秀也很朴实，就是文化素质低了一点，不善言谈。但徐森不在乎这些，他的主要目的是征服她，尽快让她成为自己临时的女朋友，用深圳时髦的话来说就是性伴侣。

为了讨好梁小兰，徐森请她去附近的麦当劳吃了晚饭。她似乎没见过什么世面，竟说一个汉堡包怎么那么贵，竟要十多块钱。徐森借此机会大做文章，吹嘘自己经常吃汉堡包，还说自己在公司是一个高级白领，用公司派发的笔记本电脑办公，用英语直接和鬼佬对话。梁小兰听了，很是羡慕，自然也加深了对徐森的好感。

从麦当劳出来，两人边走边聊。因梁小兰没什么品味，徐森感觉和她聊天提不起精神，便直奔主题，很快便冒出了一个肮脏的想法。

徐森诡秘地说："我在一家酒店开了一间房，要不去我那儿看一会儿电视，好不好？"

"好。"梁小兰无所戒备地答道。

进入房间后，徐森对她说："你先看电视，我有点累，先去洗个澡。"

徐森洗完澡，穿着一条红色的内裤就径直出来了。梁小兰看见后，花容失色地说道："你怎么不穿衣服就出来了？"

徐森懒得回答，凑上去直接将她按倒在床上，一边剥她上衣的钮扣，一边轻声地说："我喜欢你。"

她对徐森显然是喜欢的，似乎也提前作好了心理准备，只是象征性地挣扎了一下，便闭上双眼任凭徐森摆布。徐森很快就将她的外衣和胸罩从上面剥离出来了，并随手将它们扔到地上。正当徐森兴致勃勃准备解开她那条牛仔裤上的钮扣时，不知出于什么原因，她竟死死地用双手护着，并生气地说："你要干吗？我们又没结婚！"

徐森当然知道女人的心理，他先脱掉自己的内裤，指着宝贝对她说："你看，它都这样了，我真的受不了啦，我喜欢你，我要你！"

"我不看，我不看。"她只瞥了一眼，便闭上眼睛用一种娇嗔的语气说道。

徐森顾不了那么多，硬是强行脱掉了她那条紧身牛仔裤，并将她那条白色的小内裤一并捋了下来，刹时，一个光滑细腻的人体雕塑便呈现在他的面前。

正当徐森挺枪进入的时候，她一边用双手故作姿态死死地挡住那道最后的防线，一边用一种哽咽的语气问徐森："你以后真会娶我吗？"

在这个关键时刻刹车，那岂是男人干的事情，徐森想都没想，便答道："当然娶。"说完，他拨开她的双手，撅起屁股，找准位置，便将那杆枪插了进去。一番激情过后，当他将枪拔出来时，惊讶地发现自己的宝贝上沾有一丝血迹，而且在洁白的床单上也洇有斑斑血迹。

对于梁小兰，徐森是有愧的，他没想到她至今还是一个纯情少女，竟将她宝贵的贞操献给了自己，将她人生的第一次献给了她所认可的未来的丈夫，但即便如此，徐森并不想娶她做老婆，觉得她不适合自己，在他看来，性爱和婚姻是两码事。出于自责和内疚，徐森只和梁小兰接触了一次，分别之后，便换了一个手机号码，对她玩起了失踪游戏，便再也不和她联系了。

徐森主动抛弃梁小兰，他当然得付出一定的代价。因为梁小兰是胡琴介绍的，他都不好意思和胡琴联系了，也害怕接到她的电话，久而久之两人便疏远了。考虑到朋友介绍的不好推却，出于这种心理，徐森转而投向网络，继续寻找他的下一个猎物。

徐森很快又钓到了一条鱼，但这条鱼太可怕了，徐森只接触了一次，便蒙受了一次巨大的经济损失。

和这个自称彭玲的网友见面后，徐森请她在毛家饭店吃了一顿大餐。席间，她毫不客气，大快朵颐之余，还面不改色地喝了三瓶啤酒。吃完晚饭后，徐森领着她去开房，她似乎心领神会，全然没有一丝害羞和难为情的表情。

进了房间后，彭玲一反常态，主动帮徐森脱衣服，然后又脱光自己的衣服，俏皮地对徐森说："去洗个鸳鸯浴吧。"

徐森觉得她有点另类，虽然自己的主要目的是和她做爱，但一个女人若是变得太主动了，反而令男人惶恐不安，对她会感到十分可怕。徐森虽是这么想，但面对这样一个投怀送抱的女人，岂有不笑纳之理。

两人在淋浴间洗澡的时候，彭玲看着徐森下面滚烫的金箍棒，俏皮地说："是不是涨得难受啊？"

"这还用说吗？"

"那你还不上？"

"怎么上？这里又没床。"

"我趴在马桶上，你从后面进啊！"

徐森惊讶不已，想不到彭玲主动提出这种新鲜的玩法，虽有点恬不知耻，但在这种特殊氛围下，觉得十分有趣，便好奇地问道："你为什么要我采取这种姿势？"

"这种姿势够深度够直接，我喜欢，相信你也会喜欢的。你是不是没有试过？"

"我还真没试过。"

"那今天我就让你试一次。"

徐森二话不说，撅起屁股便将枪戳了进去，双手绕过她的玉背，一手抓一座山峰，上下齐头并进，不到三分钟，伴随着一种头晕目眩的快感便败下阵来。

第二天醒来，徐森发现枕边的彭玲不见了，爬起来去卫生间看了一下，她还是不在，便去裤兜里拿手机，准备打个电话给她，看她在哪儿，却惊讶地发现自己的手机也不见了，除此之外，钱包也不翼而飞了，那里面有好几百块钱呢。

徐森整个人瘫在床上，他知道自己受骗了，这一夜情玩得实在是糟透了，彭玲肯定是趁自己睡觉的时候拿着手机和钱包提前离开了。莫非她是一个性工作者，靠美色专门骗取男人的钱财？徐森觉得这种可能性极大，看她的表现，看她的热情，看她所喜欢的性体位，还有什么呢？徐森似乎又想起了什么。哦，还有她下面的那两扇花瓣，它的颜色似乎不太正常，徐森在和她一起洗澡的时候，发现它的颜色近乎黑色。她是不是被男人玩的次数太多了？她是不是做爱的频率太高了？想到这里，徐森竟觉得毛骨悚然，全身不寒而栗。活该，为了满足所谓的生理需要，竟付出如此大的代价，真是偷鸡不成蚀把米。

再次遭遇桃色劫后，徐森没有去打彭玲的手机，他知道打也是白打，因为她早就换了新的号码，然后又去寻觅她的下一个猎物。所幸的是，对于自己的命根子，徐森认真观察了一周，发现没什么病变，心头悬着的一块石头总算落地。

“一朝被蛇咬，十年怕井绳”，徐森自此不再网恋，也收敛了自己的行为，但寻花问柳的脚步却没有停下来。

一天，徐森接到了一个久违的电话，原来是黎正打过来的。

“您好！”

“嗬！这么客气。我是黎正啊！”

“你怎么换手机号码了？”

“我现在在深圳市宝安九区广场大厦的一个公司做主管销售的副总经理，月薪两万，厉害吧？这是我的新手机号码。”

“那恭喜你了！”

“你现在在哪里？这个礼拜有没有空？有空的话就来我公司坐坐，我请你吃饭。”

“好吧，到时候见。”

星期六一到，徐森果真跑到黎正那里蹭饭去了。

徐森在广场大厦找到黎正后，在他的公司里坐了一会儿，便一起出去吃晚饭。从湖南大碗菜湘菜馆出来，便直接回了老板为黎正所租的一个位于宝河大厦22楼的家庭套房。

徐森坐在沙发上漫不经心地看着电视，黎正叼着一根五叶神香烟，一边吞云吐雾，一边开玩笑地说："要不要找两个小妹上来玩一玩？"

"你说什么？哪有小妹自己跑到别人家里来的，难道她不怕别人强奸她或是干了不给钱，白白被人吃霸王鸡。"

"哎！你不懂，这年头只要给钱，什么事情都有人做。再说了，我像是那种干了不给钱的臭无赖吗？"

"那你就叫吧。"

黎正随即打了一个电话，不到半个小时，徐森便听到了敲门声。黎正抢先把门打开，竟陆续进来六个容貌都还不错的小妹，简直把徐森看傻了。

徐森不解地问黎正："不是说叫两个吗？怎么来了六个？"

"可以让你有选择的余地啊，挑剩下的人回去就是啦。当然你也可以同时挑两个或更多，随你喜欢。"

"哦，原来如此。"

黎正用眼睛扫了一遍，选了一个丰乳肥臀式的小妹，便对徐森说："我们先去冲凉了，你选好之后先叫她们回去，再在外面看一会儿电视，因为淋浴间只有一个。"

徐森随便挑了一个容貌清秀且身段娇好的小妹，不等徐森发话，剩下的四个小妹便识趣地结伴走了。

徐森和她坐下来，一边看电视一边聊天。

"你收费多少？"

"150块。"

"有哪些服务？"

"全套啊，从洗澡、吹箫到做爱。"

"你们怎么那么多姐妹？是不是一起的？"

"是的，大家都是一个妈咪。"

"那你们提成多少？"

"妈咪要收每人五十块钱出台费，剩下的归自己。另外，小费也是自己的。"

"介不介意问一下，你为什么要做这个？"

她显然有点生气了，但还是回答道："你问那么多干吗？当然是为了挣钱啰。其实我是兼职的，白天在工厂里打工，晚上便出来赚外快。”

这时，先是黎正所叫的那个小妹从右边的淋浴间赤身裸体地走出来，穿过过道，然后又走进了左边的卧室，接着便是黎正赤身裸体地从淋浴间出来，下面耷拉着一根长长的棍子，瞬间便闪进了卧室，最后便听到一声“哐啷”的关门声。

徐森看在眼里，这一幕无疑将他的欲火点燃了，还等什么，赶快行动。

两人进了另外一间卧室，迅速脱光衣裤，像一对夫妻那样出双入对，一起洗澡，一起上床，妻子蹲下曼妙的身躯温柔地为丈夫吹箫，玩弄他的小宝贝，丈夫含情脉脉地欣赏妻子那美妙的胴体，并用一种妻子所认可的粗暴、力度和深度卖力地干活，不一会儿，两人便一起步入了幸福的天堂。

次日，徐森告别黎正便直接回平湖了。坐在巴士上，徐森想了很多。他觉得，男人偶尔寻花问柳一下也未尝不可，时不时拈花惹草一下也没什么大不了的，这对身心还是不无裨益的。他回想这一段时间自己的所作所为，不由得责问自己，自己是不是在玩爱情游戏？不可否认，是的。自己又何尝不想拥有一份完整的爱情，可真爱难寻啊！他觉得，不管是一夜情还是嫖娼其实都相当于一种残缺的爱情，虽没有共鸣，没有情感，没有证件，没有家庭，也没有孩子，但却拥有一份完整的性爱，而嫖资便是老公献给老婆最好的礼物。

徐森为自己拥有这个天真而荒谬的想法哭笑不得，但同时也为自己拥有一个哲学家的头脑而自豪，至少自己能从另一个角度另一种层面去辩证地理性地看待这个问题。这时，巴士在平湖镇的鹅公岭村戛然而止，徐森便以一个哲学家的姿态信步迈了出去。

第三十七章　华丽转身

冬去春来，不，准确地说，在南国的广东，是秋去夏来，转眼就到了2008年。这是一个奥运年，当举国上下正翘首以盼北京的第29届奥林匹克运动会在自家门口隆重召开的时候，徐森沾着这股浓浓的喜气也迈入了他的喜庆年，来了一个华丽的转身。

一天晚上，徐森正躺在床上一边欣赏以非洲黑人为主角的毛片一边聊以自慰的时候，接到了黎正打过来的电话。

“在干吗？”

徐森不得不将手从下面挪出来，停止了手淫，并将笔记本电脑调为静音，撒了一个谎，说道：“还能干吗，看书呗！”

“告诉你一件好事情，我开工厂了，厉害吧！”

徐森不相信自己的耳朵，惊讶地说：“不会吧？去年你还是一个贸易公司的副总经理，今年就当老板了？”

“是啊？我是什么人？一直在背地里炒单。这财运要是来了，挡都挡不住，我现在是身价上百万的老板了。不是我想赚钱，是市场要我赚钱，市场需求大，前景无限哪！”

“哦！那你开了一个什么样的工厂？”

“做手机外壳的，专做山寨手机的塑胶外壳，工厂不大，只有一百多个人。你也知道啦，深圳是一个世界电子基地，也是一个山寨手机之都。”

“那恭喜你了！”

“你现在在做什么？还做那个什么鸟估价工程师？”

“是啊，我还能做什么？我是一个没有本事也没有出息的人，不像你那样野心勃勃。”

“那是，男人嘛，就应该考虑赚大钱，有了钱才能活得潇洒，才能买别墅、买宝马，才能娶年轻漂亮的老婆，做一切自己想做的事情。”

“是的，生死有命，富贵在天，看来我这辈子是没那个命啰。不过，人各有志，我也不去奢想。”

“哎——，我说，你有没有兴趣来我这儿做？”

“做什么？”

“我想搞外贸，开拓海外市场，借助环球资源网，将手机卖到中东的迪拜去。我不懂英语，我知道你的英语还不错，你过来暂时做外贸专员，帮我将手机卖到阿拉伯，还有那个贫穷的非洲，好不好？”

“卖什么手机？你刚才不是说公司是做手机外壳的吗？”

“可以做贸易啊！从别人那里低价买进别人的手机成品，再高价卖给鬼佬，狠狠地赚它一笔，但这需要一个贸易平台，听别人说，叫作一个什么B2B的电子商务平台。我已经咨询过了，环球资源网就是专门搞这个的。”

“哦！可我的英语口语不行啊，况且也不懂手机那个行业。”

“没关系啦，又不要你出国，能读能写就行，重要的是你是我的患难兄弟，我相信你的人品，不会坑蒙拐骗，更不会背着我耍小动作，你这个人厚道实在。若实在不行，我再帮你去北京外国语学院请一个小妹过来，让你来领导她，你直接对我负责就行了。至于你懂不懂手机行业，那并不重要，可以慢慢学习嘛！”

徐森有点动心了，在C&C公司做了将近三年的估价员，他早已有点厌倦了，还有那个内刊编辑，没事就写一些违心的马屁文章，也觉得没劲，如今黎正做了老板，主动提出请自己加盟的想法，向他抛出了友谊的橄榄枝，一起打拼天下，这是一件多好的事情啊！但亲兄弟，明算账，还有一个最敏感牵涉到自己切身利益的问题没问，那就是待遇问题。

徐森试探性地问：“对我来说，这是好事呀！如果我帮你打工的话，那你给我开多少工资啊？”

“你想要多少？”

“我也没什么欲望，一个月少说也得5000块吧！”

“这样好不好？公司现在的规模还小，还不成气候，我一个月给你4000块。等以后赚钱了，我再给你提成。你放心吧，我不会亏待兄弟的。”

虽然黎正开出的待遇比现在低，其实不光是工资低，而且其他的福利也一概免了，小公司是不会和员工签劳动合同的，更不会帮员工缴纳社会保险金。但为了一个美好的明天和一个崭新的未来，徐森一咬牙还是答应了，一言九鼎地说："好吧！我决定去。但我的劳动合同还未到期，现在辞职的话，需要一个月的时间才能离职，所以要到下个月我才能去你那儿上班。"

"没问题，我等你。"

"好，君子一言，驷马难追，到时候见。"

这个电话足足打了将近半个小时，刚挂断电话，徐森的手机便因电池的电量不足而自动关机，不用说，下面那个宝贝也早已萎缩了。

"言而无信，不知其可"，答应人家的事就得做到，徐森是一个讲究诚信的人。第二天，徐森不顾上司的劝解和内刊主编的盛情挽留，果真向公司提出了辞职。一个月之后，他便迈出了 C&C 公司的大门，告别了这个驻足将近三年带给他无限欢乐同时也带给他无限伤感的集团公司，抛弃了他安身立命浸淫八年的印刷行业。

"士别三日，当刮目相看"，深圳真是一个制造财富神话的地方，想不到在短短的一年时间内，黎正真的发达了，成为一个名副其实的身价上百万的小老板，从此脱离于草根阶层，而跻身于富翁行列。正如他之前所说的，他不仅娶了一位小他十多岁的漂亮女人做老婆，还积极造人，在短短的一年内便添了一个少爷和一个尚在妈妈的肚子里不知性别的小人儿。此外，他还在宝安中心的幸福海岸买了房，并买了一辆美国进口的英文名叫作 Cadillac（中文译为凯迪拉克）品牌的小车，他便整天开着这辆白色的小车牛皮哄哄地游走在家庭、客户、公司和工厂之间。

人的欲望似乎无穷无尽，说得文雅一点是理想和追求，说得粗俗一点便是贪婪和私欲。黎正跻身百万富翁行列后，个人欲望得到了极大的膨胀，他已然不满足于现状，为了迅速跻身千万富翁乃至亿万富翁的行列，在拥有一个贸易公司的情况下不惜向银行贷款 300 万元另外开了一个工厂，徐森就是在这种背景下成为黎正麾下的其中一员大将。富贵险中求，有雄心有魄力敢做敢为的人一般都能成为商业精英，这似乎是一条颠扑不破的真理，而黎正便是这样的人。

黎正所开的公司叫作深圳市金辉通信设备有限公司，公司设在宝安九区广场大厦的第十　楼，工厂则在松岗街道东风村的东风工业区。他将销售部和外贸部设在广场大厦这栋高档写字楼里，而将制造基地设在松岗街道。徐森作为外贸经理，当然便在写字楼上班，于是开始了一种每天需坐电梯上下班的生活。

拿人钱财，替人消灾，虽是朋友，虽是兄弟，但人情归人情，做事归做事，这是两码事。徐森很明白，兄弟的钱再多，都是人家挣来的，不管他用什么办法，采用什么途径，走的是白道还是黑道。关系再好，感情再好，但世界上没有永远的朋友，只有永远的利益，所以人情只是一张薄薄的纸，若处理不好，一捅就破，实在是脆弱不堪。人家看得起你，同情你，怜悯你，就请你吃餐饭，并施舍一点。若看不起你，走在大街上不期邂逅也会装作不认识。社会是残酷的，在深圳这鬼地方尤其如此，深圳不相信眼泪，一切靠自己。

徐森开始投入工作了，他不得不听命于黎正的片言只语。哦，不对，现在身份改变了，今非昔比，黎正现在是他的老板，他是黎正的雇员，一个没有丝毫保障措施的打工仔，应该叫黎总才对。

徐森在黎总的大力支持下，领导着一个人的团队大刀阔斧地开展起工作来。他按照黎总的指示，按部就班地实施外贸工作的三部曲。

第一步，选定电子商务平台。徐森一共找了三家专业的B2B电子商务网站，它们是阿里巴巴网、中国制造网和环球资源网，徐森结合公司的实际情况和产品特色，最终敲定了环境资源网，并选中了二星方案，一年的广告投入费用为86856元。当然，这也是黎总的意思，他这个人喜欢先入为主，有很强的好恶观念，自己喜欢和认定的事情就一定要办，不大遵从别人的建议，也听不得别人的好言相劝。

第二步，建立中英文公司网站。徐森先是用数码数机拍了许多关于公司、工厂和产品的图片，然后安排下属即外贸专员将产品的中文资料翻译成英文，最后和深圳市永伯乐网络技术有限公司合作，花3800元请他们代为设计并制作网站，并租用他们的服务器。

第三步，印制公司宣传画册。徐森和深圳市红色东方策划设计有限公司合作，花5500元请他们代为设计并印刷3000本宣传画册。

当然，徐森还做了许多事务，他帮自己、黎正和下属印制了纯英文版本的名片，并为黎总取了一个英文名King。徐森告诉黎总，这个英语单词是国王的意思，他是一个要面子好大喜功的人，连连说好，有王者霸气，很大气，很阳刚，我喜欢。此外，徐森和下属又将那些山寨手机的样品一一整理好，分门别类地放在一个单独的展示柜里。“万事俱备，只欠东风”，做好这些工作后，徐森只等黎总亲自去一趟银行，大笔一签，将那86856元的广告费用划到环球资源网的账户上，然后产品正式上线，将各款手机的精美图片上传至网络，稍微培训一下，借用手机、固定电话、电子邮件、国际快递和海外物流等现代工具，只等在亦真亦幻的网络世界里捕获海外大鱼。

一天快下班的时候，黎总对徐森说："下了班不要乱走哦，今晚我请大家去Happy一下。"

"去哪里？"

"附近的加州阳光。"

吃完晚饭，徐森坐着黎总的凯迪拉克便去了位于建安一路的加州阳光KTV。其实，这里离公司并不远，才几步之遥，但黎总已经养成了进出必以车代步的习惯，他才不在乎大腿肌肉功能的退化和油价的上涨呢，他要的就是派头、架势、身份、尊严和面子。

十几个人聚在一个包厢里疯狂地唱歌，点歌的同事拿着麦克风对着电视屏幕一顿狂吼，没有点歌的同事一边聊天一边猛喝啤酒，场面甚为热闹。

突然，从外面进来十几个穿着统一制服的小姐，她们站成一排，蔚为壮观。这时，黎总说道："大家可随便挑一个小姐陪你们喝酒聊天，小费我已经给了，希望大家玩得开心。"

徐森不想假扮清高，也不想假正经，便也挑了一个容貌还算靓丽的小姐。

"我们玩骰子好不好？"她讨好地对徐森说。

"我不会玩。"

"我教你玩。"

"好啊！"

她便耐心地教徐森如何玩骰子，其实玩骰子很简单，徐森一下子便学会了，但因为不熟练，也没什么技巧，故老是输，被她罚了不少的酒。

徐森用右手掐了一下她的小屁股，说道："不玩了，我也喝得差不多了，我们聊天好不好？"

她一点也不介意，笑着说道："好啊！"

徐森搂着她的水蛇腰说道："你们的小费是多少？"

她淡淡地说："200块。"

"这么多，这钱也赚得太容易了点吧！"

"没你想象中的那么容易，要看什么客人。"

"还不容易，只需和客人聊聊天说说话，钱就到手了。"

"那只是表面现象，我有时被一些无聊的客人灌酒，醉得人都快死了。"

徐森转移了话题，好奇地问道："和你过夜需多少钱？"

"一般800块，你要不要？看你这么老实，想要的话，600块好啦！"

“那快餐呢？”

“至少 200 块。”

“好贵哦！我可消费不起。”

……

散场的时候，已是凌晨两点钟了。当小姐正欲离开的时候，徐森也顾不得那么多了，对她再一次实施了性骚扰，双手环抱着她，狠狠地拼命地在她凸起的胸脯上摸了一把，才觉得没留下什么遗憾。

徐森走在一条通往公司宿舍的小巷里，一个女人竟然主动找他搭讪。

“靓仔，进来玩一下嘛！我这里新来了一批小妹，很正点的。”

徐森抬头一看，原来是一个颇有几分姿色打扮妖艳的中年妇女。他估计她十之八九是妈咪，也就是旧时代的鸨母，想起刚才在加州阳光 KTV 里虽然摸了一下小妹妹的乳房，但感觉仍不尽兴，现在突然涌出一股雄性的冲动，便故意调侃道：“下面都硬不起来，有什么好玩的？”

“你放心，我们这里实行全套服务，有鸳鸯浴、吹箫和打洞，而且服务态度一流，包你爽个够。收费也不贵，一条龙服务才 150 元。”说完，她又压低了声音补充道：“而且在干活时还可以看 A 片。”

徐森一听到“A 片”二字，马上就精神抖擞，想不到性服务层出不穷，花样翻新，便好奇地问：“在房间里真的有 A 片看？”

“骗你干吗！我们又不是只做一天的生意，我当然希望来这儿的顾客都能成为回头客。”

徐森觉得好笑，她将嫖客说成了顾客，看来这是一件多么司空见惯又光明正大的事情，就好像买卖商品一样，她提供山峰和洞穴，男人出售手枪和子弹，外加金钱。不知出于什么缘故，徐森竟对风韵犹存的妈咪产生了性趣，他觉得小妹的性经验不足，不如少妇那般老练，便大胆地说：“我现在对小妹不感兴趣，只对你感兴趣。”

她犹豫了一下，便爽快地说道：“好吧，老娘今天亲自出山，来一回老牛啃嫩草，好好地服侍你这个小白脸。”

就像工厂里所贯彻的 ISO 标准一样，她很讲究职业道德，一切都是职业化操作。从脱衣服、沐浴、上床、欣赏国外顶级 A 片、吃香蕉、戴帽子到活塞运动，直至最后的出水，徐森体验到了一种全新的服务，感觉通体酣畅淋漓，用一个字形容就是爽。虽然她的两座埃菲尔铁塔不够坚挺也有点偏斜，她的洞穴有点宽松也有点干燥，但她的服务态度和性技巧却是年轻的小妹远不能比拟的。但有一点令徐森困惑不已，在洞穴里寻幽探秘的时候，他尝试追随A片中那个男主角的运动节奏，可自己不是三分钟便败下阵来，而A片中的男主角却能大战三百个回合，厮杀30分钟，莫非他是奇人还是别人运用电脑技术合成的？

徐森的夜生活虽然过得有滋有味，但工作总是摆在第一位。按照黎总的意思，为了参加下个月在香港举办的一个世界性的电子产品展览会，徐森不得不回了一次湖南，去户口所在地的公安局办了一个《港澳通行证》。可当他拿到证件之后，情况却来了一个180度的大转弯，于是那个证件便成了一堆废纸，这是他始料不及的。

一天，黎总郑重其事地对徐森说："我决定不去香港参加下个月的展览了。"

"为什么？"

"时机还不成熟，纯粹浪费钱。"

徐森保持沉默，对于老板决定的事情，他不想再说什么，因为他知道，就是自己说破天也没用，尽管他之前从未去过香港，他也很想借这个机会花公款去香港走一走，但现在看来，这是不可能的啦。

黎总接下来又严肃地说道："还有那个环球资源网的广告投入我也不打算搞了，以后再说吧。"

徐森大为惊讶，问道："是不是真的？"

"当然是真的。"

"那外贸工作还搞不搞？"

"不搞了，以后再说。"

"为什么不搞了？"

"我刚才不是说了吗？产品不齐全，时机也不成熟。"

"那我做什么？你是不是想变相地赶我走？想要我走可以明说，不必拐弯抹角，我不会怪你的。"

"当然不是啦，我已经为你安排好了，调你去工厂那边做行政人事部经理，怎么样？愿意吧？"

徐森心里当然是愿意的，那好歹也是一个部门经理，是一个稍有权势的大官，但还是不放心地问道："那原来那个经理呢？"

"原来没有设这个职位，只有主管，若真有经理，那就是我，我只是不想太累，故要你帮我分担一些事务。"

"那工资呢？"

"就按你以前所期望的，在现在的基础上加1000块，这总行了吧！"

“那好吧。我一定会尽心尽力帮你做事的，感谢你的知遇之恩。”

“哎！说这话就见外了，不用那么客气，我们之间是什么关系嘛！从前的患难兄弟，是不是？”

“是，没有这层关系，你也不会眷顾我的。”

从未踏足行政人事领域的徐森就这样走马上任了，阴差阳错地获得了行政人事部经理的美差，像田径比赛的三级跳一样，由一个普通的职员一跃而成为经理，实现了他人生的一次华丽转身。

第三十八章　巅峰时刻

徐森走马上任行政人事部经理后，在黎总的信任和鼎力支持下，拿着这柄黎总所赐予他的尚方宝剑，拄着这柄给予他新官上任的权杖，狠狠地放了三把火，着实将公司从上至下烧了一遍。

第一把火，完善行政职能，树立个人权威。因公司规模小，行政部管辖除生产之外的所有事务，它要统筹公司在行政、人事、后勤、总务、食堂、宿舍、保安、清洁和安全等方面的所有事务。徐森作为本部门老大，首先便为本部门招兵买马，实行一个萝卜一个坑的岗位职能，上任伊始便将行政人事部扩充至十三人：一个经理，一个主管、一个前台文员、一个行政文员、一个人事文员、三个保安、一个大厨、一个帮厨、一个电工、一个司机和一个清洁工。之后，徐森组织他们开了一次会，以领导的身份宣布了一些决议。徐森主管行政和人事这两大板块，公司的招聘、面试、录用、培训、晋升、加薪、解雇、辞职和转岗等事务由经理亲自抓，人事文员需协助经理做好这方面的事务。经理授权行政主管分管诸如后勤、总务、食堂、宿舍、保安、清洁和安全等其他方面的事务，但行政主管必须对经理负责，小事情自己做主，大事情必须向经理汇报，大小文件一律交予经理签字。

第二把火，建全规章制度，实施有效机制。徐森调动主观能动性，发挥出他的文学才情，从网络上参考了其他公司的相关文件，再结合公司的实际情况，重新制定了一份详实的规章制度以及与办事流程有关的文件或表格，也算是做到有章可循，有法可依，有据可查。他将公司简介、人事管理制度、宿舍管理制度、培训制度、考勤管理制度、假期管理制度、工资及福利制度、工作守则、奖励与惩罚制度、安全管理制度、紧急情况处理、沟通与投诉制度、薪酬管理制度和员工着装管理制度等方方面面的文件全部予以完善，并做成了一份《深圳市金辉通讯设备有限公司员工手册》，发给公司的所有员工，做到人手一册。此外，他还参照《中华人民共和国劳动合同法》印制了六百份劳动合同，召集各部门文员和人事文员开了一个会议，对于那些没有签署劳动合同的员工，全部补办该项手续。

第三把火，与人才市场、劳务机构和人才网站建立长期稳定的合作关系。公司虽然只有一百多个人，但车间里的技术工人和操作员却占了绝大多数，人员的流动性比较大，而且随着公司业务的发展，也在不断地招兵买马。徐森利用一段时间，跑遍了松岗周边的所有人才市场，他去了松岗的新天地人才市场、位于东莞市长安镇的智通人才市场长安分部和汇安人才市场、公明的天地人才市场、龙华的三和人才市场、沙井的红天地人才市场和辉煌人才市场、宝安的智力人才市场和兴达人才市场，还有他早几年常去的深圳市人才大市场。对于这些人才市场，因为工作的关系，他如数家珍，对它们的公司地址、联系人、联系电话、传真号码、办事流程、开放时间和收费标准都了如指掌。去人才市场坐阵是徐森最喜欢做的一件事情，一来因为出差可以自由支配时间，可以睡懒觉，也不用打卡，招聘会结束后还可以悠哉游哉地溜达溜达。其实这还不是最主要的，他最得意的是可以实现一种生杀予夺目空一切的权力欲望。他悠闲地坐在椅子上，身处人流如鲫人满为患的人才市场，看着求职者一张张困惑和迷茫的眼神，他感到很惬意。当求职者毕恭毕敬甚至是点头哈腰地来求职时，他摆出一副主人的姿态，若是求职者对他不敬或口出狂言或傲慢不羁或是压根儿就看别人不顺眼，马上便搬出一条莫须有的借口将求职者拒之门外，反正，在人力资源市场，永远是供过于求，永远是公司处于主导地位，求职者处于被动地位，他才不在乎呢！不过，他从某些求职者的身上也寻找到了自己当年的影子，出于感同身受，不禁长吁短叹，原来自己当初求职之所以失败原来是这么一回事，还存在着这么一层琢磨不透的微妙关系，今天算是大彻大悟了。另外，徐森还建议黎总，人力资源要与时俱进，要融合高科技元素，发挥网络技术的有效力量，经一番考察，在前程无忧、中国人才热线、智联招聘和卓博之间，最终以 3600 元的聘礼笑纳中国人才热线为上门女婿，蜜月期为一年。

待这三把火熊熊燃烧起来之后，徐森一度认为自己是个天才，虽然自己是学印刷技术专业的，原来一直在印刷公司从事与行政和人事分马牛不相及的事务，自己纯粹只是半路出家。他认为，行政和人事其实也没什么技术含量，只要愿意做，只要善于学习和借鉴，他相信谁都能做，关键还是一个机会的问题。在这种理念的支配下，徐森仍然头脑发热，他想在公司内实行商鞅变法，一方面以此证明自己的能力、实力和魄力，另一方面可向黎总邀功，从而提升自己的地位。他想将原来那种落后的纸卡考勤改为指纹考勤，甚至想一步登天，直接变为人像考勤。他想模仿大公司，导入绩效考核体系，在公司上下实施KPI（英语“Key Performance Indicators”的缩写，中文是关键业绩指标）或BSC（英语“Balanced Score Card”的缩写，中文是平衡记分卡）或360全方位绩效考核体系，他甚至想根据人力资源的六大管理系统，将行政部一分为二，划为人力资源部和行政事务部，自己担任人力资源部经理兼人力资源规划专员，再招一个招聘专员、培训专员、薪酬专员、绩效考核专员和员工关系专员，将本部门扩大为六人。他真的想将这第四把火继续烧下去，但限于公司的实际规模和来自黎总的反对意见，这把火最终还是没有烧起来。理想与现实之间总是有差距的，这把火虽然没有烧起来，徐森并不介意，然而正是因为欠缺这把火，两年之后，当徐森再次疲于奔命地求职时，他就偏偏因为少了这把火的浴火重生而再也迈不进人力资源的门槛，而这是他始料不及的。

当了经理就好比当了官，有了签字的权力，有了拍板的话语权，自然而然在其身边就少不了溜须拍马和请客送礼求人办事的人。徐森本着“有权不用，过期作废”的原则，在他处于人生巅峰的时刻也收受了不少的性贿赂。

一天，销售部的周新对徐森说：“徐经理，今晚我想请你去玩一玩，不知你是否赏脸？”

徐森不解地问：“你请我干吗？你应该请客户才对。”

周新没话找话地说：“哎！我今晚就想请你，我觉得你人不错，想和你交个朋友，顺便向你学习一下行政管理方面的知识。”

“学这个干吗？对你又没用。”

“交个朋友总行吧？”

“当然行。”

吃完晚饭后，两人便结伴外出了。周新领着徐森进了一家没有挂招牌的理发店，然后神秘地说：“其实，这里也不是什么正规的理发店，它是一个专供男人消遣的地方。这里有几个小妹很不错，你先挑一个顺眼的小妹，然后再和她单独上二楼的房间，今晚我请客。”

徐森心领神会地说：“是吗？那我就恭敬不如从命了。”

徐森挑了一个波霸式的小妹，然后搂着她上楼去了。

徐森一进入房间，立马便脱光自己身上所有的衣服，躺在床上色眯眯地说：“美女，你今晚打算如何服侍我？”

“你是知道的，我这里除了不和客人做爱，什么服务都有。”

“是吗？那不是和温州城或福建城差不多。”

“是差不多，也不全是。今晚我帮你乳交怎么样？但有点贵，不知你愿不愿意？”

徐森来了兴趣，忙问：“你刚才说什么？乳交？什么是乳交？需要多少钱？”

“乳交就是用我的两个奶子帮你的命根子打飞机啊！其实也不是很贵，只需 120 块钱。”

“钱你不用担心，有人帮我埋单，赶快上吧，我受不了啦。”

她迅速脱光上衣，爬上床，趴下身子，借助双手的挤压，将她那两个硕大的奶子紧紧地夹住徐森的宝贝，然后便发起功来。约莫五分钟，徐森的下面便山洪暴发了。

徐森和她并肩躺在床上，一边打情骂俏，一边揉捏着她的奶子。约莫过了半个小时，徐森感觉下面又有反应了，便嬉皮笑脸地说：“再帮我来一次好不好？”

“按规定，一般只能来一次，再来一次可是要收费的哦！”

“你服务态度这么好，收什么费嘛，对你来说，还不是举手之劳的事。难道你不希望我再来吗？”

“那好吧！这一次我帮你推油如何？”

“推油？什么是推油？”

“就是先在你的命根子上抹一点精油，我帮你打飞机啊，这样做很舒服的。”

“哦，是这样，那开始吧！”

她从抽屉里找出一瓶精油，拧开盖子，将精油倒在手上，再蹲下身子将精油均匀地涂抹在徐森的宝贝上，便开始发力。一会儿，在一阵头晕目眩中，徐森的下面便暴发了第二场洪水。

走出理发店后，徐森所办的第一件事就是连喝两罐红牛饮料，以补充刚才释放的能量。徐森一边喝一边问周新：“无事献殷勤，非奸即盗，你是不是有事情要请我帮忙？”

“是的，不瞒你说，我有个表妹前不久来了广东，却一直找不到工作，她便托我帮她介绍一份工作，于是我想到了你这个行政人事部经理，你看能不能在公司给她安排一个职位？”

徐森想了一想，回答道：“没问题，但请你给我一点时间，我得找个合适的机会安排她进公司，你看这样好不好？”

“好，我没话说。”

半个月之后，徐森便找了一个莫须有的罪名将尚在试用期之内的人事文员直接炒掉了，然后便借这个机会将周新的表妹招聘进来，让她做了人事文员。

又一天，工模部主管丁军特意找到徐森，试探性地问：“徐经理，今晚有没有空？”

“有啊！你有什么事？”

“我想请你去桑拿。”

“桑拿有什么好玩的，不就是洗澡吗？”

“是，但也有特别的桑拿，你去了就知道了。”

徐森觉得不对劲，他平白无故为什么要请自己去洗浴中心，肯定是有事要找自己帮忙，便直截了当地说：“无功不受禄，你是不是有事情？”

“是这样的，我有个堂妹在装配部做作业员，你能不能帮个忙，将她调到行政部去，并顺便帮她加点薪。”

“哦，是这样啊，没问题。找个机会我和装配部主管沟通一下，看他那边愿不愿意放人，我想问题应该不大。只要你堂妹进了我的部门，加薪还不是我一句话的事情。”

“那我在此先谢谢你了！”

两人进了附近的君再来洗浴中心，正如丁军所说的，这里表面上只提供沐浴服务，其实还有其他的隐性服务。

徐森进了什么所谓的男宾部，可接待他的却是一个漂亮的小妹。她主动帮徐森宽衣解带，连最后那层保护命根子的遮羞布也被她毫不犹豫地扒了下来，然后她又潇洒地揭掉披在自己身上的那件外套，挽着徐森的手臂进了桑拿房。

在闷热的桑拿房里，徐森看着她那特殊的十分撩人的打扮，哪里受得了。她上面穿的是透视装，里面显然没有戴胸罩，山峰和玛瑙清晰可见，下面穿的是网状蕾丝七分袜裤，袜裤之下便是白皙的肌肤，袜裤的网孔大得离谱，以至于下面的一丛野草纷纷探出头来。

桑拿房里云蒸雾罩，十分地闷热，此时的徐森似乎拥有很强的抵抗力和免疫力，他下面的宝贝坚硬而滚烫。他实在受不了啦，也把持不住了，当即扒下她的袜裤，要求她用双手支撑着木凳子，背对着他，在氤氲雾气的笼罩下，在高温的炙烤下，撅起屁股，在朦朦胧胧中摸索着那个模糊的洞穴，一阵狂风暴雨，提前将所有的子弹统统“突突突”地发射了出去。

徐森果不食言，一周后，丁军的那个堂妹便调出了装配部，随即又进了行政部，做起了行政文员的美差，她的工资也从深圳市的最低工资标准900元上升到了文员级别的1500元。至于原先那个行政文员嘛，徐森则找了一个合适的理由将她调到另一个部门去了。

像这样的帮忙，徐森何曾只做了一两件，在人生的巅峰时刻，他运用手中的权力做了不少的好事，但他也有自己一套如何学习雷锋精神的准则。在做好事之前，首先得考察一下，看这个帮助对象是否能胜任将来的岗位，若能胜任，不妨做个好人，给他一个机会，正如黎总给自己一个机会一样。若他是一个烂泥糊不上墙的阿斗，那就算了，万不可惹火烧身。另外，凡事也有个度，要讲究适可而止，不可泛滥，能帮则帮，不能帮就婉言谢绝，能少帮则少帮，能不帮就最好别帮，免得自己帮别人擦屁股，收拾那个剩下的烂摊子。

第三十九章　黯然出局

徐森是一个存有大男子主义的人，他一直不屑于进厨房，不事烹饪，不善煮饭菜，更别说去那个闹哄哄脏兮兮的菜市场和菜贩子讨价还价了，他压根儿就没有想过，今生竟然还会做起菜贩子的差事。

一天，黎总特意找到徐森，郑重其事地对他说："从明天开始，你亲自去菜市场帮公司买菜。"

"什么？去菜市场买菜？你没有开玩笑吧？"

"没有，按我的意思去做就是啦。"

"那你岳父呢？"

"我想了一个办法，将他调走了。"

"为什么？做得好好的，为什么不要他干了，他可是你的泰山哦！"

"我怀疑他玩猫腻，我要他按照我制定的办法去操作，将买回来的菜再过次磅，并去仓库填写入库通知单，他竟然不听，我也不好说他。为了使公司走上正轨，操作更透明，所以把他换了。"

"不会吧？他会赚外快？就算赚外快，那也是应该的，只当你孝敬他老人家啰。"

"哎！这不行。公是公，私是私。"

"那你为什么要选我呢？公司还有那么多人。"

"想来想去，暂时只有你最合适，因为我觉得你最厚道，不会吃里扒外。"

"可我还要负责公司的行政管理工作啊，只怕没时间。"

"耽搁不了多少时间，你只需早点起来，开着电动三轮车，亲自去一趟菜市场，花一两个小时就可以将公司食堂一天所需的菜买回来。"

“好吧。”徐森算是领教了黎总的多疑和无情，他不得不服从老板的决定。

自此，徐森又无偿地兼职做起了厨房采购员的工作，每天凌晨六点钟天微微亮的时候便从床上爬起来，领着保安骑着电动三轮车去松岗街道的菜市场买菜。按照大厨事先所列出的采购清单，在经过一番货比三家和讨价还价后，将动不动就几十斤的荤菜和素菜相继搬上三轮车，再风尘仆仆地赶回公司，过磅，开入库通知单，最后将食物搬入厨房，让大厨和二厨着手做一百多个人的中餐。

一回生，二回熟，买菜的次数多了，徐森便也学会了偷奸耍滑。聪明人总会想办法解决自己所遇到的困难和麻烦的，而愚蠢的人才会任劳任怨不知变通地在原地裹足不前。徐森倚仗自己是经理，便和保安达成了协议。徐森掌握财政大权，负责讨价还价、算账、支付现金、开收据、办理公司的内部手续和报账等脑力活，保安则负责开车和装卸食品等体力活。再后来，徐森也无须起早床了，简直是懒得起蛆。他和一个自称湖南老乡的菜贩子混得很熟，两人便达成合作意向，由菜贩子代理买菜，赚取微薄的差价。徐森只需将一周的菜谱提交给菜贩子，一切由菜贩子搞定，徐森只需一觉睡到七点半，再悠悠地爬起来在公司门口收菜就行了。

有一句话是怎么说来着：马无夜草不肥，人无外财不富。徐森在兼职做厨房采购员时，表面上看起来是无偿的，但有时也会赚取意想不到的外快，顺便捞一勺油水润润自己干渴的喉咙。菜购子和批发商为了感谢徐森一直以来对他们生意上的照顾，出于长期合作的目的，偶尔也会给徐森一点甜头，算是他们对客户的真诚回馈。在 2010 年正月初八，公司开工伊始的那一天，徐森便收到了菜贩子和批发商好几百块钱的红包，徐森拿得理直气壮，收得心安理得，他一点也不觉得惭愧和内疚，这也算是他们对自己的新年贺礼，也可以算是自己兼职所赚的辛苦钱和一点微不足道的外快。舍得，舍得，有啥才有得嘛，精明的生意人都会放长线钓大鱼，你不给别人一点好处和甜头，人家凭什么要选择你眷顾你呢？天上又不会无缘无故地掉馅饼。

有得必有失，人若果在东边得到了一笔不义之财，也许第二天就会在西边以另外一种方式失去这笔不义之财，不知这是不是冥冥之中注定的。“命里有时终须有，命里无时莫强求”，这句话虽然带点唯心论和宿命论的色彩，但似乎也不无道理，该是你的，就是你的，不属于你的，拿了也是白拿，总有一天，它会离你而去。为此，徐森就遭遇了人生的一次滑铁卢。

一天，徐森出差去了那个毗邻松岗属于东莞市的长安镇。当他从汇安人才市场出来时，觉得时间尚早，便步行去了那个在长安镇负有盛名的一年到头绿树成荫的长青北路。

徐森坐在长青北路上的一条石凳上小憩，看着那绵延成一长串望不到尽头的两排松树，心情不无舒畅。这时，一个打扮妖艳涂脂抹粉的少妇走上来找徐森搭讪："靓仔，想必是在这里出差吧？要不要去我那里玩一玩？"

徐森来了兴趣，便好奇地问："在哪里？安不安全？多少钱？"

她呶了一下嘴，说道："就在前面，不远。你放心，很安全的。至于钱嘛，你给 30 块就行。"

徐森觉得这种服务虽然不上档次，但还是想吃一次快餐，待爽一把之后，再返回公司上班。

徐森在后面跟着她走进了位于广东发展银行左边的一条小巷，七拐八拐，最后进了锦厦新村的一栋出租房。

进了房间后，她显得很是热情，竟像一位大姐，一边嘘寒问暖，一边帮徐森宽衣解带，并将脱下来的外套和裤子放在与床隔着一块布帘子的桌子上，而她却并不脱自己的衣服，只是一味地笑。

正当徐森准备脱内裤的时候，在这关键时刻，她却借故说："你稍等一下，我去下厕所，等下回来。"

徐森等了一会儿，没见她回来，便爬起来走出去一看，眼前的一幕简直把他吓呆了，房门是开着的，少妇也不见了，放在桌子上的衣服似乎也被人翻过。他将衣服拿过来一摸，天哪！口袋里的几百块钱和手机全都不翼而飞了。妈的，受骗了，肯定是被那臭娘们儿耍了一把，在她假惺惺大献殷勤的时候，以此吸引徐森的视线和注意力，与此同时，她的同伙，另外一个野男人却隔着布帘子从衣服里偷取了他的钱财和手机。

有一首歌唱得好，"路边的野花不要采"。若是采多了，总有一天会马失前蹄，在阴沟里翻船的。徐森再一次遭遇桃色劫，对于这种事情，那真是有苦无处诉，只能打掉牙和血吞，便十分懊恼地离开了长安镇，耷着个脑袋回深圳去了。

2010 年不知是不是徐森的劫难年，徐森的人生一直一波三折，坎坎坷坷，接下来在公司里接二连三所发生的一连串事情将徐森的头都弄大了，这也从一定程度上葬送了他的职业经理人生涯，从而在他的巅峰时刻画上了一个大大的不容更改的句号。

6 月 30 日上午，财务部给员工发完了所有的工资。当徐森吃完午饭回到办公室时，发现办公室里竟站着黑压压的一片人，俨然一个集市，原来是一批来自工模部的技工纷纷来找徐森的麻烦。

一个工人愤愤地说：“徐经理，本来是这个月 15 号发工资，为什么要拖到月末才发工资，你还让不让人活了？”

徐森温和地答道：“我之前不是张贴了一份通知吗？说公司现在资金周转不过来，客人拖欠了我们几十万元的货款，所以才这样。”

“我不管，你自己制定的规章制度不是说好每个月 15 号准时发工资吗？为什么要这样搞，这不是搬起石头砸自己的脚，自己带头犯规吗？”

徐森低声下气地说：“是，是，是，我向大家表示歉意，公司目前有困难，大家作为公司的一员，应该给予谅解。”

另外一个工人吼道：“你不是说在国家规定的节假日加班要按 1 比 3 的比例核算报酬吗？我在五一劳动节就加了一天班，为什么不给我算加班费？”

徐森点头哈腰地说：“你说得对，是应该这样做。可我也有难处，老板临时说，公司现在有难处，对于那些在节假日加班的，给点伙食补助就行了，加班费就算了，可以申请调休嘛？”

“哼！公司倒很会省钱，谁稀罕调休，我辛辛苦苦打工，图的就是钱，公司给不起钱，就不要请我们。”他竟说出如此难听的话来。

徐森有点火了：“你怎么能这样说呢？你如果觉得公司不好，可以辞职另谋高就啊，我绝不拦你。”

徐森的话显然激怒了这些因共同利益而绑在一起的工人，这时，又一个工人站出来愤愤地说：“徐经理，老板又不是你亲爹，你为什么要克扣我的加班费？”

徐森吼道：“我什么时候克扣你的加班费了？”

“我自己算了一下，我上个月的加班时间明明是 60 个小时，你为什么少算我 3 个小时的加班费？”

他刚说完，马上涌出一批人连珠放炮。

“还有我，少算两个小时。”

“还有我，少算一个小时。”

“还有我，少算半个小时。”

……

徐森成了众矢之的，面对这一群发怒的狮子，徐森努力地挥了挥手，示意大家静下来，然后心平气和地说：“请大家静一静，我来解释一下。

这个问题可能是人事文员在统计加班时间的时候出现了工作失误，因为公司用的是纸卡考勤，而你们部门的上班时间又没有规律，直落、连班和倒班的现象很多，纸卡上的上下班时间也是打得乱七八糟，所以才会出现这种情况。不过，在这里我可以向大家保证，回头我叫人事文员再统计一遍，若真的存在问题，请大家放心，公司一定会补给大家的。”

一个工人叫道：“那什么时候补发？”

“这样好不好？等统计数据出来之后，我将表格发给大家，让你们再确认一下。考虑到今天上午已经发过一次工资了，公司欠你们的工资放在下个月和6月的工资一起发行不行？”

“不行，一定要今天下午发给我们，否则我们集体罢工，不领到钱就不上班。”不知是谁带头说了这么一句恶毒的话。

“对，不给钱就罢工。”其他的人几乎是异口同声地附和道，场面顿时乱成了一锅粥。

徐森有点控制不住这种场面了，只说了一句：“你们实在是太过分了，就知道钱钱钱。好吧，你们在这里等着，我现在找老板去。

徐森一边命令人事文员要不惜一切代价加快速度将工模部这帮鸟人的加班时间重新核算一遍，一边哭丧着脸像奴隶一样向黎总解释着这一切。最终，黎总为了公司的正常运作，沉着一张脸很不高兴地接受了工人们所提出的一切要求，该按一比三给的加班费和少给的加班费统统给他们。直到傍晚六点钟，这场风波才算平息下来，该给他们的钱一分也不欠，但工模部这个核心技术部门却为此整整瘫痪了一个下午。

谁知第二天上午，又发生了一件糟糕的事情。

徐森刚走进办公室，副总经理黎非当着众人的面狠狠地将徐森批评了一顿，他劈头盖脸骂道：“你是怎么当这个行政人事部经理的，你知不知道有人去松岗劳动局告我们了？”

黎非是老板黎总的亲弟弟，前不久从部队复员回来便投奔了黎总，黎总便给他安排了一个光有头衔却没有实权美其名曰副总经理的虚职，实际上只是要他帮忙处理一些生意上的事务，也算是有意识地培养他。黎非是一个四肢发达长得五大三粗的军人，仗着他是老板的弟弟，平日里总是摆出一副趾高气扬的样子，徐森抱着“惹不起但躲得起”的原则一直对他敬而远之，从不和他发生正面接触。

徐森笑着说道：“我不知道啊，是谁这么大胆？”

“就是那个仓管员，叫作什么许华的。”

“哦，是他，他前不久被公司解雇了，但公司已经给他发了工资啊，他为什么要告我们？”

“劳动局都将电话打到我这儿来了，说是他刚过试用期便被解雇了，但公司没有给他赔偿，他现在就通过劳动局向公司索取赔偿。我作为公司的副总经理，当然要问问你，你是怎么办事的？”

“是有这么一回事，按照《中华人民共和国劳动合同法》第四十七条规定，经济补偿按劳动者在本单位工作的年限，每满一年支付一个月工资的标准向劳动者支付。六个月以上不满一年的，按一年计算；不满六个月的，向劳动者支付半个月工资的经济补偿。但根据老板的意思，公司没有给他赔偿，说是没这个先例，给了工资就算了，赔个鸟，他若不服让他去告。我是完全按照你哥的意思办的，我也左右为难啊！”

“少搬弄那些条条框框，我不想听这个。那我问你，你为什么不在试用期内炒掉他？”

“他又不是我部门的，我没有这个权力解雇他，是生产部张经理解雇他的，我只是按流程办事。”

“但我听别人说，是你怂恿他去劳动局告我们的。”

“没有啊，我从来就没有怂恿过他。”

“还说没有？旁边都有人听见了。”

徐森想了想，说道：“我真的没有，我只是说如果对公司的解雇行为有意见，可以行使向劳动局争取自己劳动权益的权力，我觉得我并没有做错啊！”

“你他妈的，给了钱不就完事了吗？还说那么多废话干吗！你就是这样帮我哥做事的，胳膊肘往外拐，尽给公司找麻烦，昨天下午工模部罢工，今天劳动局又来找公司的麻烦。”

徐森受到极大的委屈，感觉是秀才遇到兵，有理也说不清，情急之下，终于说了一句不合时宜的话：“哎！我不想说，跟你说不清楚，反正我有苦衷。”

“他妈的，竟然瞧不起我，老子是老板的亲弟弟，是堂堂的副总经理，你算个球！”黎非说完，便挥了一拳，正打在徐森的前额上，徐森眼冒金星，当即昏了过去，如一块门板重重地倒在地上。

当天下午，徐森恢复常态之后，黎总打电话给徐森，要他去办公室谈一谈。

黎总坐在大班椅上，十分抱歉地对徐森说：“今天上午我弟弟打你，是他不对，事后他也很后悔，我代表我弟弟向你道歉，希望你不要计较。”

徐森见黎总如此说，也没什么好说的，便淡淡地说：“算了，事情都过去了。”

“有些事情我也不想说你，我觉得你的工作方法有问题，我不看过程，只看结果，你似乎不适合做这个行政人事部经理。我想过了，我也不亏待你，决定调你去宝安公司做你的外贸部经理，你看这样好不好？。”

“什么？做外贸部经理？你什么时候又决定搞外贸了？”

“有这个想法，只是没有去做。”

“可外贸部现在一个人也没有，怎么做？”

“你先做着，我会帮你招聘一个外贸专员的。”

徐森离开松岗工厂，重新回到位于广场大厦 11 楼的宝安公司，继续之前每天上下班坐电梯的生活。

徐森这个外贸部经理，其实就是一个光杆司令，他在公司无所事事地坐了一个月，见黎总仍然没有动作，也不主动和自己联系，觉得很困惑，便打了一个电话给东哥，想征求一下他的意见，看下一步应该怎么办。

东哥在听了徐森所介绍的详细情况之后，严肃地说道：“本来我是不想干涉你们两人之间的事情，但我还是想提醒你，自己要识相一点。难道你没有看出来吗？黎正为什么要撤掉你的行政人事部经理而不给你一个改正错误的机会，然后又将你平调为一个所谓的外贸部经理，但又不帮你招聘人手，也不落实具体的资金问题，只是让你就这么闲着，也不在乎多发你一个人的工资，他是碍于兄弟情面，不好意思开那张口。其实，他的本意是想让你走，让你自己主动提出辞职，只是不愿意明说罢了。另外，他弟弟打你，对于这么严重的事情，为什么他本人不亲自向你道歉，而只是黎正一句轻描淡写的话，这分明说明他已经不重视你了，也不在乎你了。”

徐森如梦初醒，难怪这个月黎总一直将自己晾在这里，从不主动搭理他，也不来这里办公，原来是这么一回事。

第二天，徐森便跑到松岗工厂，向黎总提出了辞职的请求。

黎正淡淡地说：“做得好好的，干吗辞职？”

徐森也不想撕破脸，让他难堪，回答道：“我不想吃闲饭，觉得不好意思。”

“我不是说过了吗？现在时机还不成熟，你再等一段时间。”

“我不想等了，我已经决定了。”

“真的决定了？”

“是的。”

“那好吧，人各有志，我也不留你，我们以后还是朋友嘛！”

徐森办完离职手续后，黯然神伤地走出了工厂的大门。走在路上，他想起了黎正最后的那句客套话“我们以后还是朋友嘛”。他想，真正的朋友肯定是做不成了，你都已经请我出局了，我还有什么颜面和你联系，真是“成也黎正，败也黎正”啊！

第四十章　悲情返湘

考虑到东莞市的长安镇与深圳市宝安区的松岗街道一衣带水，而且在一个小小的长安镇竟有两个人才市场，一个是汇安人才市场，一个是智通人才市场长安分部，徐森从金辉公司出来后，径直去了长安。

徐森在锦厦新村租了一间单人房，安顿好之后，便开始了新一轮海陆空式全方位的求职大战。

徐森觉得自己拥有十年的工作经验，而且还在一家公司做过堂堂的行政人事部经理，他认为找工作只是小菜一碟，是一件不费吹灰之力的事情，但事实上，他想得太天真了，诸多他预想不到的因素，使他在三条战线上遭受了全面重创。

在海战方面，徐森先是在前程无忧网、卓博人才网和智通人才网都注册了一份详尽的个人简历，然后实施“兵马未动，箭矢先行”的战略，将成千上万枚精心打造的箭以网络为弓，以“发送”键为弦，只听见一阵“嗖嗖嗖”的声音，一支支箭便射向了敌人的后方。一周过去了，一个月过去了，也不知是这箭做得不够好，还是不够杀伤力，抑或敌人早具备免疫力，一支支射出去的箭如同隔靴搔痒，公司皆视徐森为不足为虑的草蔻，无视他的存在，对他的主动出击不屑一顾，更别说以打个电话或发送一封邮件的方式发布战斗檄文啦。

在空战方面，徐森拿起手机便给一些有一定交情的朋友猛打了一通电话。希望越大，失望也越大，徐森本以为朋友可能会碍于情面，会尽心尽力帮自己介绍一份差强人意的工作，但反馈回来的信息却使他更加痛苦不堪。

张三说：“不好意思啦，我这里庙小，容不下你这个大唐高僧。”

李四说：“真对不起，我现在是泥菩萨过河，自身难保，哪有能力帮你啊！”

王五说：“什么？你那个行政人事部经理竟然不干了？俗话说得好，好死不如赖活着，干吗非要自己主动辞职呢？退一万步来说，即使要走，也可以骑驴找马，找到东家再走也不迟啊。不是我说你，你这叫自作自受，活该！”

赵六说：“哦，是这样，我对你的境况深表同情。常言道：此处不留爷，自有留爷处。你自己先慢慢找，同时我也帮你留意一下，好不好？”

……

徐森打完电话后，之后便统统没有下文。当徐森再次打电话过去的时候，他们要么说“正在开会，不方便接听电话”，要么说“这种事情急不来，我帮你留意着呢”，甚至某些朋友一看来电显示，知道是徐森打过来的，干脆拒接电话，更令徐森愤怒的是，有些朋友为了避免徐森的骚扰，竟然将手机关机或是换一个新的手机号码，和徐森玩起了一种捉迷藏的游戏。徐森受了打击，不由得想了很多，他想起了“人走茶凉”这句话，他想到了“世态炎凉，人情绵绵”这句话，他想起了“朋友满天下，知己无一人”这句话，他想起了“人来熙熙，皆为利来；人去攘攘，皆为利去”这句话，他想起了“脱了毛的凤凰不如鸡”这句话，他想起了“画龙画虎难画情，知人知面不知心”这句话，他想起了“人心不古”这个成语，他还想起了“人心隔肚皮”这句话。也罢，朋友是指望不上了，自己大势已去，求人不如求己，　切还得靠自己。

无奈之下，徐森继而开始了二万五千里长征式的陆战。

长安镇的两个人才市场有异曲同工之妙，可以说是步调一致，它们都是在星期三、星期五、星期六和星期日设有大型现场招聘会，而且只需15元，便可在一个月内参加四场不雷同星期几的招聘会，这无疑对徐森有极大的吸引力。

徐森先是应聘管理岗位。

一个风度翩翩的中年男子问：“徐先生，你有过拥有几千名员工的实际管理工作经验吗？”

徐森说：“这倒没有，我原来所服务的公司才一百多人。”

“我这里不适合你，请去别处吧！”

一个成熟妩媚的中年女人问：“徐先生，你有沃尔玛客户看厂的实际操作经验吗？”

徐森说："没有。"

"那就不好意思了，下一位。"

一个乳臭未干的文员嗲声嗲气地问："请将人力资源管理师证书拿出来给我看看好吗？"

徐森撒了一个谎，说道："暂时没有，因为我正在考取中。不过，我有丰富的行政人事管理经验，我想我是可以胜任的。"

"那你有绩效考核和SA8000（英文"Social Accountability" 8000的缩写，即社会责任标准）方面的推行经验吗？"

徐森继续撒谎道："我曾尝试推行过，但老板不同意，后来便中道夭折了。"

"不好意思，你似乎不太适合。"

一个满脸长满青春痘的青年男子问："冒昧地问一下，你有多高？"

徐森满脸狐疑地答道："这职位和身高有关联吗？"

"有的，为了提升公司形象，公司规定对于应聘这个岗位的男子，其身高必须达到1.75米以上。"

徐森闻听此言，自卑地走了。

徐森退而求其次，开始应聘非管理岗位。

"您好，我应聘人力资源专员。"

"不好意思，对于这个岗位，我公司只招25岁至30岁之间的。"

徐森悻悻地走了。

"您好，我应聘人事专员。"

"不好意思，我公司只要女孩子。"

徐森无言地走了。

"您好，我应聘行政专员。"

"你都做过行政人事部经理了，还来应聘这个，真是大材小用，不合适。"

徐森默默地走了。

徐森倍感失落，想不到原先一个风光无限的行政人事部经理今天却连一个小小的普通职员都应聘不上，真是太丢人啦，他恨不得找个缝隙或地洞钻进去再也不出来。命运好像特意跟他开了一个玩笑，起初是一个屡屡受挫的求职者，后来摇身一变，成为一个趾高气扬的招聘者，现在又被打回原形，重新变成一个低声下气要看别人脸色的求职者，真是世事无常啊！

徐森心想，看来这行政人事领域自己是混不进去了，便想重操旧业，拾起估价工程师的老本行，返回印刷领域。在经历几个回合后，他要么因为年龄偏大，人家需要一个朝气蓬勃的青年而被婉拒，要么因为自己的专业技能都忘得差不多了而败下阵来，看来今非昔比，印刷的门槛也迈不进去了，原先门内那个熟悉的世界如今竟变得如此陌生。徐森想来想去，只有门槛相对较低的销售领域值得一试，可他只去了一次人才市场便彻底地打消了这个念头。人家要么需要刚从学校出来初生牛犊不怕虎的毕业生，要么需要拥有几年本行业实战经验的熟手，他再一次被挡在销售领域的门槛外。

徐森躺在床上陷入了无比的痛苦和绝望之中，思索着自己到底还能做什么。搞行政人事？人家嫌弃自己。搞印刷，现在的自己几近于一个门外汉，谁愿意录用自己呢？搞销售，自己都是一个三十好几的人了，谁还会花大力气培养一个几乎看不到任何希望的新手呢？现在的自己就好比一个年老色衰的妓女，就好比一个容颜尽失风韵不再的半老徐娘，就好比一个早已枯萎的残花败柳，有谁还会眷顾自己？有谁还会多看自己一眼？有谁还会采撷自己这朵凋零的花朵？

这时，手机急促地响起来，将徐森从痛苦的泥淖中拔出来，他拿起手机一接听，原来是母亲打过来的。

母亲在湖南那头说道："徐森，下班了没有？"

徐森撒谎说："下班了。"

"我上次帮你介绍的那个农村姑娘，你什么时候抽空回来见个面啊？我已经将你的情况跟她说了，人家很满意，就等着你的答复，时间都过去那么久了，你该拿出一点男人的诚意来。"

徐森因感动而潸然泪下，眼眶瞬间变得红润，鼻子也酸酸的，似乎被堵住了，一直以来母亲大人都在为自己的婚姻大事忧心如焚，自己真是一个窝囊废，真是失败透顶，枉为人子啊。徐森停止抽泣答复道："妈妈，请放心，我明天就回去。如果对方同意的话，当场就订婚，村姑就村姑吧，能过日子就行。"

"这就对了嘛，你也老大不小了，去广东那么多年，连个老婆都找不到，真不知道你是怎么搞的！另外，再告诉你一个好消息，那个厦蓉（即厦门至成都）高速公路要经过我村，村里现在的变化可大了，正在大搞建设呢！"

"哦，是吗？那太好了。"

挂断母亲的电话，徐森的主意已然打定。想不到自己苦苦求职近三个月，到头来竟没有一家公司愿意收纳他，难道自己真的是一无是处？难道自己真的就如此失败？难道自己在这块土地上就真的混不下去了吗？他懒得思考这些令他伤感的问题，他决定明天就回湖南，离开这个伤心的地方，离开这个漂泊十年到头来却一无所有的鬼地方，离开这个女人明显多于男人却真爱难觅的铜臭广东。他想，只要对方愿意的话，他决定无条件地和那个村姑结婚，然后共同抚育一个小孩，过一种纯粹的农耕生活，他决定回去支援农村的经济建设，计划将下半辈子的光阴托付于养猪和种红薯的伟大事业。

想到这里，徐森想出去散散步，排遣一下压抑的心情，放松一下几近窒息的心灵，顺便看看街市闹景，便移步下楼。

走出楼层，他看到了斜对面那爿熟悉的小店，一股粉红色的灯光柔和地投射出来，暧昧之中透着温暖，温馨之中夹杂欲望。他下意识地走了进去，他决定在离开广东之前，最后一次深入广东的子宫，最后一次和广东的特色文化握个手。

“小妹，怎么玩？多少钱？”

“一百三，全套服务。”

“好，就选你。”

两人洗完澡后，小妹吧唧吧唧吃了一阵香蕉，正当徐森挺枪直入的时候，小妹不高兴地说：“急什么，你还没戴帽子呢！”

“大爷今天心情好，不想戴。”

“那不行，为了彼此的安全，你最好还是戴上。”

“我偏不戴，我要零距离地爽一把。”

“你还是戴上吧，这样一来，你好我也好。”

“我是尊贵的顾客，难道你不怕我向妈咪投诉你吗？”

“那好吧，不戴也行，不过有言在先，要加20块。”

“靠，买一个杜蕾斯才不到三块钱，你抢银行呐，竟加这么多？”

“这是我们的规矩，就是妈咪来了，她也会这么做。”

“那好吧，二十就二十，大爷我给得起。”

一阵狂风暴雨过后，徐森开玩笑地对小妹说：“明天我就要离开广东回湖南了，在走之前，为了留一个念想，不如让你代表广东，我已经将我体内所有的子子孙孙全部装进你的子宫里了，麻烦你留一颗种子，让她在你的体内生根发芽好不好？我会感激你一辈子的。”

“你想得倒美，等你走了我会将它们斩草除根的。”

“没关系，虽然我走了，但我的无数颗种子还留在广东，我相信它们的生命力很顽强，总有一颗种子会传承我的基因将我未走完的路继续走下去。反正我的目的已经达到了，我也没什么遗憾，你爱咋办就咋办吧。”

徐森回到出租房，着手整理行李。当他看到那个封面印有“中华人民共和国高等学校毕业证书”的红本本时，不由得百感交集。妈的，寒窗苦读十二载，花了不少的精力，也浪费了不少的财力，好不容易拿到这样一个红本本，可十年之后，它却成了一张一文不值的废纸，留着它还有什么用呢？难道还想拿着它回到家乡去炫耀一番？证明自己好歹也是一个大学生，人家早就不稀罕这个啦，既然执意决定回家养猪种红薯，不如索性将它撕了，以绝后路。徐森如此想，便将它撕得粉碎，然后将碎片撒手抛向窗外，一张张纸片便像一片片坠落的树叶在空中漫天飞舞。

第二天，也就是2010年11月11日，这是一个光棍节，上苍似乎和徐森开了一个玩笑，他以一个彻头彻尾的光棍身份在这一天神情黯然地离开了广东。

这一天，徐森收拾起简单的行囊，径直来到长安汽车北站，坐上了一辆开往花都的豪华大巴，他要转道广州乘坐武广高线，实实在在享受一次高科技产物，这个自2009年12月26日开通以来徐森从未坐过的被民间称之为在陆地上飞的怪物。

徐森花160块钱买了一张抵达湖南省郴州西站的G1050次火车票，然后迈上了其形状类似火箭头且无比舒适的“和谐”号动力列车。

下午3点20分，列车准时启动。看着窗外飞逝而过的风景，想想这个扎根十年即将离去的广东，一幕幕陈年往事涌上心头，触动了徐森的心弦。他想起了发轫于东莞的著名打工诗人郑小琼的一首诗《黄麻岭》，情由心生，不由得喃喃吟诵起来：

我把自己的肉体与灵魂安顿在这个小镇上
它的荔枝林，它的街道，它的流水线，一个小小的卡座
它被雨水淋湿的思念，一趟趟，一次次
我在它的上面安置我的理想，爱情，美梦，青春
我的情人，声音，气味，生命
在异乡，在它的黯淡的街灯下
我奔波，我淋着雨水和汗水，喘着气
我把生活摆在塑料产品，螺丝，钉子
在一张小小的工卡上

我的生活的全部
啊，我把自己交给它，一个小小的村庄
风吹走我的一切
我剩下的苍老，回家……

尾声

故事远没有结束，随着徐森返回了湖南，也许另一个类似徐森的故事正在广东悄悄上演，因为徐森只是千千万万打工者中极其普通的微不足道的一员。沧海一粟，大浪淘沙，他顶多只是一个代表，一个剪影，一个背影，一个缩影，一个侧面，一个活生生的人物写照。

时值 2011 年，徐森已然回到了故乡，但随之而来，又会涌现出无数个徐森，从四川，从河南，从湖北，从湖南……从五湖四海，从华夏九州，从中国的每一个角落纷至沓来，前仆后继奔向广东这块疆土。

若干年后，成功者有之，失败者有之，精英者有之，失意者有之……不管怎样，成功者总是寥寥可数，精英亦是凤毛麟角。

留下来的外乡人终归留下来了，在广东成家立业，买房买车，视广东为第二故乡，虽谈不上数典忘祖，却视迁移户口至广东为一大幸事；奋斗中的外乡人仍在广东为理想沉浮着，为生活挣扎着，为事业打拼着；失意的外乡人则带着一丝遗憾和满腹的沧桑，几近一无所有地返回那个早已陌生的故乡。

留不下的城市，回不去的故乡，在不计其数的打工者当中，这是一种很普遍的心理情结，而且正悄无声息地蔓延着。

广东是一个大舞台，它从来就不缺节目，更不缺主角，在这个舞台上，每天都上演着喜剧或闹剧，更多的还是上演一出出催人泪下的悲剧。它如同一个巨大的子宫，吐纳着天地万物的精气，分娩而出的却是一个个烙有沧桑胎记的婴儿。

创作杂谈

十年是一个沧桑的数字概念，说长也长，说短也短。若论长，在这十年里发生了太多的事情，限于记忆力，却总也回忆不起那些动人的精彩瞬间，只留下一抹朦胧的模糊印迹。若论短，人生有太多的十年，这个十年虽则消逝了，但马上又将迎来一个不可预知的十年。

十年是一个吉利的时间名词。上至泱泱华夏，每过十年便举办一个盛大的国庆阅兵仪式。下至民间老者，每逢一秩便举办一个隆重的寿宴。

我，一个长期漂泊于广东的湖南人，止于今，在广东这块富庶之地已然度过了若干年居无定所的流浪生涯，掐指一算，十年有余。不可否认，我是一个失败者，无车无户口无社会保险无组织关系无人事档案，当然还有诸多的无。用当下时髦的话来说，我属于蚁族，属于南漂一族，属于打工一族，属于弱势群体，也属于少了些许歧视意义的新莞人。是的，我不怨天，我不怨地，一切只怨自己，个人奋斗固然很重要，但应对时下诸多无形的束缚和隐形的樊笼，我的呐喊如同呻吟。所幸的是，我的理想尚未泯灭，我还具备一点劳动技能，我姑且苟延残喘。也罢，套用著名作家余华之小说《活着》中的一句话："人是为活着本身而活着的"。

我是一个头脑迟钝后知后觉的人，近来我有一个强烈的愿望，一直想做一件大事情，一件于我而言惊天动地的大手笔，我要用篦子好好地梳理一下这逝去的十年，平生第一次写一篇属于我自己的长篇小说。虽则自2006年起，我断断续续写了一百多篇将近五十万字的散文，但我未曾涉足小说。且不说写长篇小说耗时间、耗精力、耗脑力，还涉及故事情节、叙事风格和语言技巧等专业技能，面对这篇意念中的鸿篇巨制，诚惶诚恐之余，我不得不硬着头皮迎难而上。至于作品的优劣好丑，权且留与读者评说。

我是一个学印刷技术专业的工科生，于是我的经历便局限于广东的若干个印刷公司。行文时，我会尽量遵循客观既成事实，但对于有贬低或不利成分的公司和人物，我会虚构。反之，可能会实写。当然对于地名，我一般实写。鉴于这是一篇小说，请各位看官不要对号入座，只当阅读一篇与己毫无瓜葛的职场小说。此外，为迎合广大阅读者，我会尽量隐去或略写有关印刷公司的专业术语、生产工艺和生产流程，重点还是叙事。

请大家不要误认为这是一部自传体长篇小说，文中的“徐森”既有我的成分，也有你的成分，还有他的成分。在文中，我会将我的一些同学、老乡、朋友和同事搬上舞台，混淆时间、地点和空间概念，或移花接木，或瞒天过海，或张冠李戴，或乾坤大挪移，生旦净末丑，在我的笔下统统粉墨登场。于此，我想在这部小说里，只要是在广东生活过或流浪过的朋友，或许都能找到一丝自己的影子，若能带来心灵震憾或激起共鸣，备感欣慰。

俗话说得好：丑媳妇早晚是要见公婆的。愿大家能喜欢这部长篇小说！愿它能成为大家的一份精神大餐！也希望读者、同行或行家里手对我的这篇处女小说提出宝贵意见，在此先行谢之！

最后，谨附上我的创作日程表，记此创作历程！

2010年11月24日，完成故事梗概和第一章，兼职写作状态；

2010年11月25日，第二章；

2010年11月26日，第三章；

2010年11月28日，第四章；

2010年11月29日，第五章；

2010年11月30日，第六章；

2010年12月1日，第七章；

2010年12月2日，第八章；

2010年12月3日，第九章；

2010年12月5日，第十章；

2010年12月6日，第十一章；

2010年12月7日，第十二章；

2010年12月8日，第十三章；

2010年12月9日，第十四章；

2010年12月16日，第十五章，开始进入全职写作状态；

2010年12月17日，第十六章；

2010年12月18日，第十七章；

2010年12月20日，第十八章和第十九章；

2010年12月21日，第二十章和第二十一章；

2010年12月24日，第二十二章；

2010年12月27日，第二十三章和第二十四章；

2010年12月28日，第二十五章；

2010年12月29日，第二十六章；

2010年12月31日，第二十七章和第二十八章；

2011年1月2日，第二十九章；

2011年1月3日，第三十章；

2011年1月5日，第三十一章；

2011年1月6日，第三十二章；

2011年1月7日，第三十三章；

2011年1月9日，第三十四章；

2011年1月11日，第三十五章和第三十六章；

2011年1月12日，第三十七章；

2011年1月13日，第三十八章；

2011年1月14日，第三十九章；

2011年1月17日，第四十章、楔子、尾声和创作杂谈。

完稿于广东省东莞市长安镇乌沙社区陈屋村联丰楼605室。

一共历时55天，耗时35天（含首次润色），处理俗务20天，正文部分计158365字，总共160159字。

2012年12月25日至28日二校；

2013年1月12日第三稿。

特别鸣谢

嘉兴市易根文化传播有限公司

嘉兴市易根文化传播有限公司，始创于2016年6月，其创办人王迎辉女士是国学经典教育实践专家赖国全先生的学生。该公司以“为天地创育心，为全民立慧命，为往圣继易根，为万世开泰平”为宗旨，以推广经典教育、普及“累积式”教育法、复兴真正的中国文化、构建和谐社会为己任。经过不懈的努力，公司举办了160期嘉兴育心经典明德之家公益亲子学经活动，得到了嘉兴市新南社区领导的大力支持，被嘉兴市众多媒体广泛报道过。

湘南徐工新作，《南方职场词典》《别梦依依到桂阳》《闲敲棋子落灯花——徐颂翔随笔集》《寸草春晖系母校》即将上市，敬请读者关注！